KB173832

비웃는 숙녀

嗤う淑女 by 中山七里

WARAU SHUKUJO

© 2017 Shichiri Nakayama

Original Japanese edition published by Jitsugyo no Nihon Sha, Ltd., Tokyo, Japan
Korean edition is published by arrangement with Jitsugyo no Nihon Sha, Ltd.
through Discover 21 Inc., Tokyo and JM Contents Agency Co.

이 책은 JMCA를 통해 일본의 Jitsugyo no Nihon Sha, Ltd.와 독점 계약하여
한국어판 출판권이 블루홀식스에 있습니다.
저작권법에 의해 한국 내에서 보호를 받는 저작물이므로 무단 전재와 복제를 금합니다.

비웃는 숙녀

嗤う淑女

나카야마 시치리 장편소설
문지원 옮김

블루홀6

비웃는 숙녀

1판 1쇄 인쇄 2020년 3월 20일
1판 1쇄 발행 2020년 3월 30일

지은이 나카야마 시치리   옮긴이 문지원
책임편집 민현주   표지디자인 공중정원   본문디자인 디자인비따   제작 송승욱   발행인 송호준

발행처 블루홀식스   출판등록 2016년 4월 5일 제 2016-000100호
주소 경기도 파주시 회동길 483-1   전화 031-955-9777   팩스 031-955-9779
이메일 blueholesix@naver.com

ISBN 979-11-89571-18-4 03830

• 저자와 출판사의 서면 허락 없이 내용의 일부를 무단 인용하거나 발췌하는 것을 금합니다.
• 이 도서의 국립중앙도서관 출판예정도서목록(CIP)은 서지정보유통지원시스템 홈페이지(http://seoji.nl.go.kr)와 국가자료종합목록 구축시스템(http://kolis-net.nl.go.kr)에서 이용하실 수 있습니다. (CIP제어번호: CIP2020009708)
• 책값은 뒤표지에 있습니다. 잘못된 책은 구입하신 곳에서 교환해 드립니다.

차례

일러두기
본문의 각주는 전부 독자의 이해를 돕기 위한 옮긴이주입니다.

노노미야
쿄코

I

지금 이대로라면, 나는 분명 사람을 죽이고 말 거야…….

저녁 쇼핑객들로 붐비는 상점가를 가로지르면서 노노미야 쿄코는 생각했다.

음반매장 앞에서는 정말 좋아하는 차게 앤 아스카의 〈SAY YES〉가 흘러나오고 있었지만 귀에 들어오지 않았다. 시야에 들어오는 것도 무엇 하나 기억에 남지 않았다. 같은 반 여자아이들의 얼굴이 머릿속을 가득 채우고 있었다.

그저께 고가라시 1호*가 불고 나서 바람이 완전히 차가워

---

*   기압 배치가 겨울형으로 바뀌며 찬바람이 불기 시작하는 것. 보통 10월 중순부터 11월 말 사이로 우리나라의 입동과 비슷하다.

졌다. 그러나 막 꺼낸 머플러는 흠뻑 젖어 있어서 목에 두를 수 없었다.

쿄코는 이 머플러를 여자 화장실 변기 안에서 발견했다. 붉은색과 녹색이 어우러진 타탄체크 머플러는 보자마자 첫눈에 마음에 들었지만 지금은 굴욕의 상징일 뿐이다. 그런데도 집에 들고 가는 이유는 부모님께 구차한 변명을 하기 위해서다.

갑자기 바람이 부는 바람에 머플러가 날아가 강에 떨어지고 말았어.

그래. 그렇게 말하자.

그럴싸한 거짓말을 생각해 냈지만 무거운 발걸음은 좀처럼 가벼워지지 않았다.

머플러를 변기에 처넣은 놈은 누굴까.

미카? 도모에? 구미? 마리코?

죽이고 싶다. 머플러를 이렇게 만든 인간이 이 중 한 명일지는 모르지만, 의심스러운 놈들은 모두 죽여 버리고 싶다.

마음이 어둡고, 무겁다. 마치 가슴에 돌덩어리가 얹힌 기분이다. 사람을 미워한다는 것은 이렇게나 마음이 무거워지는 일일까. 살의라는 것은 이렇게나 어두운 것일까.

집에 도착해서 "다녀왔습니다"라고 웅얼거렸다. 내키지

않지만 인사를 한 이유는, 말없이 들어가면 안에서 나와 보는 가족과 얼굴을 마주쳐야 하기 때문이다. 부모님은 일을 하러 나가서 아직 돌아오지 않았다. 집에는 남동생인 히로키만 남아 있을 테지만 지금은 누구도 만나고 싶지 않다.

방으로 들어갔다. 전신거울이 바로 눈에 들어왔다.

둥근 얼굴, 작은 눈, 두툼한 입술, 통자 허리, 굵은 다리.

자신도 모르게 거울을 뒤집어 버렸다. 나만의 성으로 들어왔는데도 심란해지기만 했다. 쿄코는 교복을 입은 채 침대로 쓰러졌다.

오늘도 심한 괴롭힘을 당했다. 최근에 계속 왕따를 당하고 있다. 마치 왕따를 당하기 위해 등교하는 기분이다.

중학교에 갓 입학했을 때는 이렇지 않았다. 여자아이들의 적의가 느껴진 것은 2학기가 시작되고 빈혈로 학교를 며칠 쉬었을 무렵부터였다. 내가 말을 걸어도 대답을 하지 않았다. 인사를 해도 무시당했다. 스쳐 지나가는 사이에 나보고 들으라는 듯 혀를 찼다. 멀리서 손가락질을 하며 비웃었다. 벌어진 입술 모양이 돼지, 라고 말하고 있었다.

뚱뚱해서, 못생겨서, 병약해서 표적이 됐다. 처음에는 스스로도 어쩔 수 없는 일로 비웃음을 사고 미움받는 것은 부당하다고 생각했지만, 부당함도 매일 지속되면 일상이 된다.

노노미야 쿄코

교과서나 공책을 숨겨 놓는다. 실내화에 '찐따'라고 낙서해 놓는다. 도시락통 안에 죽은 개구리를 넣어 놓는다. 화장실에서 쭈그려 앉아 있으면 위에서 양동이로 물을 붓는다.

분하고 비참해서 몸이 부들부들 떨렸다. 그러나 가족에게는 절대로 알릴 수 없었다. 가뜩이나 부모님은 아이 둘을 키우느라 고생이다. 더는 불필요한 염려를 끼치고 싶지 않다. 나만 참으면 된다.

한숨이 나오지 않도록 얼굴을 베개에 꾹꾹 눌렀다. 그랬더니 조금은 눈물을 참을 수 있었다.

잊자.

아무튼 다른 일로 주의를 돌리자.

쿄코는 가방에서 교과서를 꺼냈다. 이럴 때는 공식을 활용해 문제를 푸는 것이 가장 적절하다. 기계적으로 계산하는 동안에는 끔찍한 기억들을 억누를 수 있었다.

그러나 교과서를 펼치자마자 쿄코는 짧은 비명을 질렀다.

페이지에 매직으로 '빨리 죽어'라고 크게 적혀 있었다. 떨리는 손가락으로 페이지를 넘기자 이번에는 '빈혈 돼지녀'라고 적혀 있었다.

'병 옮으니까 학교 오지 마.'

'냄새나.'

'인간쓰레기.'

'화장실녀.'

'재수 없어.'

쿄코는 동물처럼 울부짖으며 교과서를 덮었다.

눈앞에 보이는 벽에 반 단체사진이 걸려 있었다. 쿄코는 필통에서 컴퍼스를 꺼내 들고 반 친구들의 얼굴을 몇 번이고 찔러댔다. 이미 구멍투성이였던 사진은 그 충격으로 갈기갈기 찢어졌다.

가슴속 깊은 곳에서 치밀어 오르는 분노로 순간, 괴로움과 비참함을 잊었다. 지금은 단지 그 아이들을 향한 원망만이 머리를 가득 채웠다.

죽여 버릴 거야.

다 죽여 버릴 거야.

몸속의 피가 전부 끓어오르는 것 같았다. 그러나 쿄코는 알고 있다. 이 폭발은 오래가지 않는다는 것을. 시간이 지나면서 진정되면 분노로 가득 찼던 부분에는 또다시 괴로움과 비참함이 충전될 것이다.

쿄코는 바싹 다가오는 감정에서 도망치듯 머리카락을 마구 쥐어뜯었다.

부모님이 집으로 돌아온 뒤 가족이 식탁에 모였을 즈음에는 쿄코도 평정심을 되찾았다. 흠뻑 젖은 머플러는 세탁기 안에 슬쩍 섞어 놓았다. 세탁기에서 꺼낼 때 더러워졌던 사실을 알리면 누구도 의심하지 않겠지.

식사를 하던 중 어머니 데루에가 갑자기 떠올랐다는 듯 화제를 돌렸다.

"그러고 보니 내일부터 미치루가 전학을 온다는구나. 너희 학교에."

갑자기 그리운 이름이 나오자 쿄코는 무심코 젓가락을 멈췄다.

가모우 미치루는 이종사촌이다. 쿄코와 동갑으로 오봉*이나 쇼가쓰**에 외가에 가면 꼭 둘이서 함께 놀았지만 외조부모가 잇따라 돌아가시면서 갑자기 왕래가 뚝 끊겼다. 마지막으로 만난 것이 이미 6년도 더 전의 일이다.

"오호, 가모우 씨네, 이사 온 거야? 근처라면 인사 가는 게 좋지 않을까?"

아버지 다카유키가 아무 생각 없는 듯 말하자 데루에는 고개를 저었다.

* 양력 8월 15일로 일본 최대의 명절.
** 정월. 양력 1월 1일 새해 첫날을 기념하는 일본의 설.

"하지 마. 그 집도 복잡한 사정이 있으니까."

"흠……."

다카유키는 무안한 듯 뒷말을 흐렸다. 부모님은 부자연스럽게 또 화제를 돌렸지만, 쿄코도 가모우 집안에 벌어진 '복잡한 사정'에 대해서는 언뜻 들어서 알고 있다.

미치루의 어머니는 남편과 딸을 남겨 두고 실종됐다.

부부 사이가 나빴다던가, 다른 남자가 생겼다던가, 여러 가지 억측이 난무했으나 진상은 아무도 모르는 것 같았다. 분명한 건 근본도 모르는 소문이 가모우 집안 사람들을 친척들과 더욱 멀어지게 만들어 버렸다는 사실이었다.

보는 사람마다 미인이라고 칭찬했던 그 미치루가 어떻게 성장했을까. 쿄코는 오랜만에 등교가 기다려졌다.

"가모우 미치루입니다."

정면에서 얼굴을 본 쿄코를 포함한 반 아이들 전원이 입을 반쯤 벌렸다.

분명 자신들과 같은 나이인데도 완벽한 모델 체형에 얼굴은 놀라울 정도로 작았다. 이마를 덮는 긴 머리는 손질이 잘되어 있어 윤기가 자르르 흘렀다. 외모를 보면 반 여자아이들은 모두 고개를 숙일 수밖에 없었다. 비교하는 것이 우스울 정도였고, 나란히 서 있으면 분명 같은 인종으로는 보이지 않을 것이었다. 군계일학이라는 표현이 딱이었다.

설마 우리 반으로 전학 오리라고는……. 미치루의 미모를 넋 놓고 바라보자 당사자가 이쪽을 보고는 수줍게 웃었다.

먼저 말을 걸어온 사람은 미치루였다.

"오랜만이야, 쿄코."

미치루의 목소리는 그다지 변하지 않았지만 완전히 주눅 들어 있던 쿄코는 순간적으로 반응하지 못했다.

가까이에서 본 미치루의 얼굴은 탄식이 나올 정도로 단정했다. 코를 간질이는 체취도 비누향이나 향수처럼 달콤하고 향기롭다. 자신과는 너무나 달라서 질투도 나지 않았다. 같은 여자인 나도 이럴 정도니, 미치루가 말을 건 남자아이들은 그날 밤 열에 들뜨지 않을까.

"같은 반이라니 신기하다."

친근하게 말을 걸어 주는 것은 기뻤지만 그 이상으로 여자아이들의 시선이 무서웠다.

"미치루, 잠깐만."

쿄코는 미치루의 손을 잡고 사람이 없는 곳으로 데리고 갔다. 미치루의 손은 부드럽고, 또 차가웠다.

"쿄코, 왜 소곤거려?"

"저기 있잖아, 미치루. 나한테 말 걸지 않는 게 좋을 거야."

"왜?"

"나, 나 말이야, 반 여자아이들이 안 좋아하거든……."

그러자 미치루는 이상하다는 듯 "그게 나랑 무슨 상관인데?"라고 물어 왔다.

미치루는 어렸을 때부터 자신의 미모를 아는지 모르는지 주변의 반응에 무심한 면이 있었다. 쿄코와는 정반대였다. 옛날에는 자신과 정반대인 점이 매력적이라고 생각했지만, 현재 처한 상황에서는 그게 화근이 될 수 있다. 남달리 예쁘게 생긴 미치루와 이종사촌이라는 사실이 알려지면 그녀와 정반대인 자신은 지금보다 더 멸시를 받을 것이다. 두 사람이 함께 있으면 더욱 그렇겠지.

사촌이라고 해도 지금까지 소원했다. 그러나 왕따는 피부로 직접 느낄 수 있는 위기다. 정신적으로 궁지에 몰린 쿄코에게 선택의 여지는 없었다.

"나는 말했다? 그리고 우리가 사촌 사이라는 건 말하지 않는 게 좋을 것 같아."

쿄코는 도망갈 구석을 만들어 놓듯 통보했다.

"미치루, 너는 자신을 너무 모른다구."

그리고 등을 돌리고 뛰어갔다.

노노미야 쿄코

아니, 미치루에게 등을 돌린 것이 아니었다.

내 용기에 등을 돌린 것이었다.

미치루가 전학을 온 뒤 쿄코는 아이들의 반응이 두려웠지만 시간이 지나면서 사태는 의외의 방향으로 흘러갔다.

왜인걸, 왕따의 화살이 쿄코에게서 미치루로 향한 것이다.

계기는 지극히 단순했다. 히사카 고이치라는 남자아이가 미치루에게 데이트를 신청했지만 단칼에 거절당한 것이다.

"난 너 같은 사람한테 관심 없어."

이뿐이라면 특별할 것 없는 이야기지만, 고이치와 사귀고 있던 사람이 여자아이들 사이에서 여왕벌 같은 존재인 진노 미카였던 것이 문제였다. 이런 경우 본래 비난받아야 할 사람은 양다리를 걸치려고 한 고이치지만 미카의 분노는 엉뚱하게도 미치루에게 향했다. 미치루가 고이치를 거들떠보지 않았기 때문에 자존심이 상했다는 이유였다.

그렇지 않더라도 미치루는 미움을 받을 소지가 있었다. 어찌됐든 다른 여자아이들과는 외모부터 다르다. 미치루를 여자라고 인정하면 다른 여자아이들은 전부 '여자가 아닌 무언가'가 되어 버리고 만다. 미치루와 함께 어울리기를 꺼려하는 분위기도 느껴졌다. 미치루 본인에게는 악의가 없더라도,

여자아이들끼리 뭉쳐 있는 장면을 미치루가 보는 것만으로도 아이들은 몹시 비참한 기분이 드는 것 같았다. 지금까지 여왕벌로 군림해 온 미카는 그것만으로도 미치루를 증오의 대상으로 삼기 충분했다. 미치루가 자신의 신상을 전혀 말하지 않는 점도 비위에 거슬린 것 같았다.

겁쟁이일수록 외부의 적의 동태에 민감해진다. 쿄코는 자신에게 향했던 적의가 미치루를 겨냥하기 시작했다는 사실을 상당히 이른 시점부터 알아차렸다.

그러나 그 사실을 미치루에게 알려 주려고 하지 않았다.

미치루가 표적이 되는 동안에는 자신이 안전하다는 것을 깨달았기 때문이다. 미안한 마음도 들었지만 그보다는 왕따를 피할 수 있다는 고마운 마음이 훨씬 컸다. 미치루는 쿄코의 충고대로 두 사람이 사촌지간이라는 사실을 밝히지 않았기 때문에 쿄코는 두 번 도움을 받은 셈이었다.

자신의 안전을 확보하기 위해서 어려서부터 알고 지낸 사촌을 희생양으로 삼는다…….

자신은 겁쟁이이자 비겁자일지도 모른다.

그러나 괴롭힘에 시달린 약자에게 달리 피난처가 있을까. 쿄코는 자신의 양심을 속일 수밖에 없었다.

미카 무리의 표적이 바뀌었다고 해서 방법이 바뀐 것은 아

노노미야 쿄코

니었다.

학용품 숨기기.

소지품에 악의적인 낙서하기.

처음에는 강도가 낮은 괴롭힘부터 시작됐다. 쿄코는 관찰을 통해 알게 됐는데, 왕따에도 순서라는 것이 있으며 미카 무리는 그 매뉴얼에 따라 행동하는 것 같았다.

그렇지만 미치루는 그런 상황 속에서도 고고함을 유지했다. 교과서 한 권이 없어져도 얼굴색 한 번 변하지 않고 담임 선생님에게 분실 사실을 알렸다. 낙서를 발견해도 눈썹 하나 까딱하지 않았다.

의연한 태도는 미카 무리의 가학적인 심리에 기름을 붓는 격이 되었고, 왕따가 가열되는 데 그리 오래 걸리지 않았다.

그날, 오전까지만 해도 아무 일도 일어나지 않았다. 사건은 점심시간이 끝나고 5교시 종소리가 울린 직후, 교실로 찾아들었다.

미치루의 머리가 푹 젖어 있었다.

그 모습을 본 순간, 쿄코는 상황을 파악했다. 자신에게는 세 달이 걸렸던 여정이 미치루에게는 불과 2주 만에 도달한 것이다.

쿄코는 교과서로 얼굴을 가리고 잽싸게 주변을 살폈다.

있다.

미카가 교실 구석에 멀찍이 떨어져서 지켜보고 있었다. 그 입술 모양이 비웃는 듯 비뚜름해졌다.

반응이 궁금해 미치루에게 시선을 돌린 쿄코는, 자신의 눈을 의심했다.

미치루는 울지도, 참지도 않았다. 하다못해 분노를 드러내지도 않았다.

미치루는 요염하게 웃고 있었다.

결코 열세 살 소녀의 미소가 아니었다. 물에 젖은 머리카락 사이로, 반 아이들 모두를 매섭게 노려보았다.

여유롭지 않다.

자비롭지도 않다.

맹금류가 무리 중에서 사냥감을 고르는 것 같은 차디찬 눈빛이었다.

그 눈이 슥 하고 수평으로 움직이다가 미카를 포착했다.

찰나, 미카의 얼굴에서 비웃음이 사라졌다.

미카의 몸이 경직됐다. 마치 고양이 앞에 놓인 쥐 같은 모습이었다.

교실은 정적에 휩싸였고 쿄코는 자신의 심장 소리밖에 들리지 않았다. 분명 미치루를 제외한 모두가 그럴 것이다.

얼어붙은 분위기 속에서 미치루는 가방에서 수건을 꺼내 머리를 닦기 시작했다. 당연한 행동, 자연스러운 몸짓. 그러나 분위기는 경직된 채 얼마 동안 회복되지 않았다.

가슴속에 찝찝함이 남은 채 하교하는데, 뒤에서 누군가 말을 걸어 왔다.

돌아보니 그곳에 미치루가 서 있었다.

당황해서 도망치려고 했지만 어깨에 놓인 손이 허락하지 않았다. 미치루는 쿄코를 다짜고짜 샛길로 질질 끌고 갔다.

"도망치지 않아도 돼. 여기라면 아무도 못 볼 거야."

힘은 어찌됐든 목소리는 상냥했다. 높은 담벼락으로 양옆이 둘러싸인 골목길이라 누군가에게 들킬 가능성은 낮아 보였다.

"뭐가 그렇게 무서워."

"그, 그치만."

"내가 표적인 동안에는, 넌 안전한 거 아니었어?"

심장이 뚝 떨어졌다.

전부, 알고 있었다.

갑자기 미치루가 무서워졌다. 아까와 같은 시선을 받으면 살해당할 것만 같았다.

"미안해, 미치루! 나……."

"사과 안 해도 돼."

미치루는 느닷없이 쿄코를 끌어안았다.

"내가 전학 오기 전까지 왕따 당했던 거지? 힘들고 괴로워서 견딜 수 없었지? 그래서 걔들이 내게 눈을 돌렸을 때 안심한 거지? 괜찮아, 그게 일반적인 반응이니까."

달콤한 말이 마음속으로 스며들었다. 스펀지에 물이 스며들 듯, 아무런 거부반응도 없이 마음속 틈새로 침투해 들어왔다.

"정말…… 미안해."

"사과 안 해도 된다고 했잖아. 세상에 하나뿐인 사촌인걸."

미치루의 눈이 쿄코를 똑바로 바라봤다. 그러나 비난하는 눈빛이 아니었다.

"난 알아. 있잖아, 세상에는 두 부류의 인간이 있어. 도망치는 인간과 싸우는 인간. 하지만 자신이 도망치는 쪽이라고 해서 결코 부끄러워할 필요는 없어. 왜냐면 그건 본능인걸. 본능을 거스르면 자신이 아니게 돼. 센 척할 필요 없어. 네 본모습을 숨기려 하지 않아도 괜찮아."

그 말을 듣는 순간 감정이 봇물 터지듯 흘러넘치면서 울음과 눈물이 쏟아져 나왔다.

나는 얼마나 잔인한 사람이었을까. 이렇게나 상냥한, 이렇

노노미야 쿄코

게나 마음이 넓은 사촌을 벼랑 끝에서 밀어 버리려고 했던 것이다.

미안함과 한심함에 몸이 움츠러들었다.

그러자 미치루는 쿄코를 안은 채 말했다.

"내일 방과 후에 체육관 뒤로 와. 분명 재미있는 걸 보게 될 거야."

체육관 뒤편은 조금 높은 언덕 지대였기 때문에 인근 주민의 시선이 닿지 않고 광범위한 사각지대로 이루어져 있었다.

미치루가 말한 대로 정해진 시간에 체육관에 갔더니 그곳에서는 역시 이상한 광경이 펼쳐지고 있었다.

쿄코는 건물 구석에 몸을 숨겼다. 숨을 죽이고 쳐다보니 그곳에는 남자 세 명과 미카가 있었다. 남자 중 한 명은 고이치였고 나머지 두 사람은 불량 패거리였다.

세 사람은 땅바닥에 쓰러져 누워 있는 미카에게 발길질을 했다.

사귀는 사이인 두 사람이 어째서, 라는 의문은 고이치의 웃는 얼굴을 보는 순간 날아가 버렸다. 고이치는 마지못해 어울리는 것이 아니라 진심으로 즐거워하고 있었다.

"못생긴 게."

고이치는 웃으면서 미카의 배를 발끝으로 쿡쿡 찔렀다.

"내 여자라고 나대고 다닌다며. 제길, 가서 거울이나 봐. 간신히 토하지 않을 정도로 생긴 주제에 공주라도 된 것처럼 깝치고 있어. 착각 좀 작작해."

미카는 영문을 모르겠다는 표정으로 고이치를 올려다봤지만 소리는 내지 못했다. 배를 부여잡은 것을 보니, 아무래도 몇 번이나 같은 부위를 맞아서 제대로 숨을 쉴 수 없는 것 같았다. 블라우스의 명치 부근은 이미 흙으로 새까맸다.

다른 남자 두 명은 미카의 엉덩이와 등을 찼다. 고이치 앞이라 어느 정도 자제하는 것 같지만 그래도 그들의 얼굴에 떠오른 것은 결코 억지웃음이 아니었다.

마치 운동경기라도 즐기는 것처럼 유쾌한 얼굴이었다. 그 얼굴을 보면서 쿄코는 멍하니 생각에 잠겼다.

분명 나를 괴롭힐 때, 미카 무리도 틀림없이 이렇게 신이 나서 웃고 있었을 것이다. 그들에게 타인을 깔보고 멸시하고 괴롭히는 행위는 원한을 풀겠다는 거창한 것이 아니라 단순한 게임에 지나지 않는 것이다.

"사,"

미카가 간신히 소리를 냈다.

"뭐라고?"

"살려 줘……."

"뭐라는 거야."

고이치는 미카의 얼굴을 신발로 짓밟았다.

얼굴에 구두 밑창을 새기기라도 할 기세로 계속 짓밟았다. 그 밑에서 개구리 울음소리 같은 신음 소리가 새어나왔다.

"넌 지금까지 살려 달라고 말한 애들 봐준 적 없잖아."

그리고 이번에는 조금 더 세게 명치를 걷어찼다.

"윽!"

옆으로 쓰러져 있던 미카의 입에서 노르스름한 토사물이 튀어나왔다.

"아 씨, 더러워!"

오물이 신발에 묻은 듯 패거리 중 한 명이 뒷걸음질 쳤다. 그것을 본 고이치가 요란하게 웃으며 미카의 얼굴을 손가락질했다.

"이 년 얼굴이 더 더러워. 눈물이랑 토사물이 범벅이 됐어. 백 년의 사랑도 순식간에 식을 꼬라지라고. 엇, 이것 봐! 이 년 오줌도 쌌어."

배를 걷어차일 때 방광에 충격이 가해진 걸까, 다리 주변에 노란색 웅덩이가 점점 커졌다. 아직 수치심을 느낄 여력이 있는지 미카는 사타구니를 손으로 가리려고 했다.

그러나 그것을 두고 볼 고이치가 아니었다.

"속옷이 더러워졌으면 갈아입어야지. 야, 벗기자."

"응?"

아니나 다를까 한 사람의 안색이 변했다.

"그거…… 괘, 괜찮을까?"

"미친. 건드리자는 거 아니잖아. 옷만 벗기자고. 아니면 너, 이런 못생긴 년하고 하고 싶어?"

"아……, 아니. 나도 싫어."

"하, 하지 마아……."

"야, 이 년 입 좀 막아 봐."

"오케이."

대답한 남자가 땅바닥에서 흙을 한 움큼 쥐고 미카의 입을 억지로 벌렸다. 미카의 입은 흙으로 가득 차서 소리를 낼 수 없게 됐다.

그리고 세 사람은 각자 미카의 교복을 벗겼다. 옆에서 보고 있자니 우스운 점은 세 사람 모두 극도로 흥분한 주제에 자신은 이런 일에 익숙하다는 듯 침착한 척하고 있다는 것이었다.

미카도 필사적으로 계속 저항했지만 그럴 때마다 맞아서, 점점 저항을 그만뒀다.

노노미야 쿄코

마침내 미카는 속옷까지 벗겨져 알몸이 되었다.

"옷을 벗겨도 조금도 그럴 마음이 들지 않네."

고이치가 조롱하는 말투로 말하고는 미카의 몸에 침을 뱉었다.

"그럼 이번에는 샤워를 해야지."

고이치는 바지 지퍼를 내리고 음경을 꺼낸 뒤 미카를 향해 오줌을 누기 시작했다. 나머지 두 사람도 눈을 빛내며 따라 했다.

움직이는 것조차 포기한 미카에게 오줌 줄기가 무자비하게 쏟아졌다. 그녀의 몸은 물론 얼굴까지 세 사람의 소변으로 노랗게 더럽혀졌다.

"마무리를 해야지."

고이치는 옆에 두었던 가방에서 검정 케이스를 꺼냈다. 폴라로이드 카메라였다.

"어, 야, 이거, 찍을 거야?"

"어. 기념사진을 남겨야지. 이래야 꼰지르지 않는다고."

찰칵.

찰칵.

찰칵.

차가운 셔터 소리가 바람에 실려 왔다.

그 소리를 들으면서 쿄코는 온몸을 관통하는 달콤한 전율을 느꼈다.

발끝에서부터 희열이 솟구쳐 올랐다.

가슴이 환희로 떨렸다.

입매가 풀어졌다.

미카. 지금의 네 모습이 보여?

너는 나를 장난감 취급했지.

지금은 네가 장난감이라고.

쌤통이다.

사진을 다 찍자 고이치는 완전히 흥미를 잃은 듯 "끝, 가자"라고 말했다.

두 남자는 축제의 여운을 음미하는 듯 얼굴이 벌겋게 달아올라 자리를 떴다.

혼자 남은 고이치는 두리번거리면서 주변을 살폈다. 쿄코는 황급히 고개를 움츠렸지만 고이치가 찾는 것은 따로 있었다.

고이치는 체육관 창고의 뒷문을 열고 안으로 사라졌다.

잠시 동태를 살핀 뒤 안심한 미카가 상반신을 일으켰다. 이곳에 자신만 있다는 사실을 파악하고는 더러워진 교복을 느릿느릿 입고 배를 부여잡으며 모습을 감췄다.

그러나 더 이상 미카 따위에 관심 없다.

물론 창고는 체육관 쪽에서도 열 수 있다. 호기심을 주체하지 못한 쿄코는 바깥으로 돌아서 아무도 없는 체육관으로 몰래 들어갔다.

창고 문은 잠겨 있지 않았다. 문으로 다가가니 분명하지 않은 이야기 소리가 새어 나왔다. 쿄코는 문 사이로 손가락을 넣을 수 있을 정도의 틈을 만들어 안을 훔쳐봤다.

창문에서 흘러들어오는 빛으로 대화의 주인공이 보였을 때 자신도 모르게 소리를 낼 뻔했다.

고이치와 미치루였다.

쿄코가 놀란 이유는 또 있었다. 두 사람이 몸을 밀착한 채 미치루의 오른손이 고이치의 사타구니 사이에 부풀어 오른 그것을 만지고 있었다.

"그걸로 됐어?"

"음, 합격."

그렇게 대답한 미치루는 고이치의 뺨을 기다란 혀로 핥아 올렸다. 순간 고이치는 상체를 부르르 떨면서 입술을 내밀었지만 미치루는 웃으며 손바닥으로 막았다.

"안 돼."

"어, 어째서."

"그런 관계가 아니잖아. 그래도 이쪽이 좋지?"

미치루의 손이 점점 빨라졌다. 야비한 신음 소리가 헐떡거리며 커지고 고이치의 얼굴이 점점 상기됐다. 억누른 목소리와 음탕하고 문란한 움직임으로 공기가 농밀해졌다. 시큼한 냄새가 가득한 창고에 다른 냄새가 섞여 들었다.

두 사람이 무엇을 하고 있는지는 쿄코도 안다. 그러나 조합이 전혀 이해가 가지 않는다.

아니, 아니다.

쿄코는 미치루의 상대가 고이치라는 사실을 용납할 수 없는 것이다. 희열에 들뜬 사람은 고이치뿐이고 미치루는 단지 농락하고 있는 것으로 보였다. 방금 전까지 미카를 장난감 취급했던 고이치가 지금은 미치루의 장난감으로 전락했다.

그래도 고이치를 허락할 마음은 들지 않았다. 한 번은 후련해졌던 마음속에 또다시 묵직한 앙금이 내려앉았다.

숨을 쉴 수가 없다.

애달파서 마음이 아팠다.

그때였다.

불현듯 미치루가 쿄코가 숨어 있는 방향으로 몸을 돌렸다.

두 사람의 눈이 마주쳤다.

놀란 사람은 쿄코였다.

노노미야 쿄코

미치루는 그곳에 쿄코가 있었다는 사실을 알면서 평소의 요염한 미소를 띠고 있었다.

그것 봐, 재미있는 것을 볼 거라고 했지?

그 눈빛은 분명 그렇게 말하고 있었다.

쿄코는 쇠사슬에 묶인 것처럼, 한 발자국도 움직일 수 없었다.

2

다음 날부터 미카는 학교에 나타나지 않았다. 담임 선생님은 미카의 건강이 좋지 않다며 부모님에게 연락이 왔다고 했다. 2주가 지나도 등교를 하지 않아 여자아이들은 제각각 소문에 대해 떠들어 댔지만 진상을 알고 있는 사람은 아무도 없었다. 그리고 새 학기가 시작되었을 때, 담임 선생님이 미카가 갑작스럽게 전학 갔다는 소식을 알렸다.

우두머리를 잃은 무리만큼 우스운 것은 없다. 작은 그룹이 뭉쳤다가 흩어지기를 반복하고, 반목과 추종이 거듭된다. 구심력을 가진 사람이 없기 때문에 어지러운 혼란만 계속될 뿐이다.

그래도 미치루를 무리로 끌어들이려는 사람은 한 명도 없었다. 분명 여자 특유의 감으로 미치루는 위험하다는 사실을 눈치챘을 것이라고, 쿄코는 추측했다.

남자라는 생물은 정신연령이 여자보다 다섯 살 정도 어리지 않은가. 반 여자아이들은 보이지 않는 경계선을 치고 미치루를 멀리했지만, 남자아이들은 어리석게도 온갖 방법을 동원해 그녀와 친해지고 싶어 했다. 그러나 미치루는 외모도 지능도 별 볼 일 없는 남자를 진지하게 상대하지 않고 냉대했다. 고이치조차 예외는 아니라, 그날 상을 받은 뒤에 그는 완전히 무시당했다.

미치루가 남자아이들을 대하는 모습을 보면 통쾌했지만, 한편으로 쿄코는 그녀와 거리를 두기 시작했다.

곁에 있기 싫었던 것이 아니다.

반대다.

매우 가까운 사이가 돼서 떨어지고 싶지 않았다는 것이 진심이었다. 그러나 가까워지는 것에 원초적인 공포심이 따라붙었다. 특출 난 미모도 청아한 목소리도, 가까이 다가가면 타죽어 버리고 마는 부나방처럼 될 것만 같았다. 만약 자신이 다가가서 만진다면 한순간에 소멸되어 버릴 것 같은 공포심이 들었다.

그러나 미치루는 언제나 쿄코에게 웃어 보였다. 마치 쿄코의 동경과 공포를 전혀 모른다는 듯이.

담임 선생님이 흘린 것인지, 아니면 양쪽 부모님 중 누군가의 말이 전해진 것인지 두 사람이 사촌 관계라는 사실을 마침내 반 아이들 모두가 알게 되었다.

쿄코를 향한 괴롭힘은 자연스럽게 사라졌다. 이대로 가면 졸업할 때까지 쿄코는 평온한 나날을 보낼 터였다.

그러나 뜻대로 되지 않았다.

어느 날, 수학 선생님이 수업 시간에 쿄코를 지명해 문제를 풀게 했다. 우연히 전날 밤에 예습한 문제였다.

"네!"라고 씩씩하게 일어난 순간 현기증이 났다.

갑자기 발밑이 푹 꺼지고 눈앞이 한쪽으로 뒤틀렸다. 오감이 점점 사라지자 쿄코는 바닥에 쓰러졌다.

이후 기억은 완전히 끊겼다. 정신을 차렸을 때는 병원 침대 위에 누워 있었다.

어머니 데루에가 염려 가득한 눈으로 나를 내려다보고 있었다.

"……나…… 어떻게 된 거야?"

수업 중에 빈혈을 일으킨 적은 예전에도 자주 있었다. 빈도가 잦을 때는 학교도 나가지 않았다. 그렇지만 병원에 실려 온 적은 한 번도 없었다.

데루에는 당황해 허둥거릴 뿐 제대로 대답하지 못했다. 두서없는 말을 정리해 보면 담당의의 판단으로 곧바로 긴급 입원이 정해지고 이미 혈액도 채취했다는 것 같았다.

긴급 입원.

혈액 검사.

생소한 단어들이 불안을 자아냈다. 간병을 하는 어머니는 전혀 믿음직스럽지 못했고 정보가 적어서 불안이 가중됐다.

누워 있어도 몸이 묘하게 무겁게 느껴졌다. 마음대로 움직이지 못할 정도는 아니지만 뇌부터 사지까지 명령이 느리게 전달되는 느낌이었다. 이전에 빈혈로 쓰러졌을 때는 잠시 동안 가슴이 몹시 두근거렸지만, 이런 증상은 처음이었다.

정체불명의 누군가가 자신을 잡아먹으려고 어금니를 드러내고 있다고 생각하자 갑자기 몸이 차갑게 식어 버리는 느낌이 들었다.

얼마 지나자 다카유키가 병실에 나타났다. 소식을 듣고 직장에서 달려와 담당의에게 설명을 듣고 오는 길이라고 했다.

다카유키는 쿄코의 얼굴을 보면서 말을 해줄까 말까 망설이는 모습이었다. 말해 주는 입장에서는 상대를 걱정하고 배려하려는 의도일지 몰라도 당사자 입장에서는 불필요하게 가슴을 졸이게 된다.

"말해 줘, 아빠."

"……뭘 말이냐."

"안 좋은 거지? 내 병. 괜찮으니까 알려 줘."

그 한마디에 마음을 정한 것 같았다. 다카유키는 쿄코가
잘 알아듣도록 설명을 시작했다.

"의사 선생님이 재생불량성 빈혈이라는 구나."

뭐야, 역시 빈혈인가 싶어 맥이 빠졌지만, 이어지는 설명
은 쿄코가 상상했던 것보다 훨씬 더 무겁고 가혹했다.

사람의 혈액은 골수에 있는 조혈줄기세포로 만들어진다.
재생불량성 빈혈은 이 조혈줄기세포가 감소해 골수가 혈액
을 생성해내는 능력이 저하되는 병이다. 생성되는 혈액의 양
이 감소하면 당연히 평소보다 심장이 심하게 두근거리거나
숨이 가빠지며 현기증이 일어난다.

그러나 이보다 더 심각한 사실은 패혈증, 당뇨병, 심부전
과 같은 심각한 병을 유발할 위험이 있다는 것이다.

쿄코도 심부전이 얼마나 절망적인 병인지 정도는 잘 알고
있다.

이 병의 치료법은 크게 세 가지로 나뉜다. 수혈, 약물치료,
마지막으로 골수이식.

수혈은 정기적으로 통원하면서 수혈을 받아야만 한다. 저하된 혈액 생성능력을 보완하는 역할을 할 뿐이라 죽을 때까지 계속 받아야 한다.

약물치료는 면역억제제를 투여하는 방법인데, 이는 어디까지나 합병증 억제가 주목적이다. 면역억제제에는 당연하게도 부작용이 있어서 오랜 기간 투여하면 면역 기능 자체가 저해된다.

그렇기 때문에 의사는 스무 살 이하의 중증 환자에게는 골수이식이 가장 바람직하다고 말했다. 물론 이 세상에 완벽한 치료법 따위 존재하지 않고, 골수이식에도 그에 상응하는 후유증이 염려되지만 약물치료에 비하면 그 가능성이 현저히 낮다.

의사의 설명을 듣는 동안 다카유키도 골수이식이 가장 적절하다고 생각했다고 한다. 이야기를 듣고 있던 쿄코 역시 같은 생각이었다.

다만 골수이식에는 커다란 장벽이 있었다.

"장벽?"

"거부반응이라는 거야. 혈액형은 A형, B형, O형, AB형 네 가지가 다라고 생각했는데, 백혈구 자체에도 혈액형이라는 게 있어서……. HLA형이라는 것 같은데 그게 일치하지 않으면 골수이식을 해도 생착에 실패한다더구나. 아니, 그뿐 아니라 알레르기 반응을 일으킨다고 해."

"그럼 그 HLA형만 맞으면……."

그러자 다카유키의 얼굴이 어두워졌다.

"그야 일치하기만 하면 아빠든 엄마든 골수를 주고 싶지. 그런데 말이야, 부모 자식 사이라고 해서 반드시 일치하지는 않는다고 하더구나."

"……부모 자식 사이인데도?"

"응. 쿄코가 자고 있을 때, 혹시나 해서 엄마 아빠도 혈액 검사를 했는데 일치하지 않았어. HLA형은 부모에게서 반씩 유전되기 때문에 적합하지 않다는 것 같아. 친족이 아니면 적합 판정을 받을 확률은 극히 낮으니까 그보다는 나은 정도 라고 하는구나."

아버지의 말 속에 묘하게 걸리는 부분이 있었다.

부모는 적합하지 않다.

그래도 친족이 아닌 사람보다는 가능성이 있다…….

쿄코가 눈빛으로 재촉하자 다카유키가 말을 이었다.

"형제자매 간의 적합률은 사 분의 일이라는구나."

사 분의 일.

사그라들었던 희망이 되살아났지만 곧 떠올랐다. 히로키

는 분명 피를 나눈 남동생이지만 아직 여덟 살이다.

"쿄코가 무슨 생각을 하는지 알아. 아빠도 같은 생각을 했으니까. 그러니까 히로키의 혈액도 함께 검사해 봤지만……안타깝구나. 히로키와도 일치하지 않았어."

진심으로 안타까운 말투였지만 쿄코의 가슴속에는 의심이 싹텄다.

정말로 히로키의 HLA형과 일치하지 않았던 걸까.

히로키의 몸이 수술을 견뎌낼 수 없을 것 같으니까 거짓말을 하는 건 아닐까.

이식수술에 비용이 많이 드니까 다른 이유로 자신을 설득하려는 게 아닐까.

아니, 병에 걸린 자신보다도 건강한 히로키의 미래를 걱정하는 건 아닐까.

"지금, 선생님이 골수 은행에 적합 기증자가 있는지 확인하고 계셔. 그걸 믿고 기다리자."

다카유키는 말을 끝맺고 쿄코의 손을 잡았지만, 한번 싹튼 의심은 마음 한구석에 달라붙어 사라지지 않았다.

면회 시간이 끝나고 부모님이 돌아간 뒤에도 좀처럼 잠들 수 없었다.

골수이식 수술이 성공한다고 해도 경우에 따라서는 정기

적으로 면역억제제를 투여해야 한다고 한다. 수술을 받지 못하게 되면 정기적으로 타인의 혈액을 수혈받아야만 한다. 즉 어떻게 되든 앞으로의 인생은 피와 약물 냄새로 물들게 된다. 당연히 사지 멀쩡한 정상인에 비하면 입시와 취직에 발목이 잡힐 것이다. 무엇보다 평범하게 결혼할 수 있을지도 미지수다. 병이 완치되지 않으면 자식에게 유전될 가능성이 있는데, 과연 이런 여자를 선택할 남자가 있을까…….

의심과 불안이 순식간에 정신을 좀먹어 들어갔다. 건강한 신체에 건강한 정신이 깃든다는 속담이 이런 상황을 가리킨 말은 아니겠지만, 병이라는 짐이 열등감과 질투와 의심을 불러일으키는 것은 어쩔 수 없는 모양이다. 이런 상황에서도 맑고 강인한 정신을 유지할 수 있는 사람은 초인일 것이다.

미카 무리의 왕따에서 해방되었다고 생각했더니 이번에는 병이다. 곰곰이 생각해 보면 나라는 인간은 신에게 미움을 받고 있는 것 같다.

도대체 내가 뭘 잘못했길래. 매일 즐겁게 살아가는 나와 동갑인 아이들이 세상에 널렸는데.

갑자기 눈물이 차올랐다.

우는 것은 너무나도 비참하다는 생각이 들어서, 그래서 분해서 또 울었다.

억지로라도 잠들기 위해 머리끝까지 이불을 뒤집어썼지만 잠이 올 기미는 전혀 보이지 않았다.

제기랄.

제기랄.

잠들지 않아도 시간은 흐른다. 육체가 병마에 잠식당해가도 시간은 무심하게 자신을 남겨 두고 흘러간다.

그날 밤, 결국 쿄코는 한숨도 자지 못했다.

일주일이 지나자 마음을 좀먹은 생각의 무게가 육체까지 무겁게 끌어내렸다.

이윽고 몸을 뒤척이는 것도 귀찮아질 무렵, 다카유키가 숨을 헐떡이며 병실로 뛰어 들어왔다.

"찾았어, 쿄코. 기증자가 나타났다!"

"응?"

갑작스러운 소식에 귀를 의심했다. 갓 입원했을 때, 골수 은행에서 조회했지만 쿄코의 HLA형에 적합한 기증자는 찾을 수 없었다. 이런 경우, 기증자가 나타날 때까지 수년을 기다려야 할 수도 있다. 그런데 고작 일주일 만에 찾았다는 것은 기적 같은 이야기였다.

"그런데 어떻게 이렇게 갑자기?"

"네 사정을 들은 어떤 사람이 혹시나 싶어서 혈액 검사를 했더니 혈액형 적합 판정을 받았다는구나."

그런 우연이 있을 리가……. 순간 의심이 솟았지만 기증자를 발견했다는 기쁨에 금세 사라졌다.

"실은 그 사람이 여기에 왔단다."

"진짜? 자, 잠깐만."

일주일 동안 제대로 씻지도 못했다. 머리는 봉두난발이었다. 자신의 목숨을 구해줄 은인을 만나기에는 꼴이 몹시 말이 아니었다.

그러나 당황한 쿄코를 개의치 않고 그 인물이 모습을 드러냈다.

미치루였다.

"미치루."

"인사하려고 일어나지 않아도 돼."

미치루는 쿄코를 제지하고 침대 옆에 있는 의자에 앉았다.

"아니, 어떻게."

"학교를 계속 빠지면 누구라도 이상하게 생각한다고. 그래서 이모께 여쭤봤더니 병에 걸렸다고 알려 주시더라고……. 그래서 생각했지. 형제는 혈액형 적합률이 높다며. 그럼 사촌도 괜찮지 않을까. 그랬더니 다행히도 적합 판정을 받았지

뭐야."

옆에 서 있던 다카유키는 구세주라도 만난 표정으로 미치루를 바라보고 있었다.

태연하게 말하고 있는 이 사촌은 이식수술이 어떤 것인지 제대로 알고는 있을까.

"미치루, 고마워. 정말로 고마워……. 있잖아 그런데 이식수술 아플 거야. 골수를 받는 내가 아니라 미치루가 아플 거라고 생각해야 해."

이식 절차는 담당의에게 들었다. 물론 전신마취를 한 뒤 기증자의 골수에서 골수액을 채취한다. 그러나 바꿔 말하면 전신마취를 하지 않으면 도저히 견딜 수 없는 시술이라는 뜻이다. 마취가 풀리면 당연히 상당한 고통을 느끼게 된다.

"들었어. 굵은 바늘로 찌른다며. 괜찮아. 쿄코가 살 수만 있다면."

미치루는 마치 주사 한 대 맞으면 된다는 듯 산뜻하게 말했다. 똑똑한 미치루의 말이다. 이식수술이 무엇인지 사전에 조사해 본 뒤 기증을 자처했을 것이 분명하다.

불현듯 체육관 창고에서 했던 그녀의 행동이 떠올랐다. 고이치를 아이 다루듯 하는 모습을 자신에게 보여 준 미치루. 그 음탕하고 요염한 사촌이, 이제는 자신을 위해 신체 일부를 제공하려고 한다. 그녀는 과연 악마일까, 아니면 천사일까. 고마운 마음과 정체를 알 수 없다는 의문이 뒤섞여 혼란스러웠다.

머뭇거리고 있자 미치루가 두 손을 내밀어 쿄코의 뺨을 감쌌다.

"쿄코가 살 수만 있다면, 나는 뭐라도 할 수 있어. 왜냐면 우린 사촌이잖아."

뺨에 닿은 손바닥으로 미치루의 체온이 전해졌다. 처음에는 서늘했지만 쿄코의 경직된 마음을 어루만지듯 서서히 따뜻해졌다.

마음이 약할 때는 눈물샘까지 약해지는 걸까, 금세 뜨거운 방울들이 넘쳐흘렀다.

"고마워. 고마워."

눈물로 뒤범벅되어 일렁거리는 시야에서 미치루가 가만히 웃고 있었다.

뜻밖에도 쿄코는 이해했다.

다른 사람들에게 미치루는 거리를 두고 싶은 존재일지 모른다. 다가가기 힘든 미모와 때때로 인간을 인간으로 생각하지 않는 듯한 행동.

그러나 쿄코에게는 단 하나뿐인 사촌이자 마음이 이어진

친구다.

그녀만 곁에 있다면 아무것도 두렵지 않다.

뺨을 감싸 쥔 손을 꽉 잡았다. 그것만이 현재 쿄코가 할 수 있는, 온 힘을 다한 의사표시였다.

이식수술은 한 달 후에 진행됐다. 그 사이에 쿄코의 조혈모세포를 죽이기 위한 조혈모세포이식 전처치*가 필요하기 때문이다. 그러나 한 달 동안 항암제를 다량 투여하고 방사선 치료를 하는 탓에 환자는 지속적으로 구토와 탈모에 시달린다.

형언할 수 없이 불안했지만 절망적이지는 않았다. 쿄코는 각오를 다지고 수술대에 누웠다.

수술실의 옆 침대에 미치루가 누워 있었다. 지금부터 미치루의 골수를 채취하겠지. 놀랍게도 미치루의 얼굴에는 골수채취에 대한 불안 따위 눈곱만큼도 보이지 않았다. 오히려 쿄코에게 가볍게 손을 흔들어 주기도 했다.

그 모습을 보고 그나마 남아 있던 불안도 완전히 사라졌다. 담당의가 링거를 꽂을 때도 의연했다.

---

* 조혈모세포가 정착할 공간을 마련하고, 종양세포와 환자의 골수를 없앤 뒤 새로운 세포가 자리 잡을 수 있도록 조치하기 위한 본격적인 이식 과정의 시작.

눈을 떴을 때, 쿄코는 무균실에 있었다. 비닐 너머로 멸균복을 입은 미치루가 보였다.

"……수술, 벌써 끝났어?"

"어제. 넌 하룻밤 동안 잠들어 있었어."

그 이야기를 듣고 보니 마취 기운이 남아 있는 것 같았다. 아직 의식과 감각이 또렷하지 않았다. 수술이라고는 해도 외과적인 조치가 있었던 것은 아니고, 팔의 정맥에 링거를 꽂아 골수액을 투입한 것뿐이지만 쿄코는 극심한 피로감을 느꼈다.

"전처치의 영향이 아직 남아 있는 것 같대."

"아직, 계속 이 비닐 안에 있어야 하는 거야……?"

"쿄코 몸속에 넣은 내 골수액이 제대로 피를 만들기 시작하면 일반 병실로 옮긴대."

그래.

내 몸속에는 미치루의 일부였던 것이 힘차게 흐르고 있다.

"미치루."

"응?"

"손, 잡아 줘."

비닐 저편에서 뻗어온 손을 잡았다. 피부가 직접 닿지는 않았지만 그래도 미치루의 감촉을 확인할 수 있었다.

병상에서 홀홀 털고 일어날 수 있게 되면 평생 그녀 옆에 붙어 있자. 어떤 관계가 되든 기필코 내가 받은 은혜를 갚자.

"미안, 미안해. 나는 정맥에 주사를 맞기만 했는데 미치루는 너무 아팠잖아……."

"이상한 생각, 하지 마. 별 거 아니었어."

"그치만."

"굵은 바늘에 찔리는 것 따위 아무것도 아니야. 매일이, 훨씬 더 아픈걸."

"……응?"

의미를 파악하지 못하자 미치루는 작게 한숨을 내쉬었다.

"다른 사람들에게는 절대 보여 줄 수 없지만 쿄코는 말 그대로 피를 나눈 사이니까. 보여 줄게."

미치루가 한 손으로 앞머리를 들어올렸다.

쿄코는 소리조차 낼 수 없었다.

쿄코가 바라보는 방향에서 왼쪽 이마, 이마 선 부분에 5센티미터 정도 크기의 멍이 있다. 뒤틀린 모양에 검푸른 색, 미치루의 아름다운 얼굴에 있으니 더욱 이상해 보였다.

"흉측하지. 이렇게 심하게 변색돼서 화장으로도 가려지지 않을 거야."

"어떻게 된 거야, 그 멍."

"비밀, 지킬 수 있지?"

쿄코가 고개를 연신 끄덕이자 미치루가 그 명을 보란 듯이 얼굴을 가까이 들이댔다.

"이거 말이야, 아빠가 그런 거야."

"미치루의, 아빠가?"

"나, 아빠에게 매일 심한 짓을 당하고 있거든."

3

수술이 성공적으로 끝나고 몇 주가 지난 뒤 쿄코는 무사히 퇴원했다. 그리고 퇴원하고부터 쿄코는 미치루의 모습을 눈으로 좇기 시작했다. 무엇을 하는지, 어떤 표정을 짓고 있는지 항상 신경 쓰여서 견딜 수 없었다. 미치루가 웃으면 쿄코도 기뻤다. 미치루의 기분이 나빠 보일 때면 이유를 알고 싶어서 가슴이 미어졌다.

수술 전에 자신을 안아주었던 미치루를 향한 공포와 다가가기 어려운 마음이 완전히 사라진 것은 아니었다. 여전히 미치루의 미모에 기가 죽었고 그날 체육관에서 보여 준 야릇한 행동을 한 번도 잊은 적 없다. 그렇지만 미치루가 자신을 좋아한다는 사실, 그리고 무엇보다 그녀의 일부가 자신의 몸속에서 숨 쉬고 있다는 사실이 쿄코의 공포심을 빼앗아갔다.

어느 날, 점심시간에 미치루의 자리에서 도시락을 먹자고 마음먹었다. 처음에는 망설였지만, 미치루가 거절하지 않았기 때문에 용기를 짜내서 맞은편에 앉았다.

"가…… 같이 먹을래?"

미치루의 표정은 조금도 변하지 않았다.

"네 도시락이잖아. 하고 싶은 대로 하면 되지."

"응."

안도의 한숨을 내쉰 쿄코는 도시락통을 열었다. 평소에는 데루에가 전날 저녁에 먹고 남은 음식을 싸주지만 오늘은 쿄코가 도와서 처음으로 도시락을 예쁘게 꾸미는 데 도전했다. 미치루 앞에서 창피한 도시락을 선보일 수는 없다.

미치루가 도시락을 어떻게 평가할까. 기대와 불안으로 두근거렸다.

하지만 미치루의 봉투에서 나온 것은 빵과 플라스틱 용기에 담긴 샐러드뿐이었다.

그러고 보니 그 봉투는 역 앞에 있는 빵집의 것이었다. 분명 등굣길에 샀을 것이다.

후회가 밀려왔다. 미치루의 어머니는 실종됐다. 아버지와 둘이서만 생활하기 때문에 미치루의 도시락을 준비해 줄 사람은 아무도 없다.

어쩌지. 역시 나는 경솔하다.

어머니가 없다는 사실을 비꼰다고 생각하면 어떡하지.

한껏 들떴던 기분이 순식간에 가라앉았다. 이대로 도시락 뚜껑을 닫고 도망가고 싶었다.

그러자 미치루가 아무렇지 않은 말투로 "예쁘다"라고 말했다.

"응?"

"도시락 진짜 예쁘다. 이거, 이모가 만들어 주셨어?"

둘이서 만들었어, 라고는 말할 수 없었다.

"아니. 내가 만들었어."

이 정도 거짓말은 괜찮겠지.

"아. 쿄코 이런 거 잘하는구나."

"미치루는 직접 안 만들어?"

"안 만들어."

"왜?"

"고작 도시락 하나 만들자고 일찍 일어나는 거 귀찮잖아."

다른 여자아이가 했다면 게을러 보였을 말이 미치루의 입에서 나오니 이상하게도 우아하게 들렸다.

"괜찮으면, 미치루 도시락도 만들어 줄까?"

"괜찮아, 안 만들어 줘도 돼. 나 별로 식탐이 없거든."

그리고 미치루는 빵을 베어 먹기 시작했다.

미치루는 말이 많은 편이 아니라 빵을 먹으면서는 입만 조용히 움직일 뿐이었지만 쿄코는 이것으로 만족했다.

분명히 남자들은 이해하지 못할 것이다. 점심시간에 혼자서 도시락을 먹는 외로움과 수치심을. 친구가 없는 비참한 자신을 반 아이들에게 보이는 것을. 그게 싫어서 마음이 조금 맞지 않는 사람과도 그저 얼굴을 맞대고 있다는 것을 상상이나 할까.

그러나 그런 암울한 날들과도 이제 안녕이다. 나에게는 둘도 없는 짝꿍이 생겼으니까.

그날을 계기로 쿄코는 미치루의 곁에서 한시도 떨어지지 않았다. 수업 시간 외에는 항상 미치루와 함께 다녔다. 미치루가 싫어하면 물러나려고 했지만 거부하지 않아서 꼭 붙어 다녔다. 반 아이들 중에는 시녀라는 둥 껌딱지라는 둥 험담하는 사람도 있었지만 조금도 개의치 않았다. 누가 뭐라고 해도 나와 미치루는 피로 이어진 사이다. 그 농도는 가족보다 진하다. 누구의 눈치든 볼 필요가 없다.

미치루와 함께 행동하자 반 여자아이들이 얼마나 그녀를 멀리하는지 실감할 수 있었다. 마치 저 멀리 보이지 않는 벽이 둘러싸고 있는 것처럼 누구도 일정 거리 이상은 넘어오려고 하지 않았다. 하나같이 평범하게 생긴 그녀들에게 미치루는 매우 이질적인 존재에 불과했다. 옆에 서면 자신이 못생겼다는 사실만 부각되기 때문에 마음 놓고 다가갈 수 없는 것이었다.

특권계급, 이라는 말이 떠올랐다. 미치루 같은 여자아이 옆에 딱 달라붙어서 대화를 나누는 것은 자신 같은 선택받은 사람에게만 허락되는 일이다.

그렇다. 문자 그대로 피를 나눈 사람이 아니면 허용되지 않는 행위—이렇게 생각할 때마다 쿄코는 하늘을 날 것 같은 기분이었다.

미치루와 함께 있는 것만으로 자신의 지위가 한 단계 상승한 기분이 들었다. 미치루 같은 여자아이와 친하게 지내는 자신이 가치 없는 인간일 리 없다. 그녀와 함께 있는 한, 자신도 그녀의 일부라고 진심으로 생각했다.

그 때문에 아이들은 쿄코를 질투와 선망의 시선으로 보기 시작했다. 벽 밖으로 나가는 순간 질투와 선망은 악의로 바뀔 위험이 있다. 그래서 쿄코는 더욱더 미치루의 곁을 떠날 수 없게 되었다.

미치루가 먼저 말을 거는 적은 없어도 쿄코가 물어보면 그녀는 대부분 대답해 줬다.

좋아하는 연예인은 누구인지.

좋아하는 영화는 무엇인지.

좋아하는 소설은 누구의 작품인지.

쉬는 날은 어떻게 보내는지…….

쿄코는 폭포수처럼 질문을 쏟아냈다. 미치루의 대답을 확실히 기억해 두고, 자신이 모르는 것이라면 사거나 빌리자고 다짐했다. 자신의 기억이 온통 미치루에 대한 것으로 가득 차는 것에 쾌감을 느꼈다. 자신의 내부가 미치루로 충만해져 가는 것은 더할 나위 없는 행복이었다.

그러던 어느 날, 하굣길에 미치루의 음악 취향이 자신과 비슷하다는 사실을 알게 됐다.

"진짜? 쿄코도 차게 앤 아스카 좋아하는구나. 나 새 앨범 갖고 있는데 빌려줄까?"

"와. 응응, 빌려줘!"

미치루는 잠시 곰곰이 생각한 뒤 학교에서 빌려줬다가 선생님들에게 들키면 귀찮아진다고 말했다. 두 사람의 학교에서는 정기적으로 불시에 소지품 검사를 하는데, 학업에 적절하지 않은 물건은 부모님의 확인서를 제출하기 전까지 압수당하기 때문이었다.

노노미야 쿄코

"지금 우리 집에 가자. 집에서 주면 되잖아."

"응? 그치만……."

"나는 상관없는데. 왜? 우리 집에 오는 거 싫어?"

그렇게 물으면 거절할 수 없다. 게다가 전부터 미치루의 집, 미치루의 방을 한 번쯤 구경하고 싶다고 생각했기 때문에 이게 웬 떡인가 싶었다.

결국 쿄코는 흔쾌히 동의했다.

마음을 정하자 갑자기 가슴이 두근거렸다.

보는 것과 듣는 것은 천지 차이다. 아버지와 둘이서 이사 왔으니 단독주택에 살지는 않겠지만, 과연 미치루와 어울리는 집일까. 그리고 그녀의 방은 산뜻하게 꾸며진 아기자기한 방일까.

제멋대로 펼치는 상상으로 머리가 터질 지경이 되었을 때, 쿄코는 불현듯 그 말이 떠올랐다.

나, 아빠에게 매일 심한 짓을 당하고 있거든…….

병실에서 그 말을 들었을 때는 자신이 병상에 누워 있던 탓에 자세한 사정을 물어보지 못했지만 곰곰이 생각해 보니 말도 안 되는 이야기다. 심한 짓이라는 건 아버지가 매일 호통을 친다는 뜻일까. 아니면 육체적으로 폭력을 가한다는 뜻일까. 이마에 남아 있던 멍은 그 흔적일까. 정말로 학대를 당하고 있다면 걱정만 할 게 아니라 먼저 학교나 경찰에 신고해야 하는 것 아닐까.

몇 가지나 떠오른 의문과 스스로 떠올린 답으로 심란한 가운데 미치루에게 이끌려 따라갔다. 조금 걷다 보니 미치루가 고용촉진주택이 있는 쪽을 향해 가서 쿄코는 의아했다.

이윽고 두 사람은 단지 입구에 다다랐다. 멀리서 바라본 적은 있어도 이만큼 가까이서 단지를 본 적은 처음이라 쿄코는 잠시 말을 잃었다.

"깜짝 놀랐어?"

미치루가 묻자 당황해 고개를 저었지만 놀란 기색을 숨길 수는 없었다.

이 구역에 있는 고용촉진주택은 지은 지 30년이 넘은 낙후된 단지였다. 자세하게는 모르지만 이름으로 짐작하건대 적어도 고급맨션이라고는 생각할 수 없었다.

그러나 설마 이런 곳일 줄은 상상도 하지 못했다.

8층짜리 건물 네 동이 모두 같은 방향을 향해 세워져 있었다. 벽이 낡고 실금이 간 상태로 몹시 노후화된 건물이라는 사실을 서 있는 곳에서도 파악할 수 있었다. 이끼가 벽을 타고 자라고 있는 곳도 있었다. 아파트 건물과 건물 사이에는 높게 자란 무성한 잡초가 방치되어 있었다. 벌써 땅거미가

지기 시작해서 창문에서 불빛이 새어 나왔지만 집집마다 밝기가 달라 어딘지 모르게 을씨년스러웠다.

"무서워?"

"그, 그럴 리가."

"아빠는 아직 안 오셨어. 가자."

아버지가 집에 돌아오는 것이 그렇게나 나쁜 상황인 걸까. 마음에 걸렸지만 미치루가 서둘러 앞장섰기 때문에 따라갈 수밖에 없었다.

미치루가 들어간 곳은 앞에서 세 번째 동이었다. 바깥에 있는 계단 입구에는 사용하지 않는 세발자전거가 버려져 있었고 우편함은 군데군데 녹슬어 칠이 벗겨져 있었다. 계단 위에 설치된 형광등은 명멸이 심해 금방이라도 꺼져 버릴 것 같았다.

"미안해. 여기, 엘리베이터가 없거든. 우리 집은 6층이야."

계단은 콘크리트가 드러나 있었다. 계단을 올라갈 때마다 층계참에 세차게 부는 바람이 더욱 강해지는 것 같았다. 각 세대의 환기구에서 음식 만드는 냄새가 풍겨왔다. 생선, 카레, 밥 짓는 냄새, 그리고 간장이 눌어붙는 냄새.

6층 복도를 걸었다. 집에서 새어 나오는 갓난아기의 울음소리와 텔레비전 소리가 뒤섞여 쓸쓸한 소음이 흘렀다.

"여기야."

C-608 가모우 노리오

문패를 보고 나서야 미치루 아버지의 이름이 떠올랐다.

"지저분하지만 들어와."

미치루는 열쇠로 문을 열었다. 내부는 캄캄했고 아버지가 돌아온 기색은 없었다.

현관문 근처에 있던 스위치를 켜자 집 안이 환해졌다. 이 또한 상상과는 동떨어진 장면으로, 어둑한 형광등 아래, 어른 한 명이 겨우 지나갈 수 있는 폭의 복도가 안쪽으로 이어져 있었다.

갑자기 춥다고 느꼈다. 실제 온도 때문이 아니었다. 사람이 사는 훈훈한 느낌이 전혀 느껴지지 않는 분위기에 등골이 오싹했다.

미치루는 쿄코의 생각에 아랑곳하지 않고 복도 끝을 향해 걸어갔다. 막다른 곳 오른쪽 방. 그곳이 미치루의 방이었다.

멀리서 방안을 보고 조금 안심했다. 형광등이 어둑한 것은 마찬가지였지만 그래도 깔끔한 침대와 책상, 벽에 붙어 있는 포스터와 전신거울은 과연 미치루다웠다. 책장의 책은 대부분 문학 전집으로 비슷한 책등이 나란히 꽂혀 있었다.

그러나 미치루의 미적 감각으로도 얼룩진 천장이나 더러

운 창문만은 숨길 수 없었다. 애당초 노후화된 건물이다. 아무리 인테리어를 해도 한계가 있다.

"자, 여기."

미치루는 보관함에서 CD 한 장을 꺼냈다.

"아무 때나 돌려줘도 돼."

멋진 방이라고 칭찬하면 속마음이 훤히 들여다보일 것이다. 그렇다고 해서 솔직한 평을 말할 배짱은 없었다.

뭐라고 대답해야 할지 몰라 우물쭈물하자 미치루가 입을 열었다.

"역시 놀란 것 같네. 내 이미지랑 그렇게나 달라?"

"아니……."

"됐어. 나도 그쯤은 알고 있으니까."

미치루는 카펫 위에 앉아 무릎을 끌어안았다. 쿄코도 자연스럽게 같은 자세로 마주보고 앉았다.

"엄마가 다른 남자랑 도망간 건 들었지?"

"……응."

"이유는 알아?"

"아니."

"이유는 말이야, 가난을 견딜 수 없었기 때문이야."

아무런 감정도 느껴지지 않는 말투였다.

"아빠는, 예전에 회사를 경영했어. 옛날에는 꽤 부자였어. 나한테도 좋은 옷을 사줬었지. 그런데 3년 전에 회사가 망했어. 그냥 망하기만 한 거면 다행일 텐데 엄청난 빚을 떠안았나 봐."

미치루는 마치 다른 사람의 이야기를 하듯 담담하게 말했다. 본인에게는 비참한 이야기일 텐데 감정이 드러나지 않아 마치 지어낸 이야기를 듣는 기분이었다.

"엄마도 원래는 풍족하게 자랐으니까 빚더미 생활이나 맞벌이가 성미에 맞지 않았던 것 같아. 후후. 빚쟁이가 성미에 맞는 사람도 있나? 얼마 동안은 둘이서 자주 말다툼을 했어. 그러다가 말이야 어느 날 내가 학교에 갔다 오니까 쪽지 하나 남기고 사라져 버렸더라고. 변명 같은 걸 장황하게 늘어놓고는 마지막에 '미치루는 강하게 살아가렴'이라고 적었더라? 대단도 하지. 책임 전가도 이 정도면 수준급이야. 나중에 이웃 사람한테 들은 말로는 아빠랑 내가 없을 때 모르는 남자가 드나들었다더라고. 가족만 몰랐던 거지."

꽉 쥔 주먹 안에 땀이 흥건했다. 아무리 가볍게 말해도 분명 무거운 이야기다.

"결국 그렇게 아빠의 멘탈도 나간 것 같아. 빚을 갚으려고 집을 팔고 이사했어. 지금은 보다시피 아빠와 딸 둘이서 근근이 생활하고 있지."

"그만해, 미치루."

"뭘?"

"그런 말투, 미치루와 어울리지 않아."

"그래? 하지만 난 그다지 비관하지도 무리하지도 않아. 물론 지금 상황이 행복하다고 생각하지는 않지만."

미치루는 무심하게 말했다. 그 말투가 지극히 자연스러워서 쿄코는 다시 한번 놀랐다.

빚으로 인한 생활고에 가정 파탄. 그런 일을 겪고도 비관하지 않는다는 말은 아마도 진심일 것이다. 미치루는 예전부터 주위 환경에 휘둘리지 않고 자란 분위기를 풍겼다. 심지가 굳어서 누구든 무너뜨리거나 퇴색시킬 수 없다. 유아독존이라는 말은 미치루를 위한 말이었다.

도대체 이 사촌은 사람을 몇 번이나 놀라게 할 작정인지. 쿄코는 놀람 반 찬탄 반의 심정으로 미치루를 바라봤다.

그때였다.

현관문이 열리는 소리가 났다.

그러자 미치루의 얼굴이 불쾌하게 일그러졌다.

"나 왔다."

이곳에 돌아올 가족이라고 하면 아버지인 노리오뿐이다.

"숨어."

"응?"

"일단 빨리 숨으라고."

미치루는 가타부타 설명 없이 쿄코를 벽장으로 밀어 넣었다. 영문을 모르는 쿄코는 미치루가 시키는 대로 벽장 안에 몸을 숨겼다.

"미치루 있냐."

남자의 자상한 목소리가 들려왔다.

원래부터 부실하게 지어진 건물인지, 벽장 미닫이문을 아무리 닫아도 틈이 생겨서 쿄코의 의도와는 상관없이 방안이 보였다.

방에 들어온 사람은 키가 큰 마흔 살가량의 남자. 기억하는 모습보다는 얼굴에 살이 다소 붙었지만 틀림없이 노리오였다.

"있으면 대답을 해야지. 걱정하잖니."

"죄송해요."

노리오는 앉아 있는 미치루를 내려다보면서 그 얼굴을 양손으로 감쌌다.

"죄송하다고? 잘못했다고 비는 것치고는 눈빛이 상당히 반항적인데."

다정한 손길과 어울리지 않는 말이 위화감을 자아냈다.

"어차피, 나 같은 건 없으면 좋겠다고 생각하지."

"그런 적, 없어요."

"과연 그럴까? 요즘, 너는 점점 네 엄마와 닮아가. 그 여자와 닮아간다는 건 너도 그 여자처럼 아빠를 배신할 가능성이 있다는 말이지."

노리오가 양손으로 찰싹찰싹 뺨을 때렸다.

"말로는 무슨 말인들 못 하겠어. 너도 고등학교를 졸업하면 분명 다른 동네로 나가 살면서 남자를 끌어들일 거야. 하지만 그렇게는 안 되지."

노리오는 갑자기 양손에 힘을 주고 미치루의 얼굴을 찌부러뜨렸다.

"너는 여기에서 취직해서 앞으로 평생 아빠와 같이 살아야 한다."

침묵을 고수하던 미치루가 마음을 먹은 듯 입을 열었다.

"싫어."

"뭐라고?"

"이런 시골에서 평생 사는 건 싫어. 나는 훨씬 큰 도시로 나갈 거야."

찰싹, 노리오의 손이 날아갔다. 뺨을 어루만지는 정도의 가벼운 마찰이었지만 보고 있던 쿄코는 깜짝 놀라 고개를 움츠렸다.

"건방진 소리 말아라. 이런 시골에서 벌어오는 돈으로 먹고사는 주제에."

"그러니까 내가 일해서 벌어 먹고산다고."

"그런 핑계로 아빠를 버릴 셈이구나."

"아니야."

"그래, 너는 머리가 좋으니까. 아빠를 속이는 것쯤은 일도 아니겠지. 그런데 말이다, 사람이라는 건 학습을 하거든."

노리오는 미치루를 휙 떼밀어 버렸다.

"아빠는 엄마한테 한 번 속았으니까. 이제 같은 거짓말에는 두 번 속지 않아."

"나는 거짓말 따위."

"도시로 나가면 너 정도 되는 예쁜 애들은 얼마든지 있다. 희소가치라는 건 분모의 숫자로 정해지지. 그런 곳에 가 봤자 네 가치가 떨어질 뿐이야. 영악한 네가 그걸 모를 리 없겠지. 네가 여기를 벗어나고 싶어 하는 이유는 단 하나, 아빠를 벗어나고 싶어서야. 내 말이 틀렸어?"

"이런 시골에 있어 봤자 할 수 있는 건 아무것도 없어."

미치루는 감정 없는 말투로 반박했다.

"낡은 주택지와 낙후된 상점가, 핵심 산업도 큰 회사도 없어. 젊은 사람들은 점점 떠나고 남은 사람은 양아치나 평생 출세할 일 없는 사람들뿐이라고. 이런 곳에 살아 봤자 절대로 행복해질 수……."

미치루는 말을 다 끝맺지 못했다. 노리오에게 배를 구타당했기 때문이다.

"너답지 않게 시답잖은 이유구나."

미치루를 내려다보는 노리오의 눈은 가학적인 쾌감으로 물들어 있었다. 쿄코는 소름이 끼쳤다. 부모가 자식을 바라보는 시선이 아니었다.

"낙후된 마을이 어떻다는 거냐. 능력 있는 젊은 것들이 없는 게 뭐 어떻다고. 내가 충고 하나 하는데, 도시에 산다고 행복해지지 않아. 전도유망한 사람이 많든 적든 그 무리에는 낄 수 없다고. 시골 촌뜨기는 어디에 있든 똑같아. 루저는 어디 있어도 루저라고. 너는 확실히 예쁘지, 하지만 그것뿐이야. 시골티가 난다고. 도시에서 성공할 상은 아니야."

듣고 있자니 쿄코는 몹시 화가 났다. 노리오가 하는 말은 전부 본인을 기준으로 한 이야기다. 회사가 망하고 부인에게 버림받은 남자. 그 한심함을 정당화하기 위해 말도 안 되는 말을 늘어 놓을 뿐이다.

"사람에게는 분수에 맞는 장소가 있어. 네가 있을 곳은 여기다. 여기에서 아빠와 함께 있으면 너는 평생 행복할 거야."

"나는 싫어."

배를 걷어차여도 억양에는 변함이 없었다.

"여기는 시골 냄새가 진동해. 루저 냄새가 진동한다고. 이런 곳에 있어 봤자 행복해질 리 없어. 아무렇지 않게 살아가는 사람들은 그걸 눈치채지 못한 척할 뿐이라고."

미치루의 눈이 형형하게 빛났다. 아버지이자 지배자인 노리오에 맞서 한 발짝도 물러서지 않았다. 노리오의 말에 하나하나 반박하는 것에 최고의 기쁨을 느끼는 것 같았다.

"마트 특가 판매대에 늘어선 오래된 옷, 차 내부만 꾸민 구형 경차, 다른 사람보다 조금이라도 우위에 서고 싶어서 나쁜 소문을 퍼뜨리는 아줌마들, 돈이 전부가 아니라며 잘 사는 사람들을 헐뜯기만 하는 사람들. 밖에서 보면 꼴불견이야. 철창에 갇혀 있는 주제에 그 좁은 공간 안에서 자유롭다며 좋아하는 꼴이라고."

말이 끝나자마자 미치루는 숨을 멈추며 신음했다.

조금 전보다 깊은 발길질이 명치로 날아들었다.

"아버지를 잘도 루저 취급했겠다."

노리오가 혀를 날름거렸다.

"너는 오만한 걸 현명하다고 착각하고 있어. 아버지의 교육이 좀 더 필요할 것 같구나."

그리고 명치에 다시 한 대, 두 대. 미치루는 맞을 때마다 가냘프게 신음했다.

노리오는 미치루의 머리채를 휘어잡고 가슴높이까지 끌어올렸다. 그리고 드러난 이마의 멍을 향해 주먹을 날렸다.

미치루는 침대 끝까지 날아갔다.

"늘 같은 곳만 때리지 않니. 어때, 정말 자상한 아빠지."

노리오의 한마디 한마디가 흉기가 되어 찔렀다. 쿄코는 그저 벽장 안에서 떨고 있었다. 지금 당장 뛰어나가서 미치루를 지켜 주고 싶었지만 몸이 전혀 말을 듣지 않았다. 방안의 분위기와 노리오의 흉포함에 완전히 기가 질렸다.

"그만해……. 잘못했어요……."

"걱정할 것 없어."

미치루의 겁먹은 얼굴이 가학성에 불을 지른 것 같았다.

"아버지 말씀을 잘 듣는 착한 아이로 만들어 주마."

노리오는 딸의 머리채를 잡고 좌우로 흔들었다. 왼쪽으로 기울일 때는 오른쪽 옆구리를, 오른쪽으로 기울일 때는 왼쪽 옆구리를 찼다.

미치루의 신음이 점점 멎었다. 노리오는 코끝이 닿을 정도로 얼굴을 바짝 가져다 댔다.

"어때. 착한 아이가 될 테냐?"

"착한 아이가…… 될게요."

"흥. 입으로는 무슨 말을 못 해. 착한 아이는 행동으로 보여주는 거다. 알겠냐?"

노리오는 미치루의 머리채를 놓은 뒤, 천천히 바지를 벗기 시작했다.

지금부터 무슨 일이 벌어지는 걸까. 예상하지는 못해도 그 것이 사특한 행동이라는 사실은 알 수 있었다.

노리오는 팬티를 벗고 하반신을 드러냈다.

"물어."

미치루는 눈을 감고 머뭇머뭇 입을 벌렸다. 그대로 움직이려고 하지 않았기 때문에 화가 들끓은 노리오가 미치루의 입에 남근을 들이댔다.

그리고 미치루의 머리를 잡고 천천히 움직이기 시작했다.

"좋아아…… 그래."

쿄코는 벽장 안에서 얼어붙은 채 그 장면을 보고 있었다. 남녀 간의 그러한 행위를 들어본 적은 있다. 직접 보는 것은 처음이었는데 그 역겨움에 토할 것 같았다.

그 고고한 미치루가 마치 노예처럼 무릎을 꿇고 노리오에게 비참하게 봉사하고 있다. 시선을 돌리고 싶어도 못이 박힌 듯 돌릴 수 없었다. 머리가 분노로 들끓었지만 하반신이 마비된 듯 움직일 수 없었다.

"혀를 더 써야지. 그래……. 바로 그거야."

잠시 후 노리오는 허리짓을 멈추고 미치루의 머리를 뗐다. 쿄코는 이제야 겨우 미치루를 향한 고문이 끝났다고 안도했지만, 진짜는 지금부터였다.

"뒤돌아."

"용서해…… 주세요."

"행동으로 보이라고 했잖아!"

노성과 함께 또다시 머리채를 잡아 올렸다. 미치루가 고개를 숙이고 뒤로 돌아 엎드리자 엉덩이가 노리오를 향했다.

노리오는 발정난 개 같았다. 허겁지겁 딸의 속옷을 벗기고 뒤에서 범하기 시작했다.

쿄코는 경악과 공포로 소리를 지를 뻔했지만 필사적으로 참아냈다.

부녀 사이에 이런 짓을.

"소리 내지 마."

노리오는 뒤에서 손을 뻗어서 입을 막고 허리를 계속 움직였다. 그리고 희열에 가득 찬 얼굴로 거친 숨을 내뱉었다.

입이 막힌 미치루가 갑자기 이쪽을 봤다.

얼굴이 눈물과 땀으로 얼룩져 있었다. 눈빛으로 간절히 도움을 청하고 있었다.

지금, 자신의 보물이 야비한 짐승의 손에서 유린당하고 있다. 도덕과 윤리가 무의미해지고 순결한 존재가 철저하게 더렵혀지고 있다.

가련한 모습에 가슴이 미어지는 것 같았다.

공포로 머리가 깨질 것 같았다.

그런데도 쿄코는 한 발자국도 움직일 수 없었다. 눈앞에서 벌어지는 지옥 같은 광경을 목격하면서도 저지하는 목소리를 조금도 낼 수 없었다. 무릎이 덜덜 떨리고 치아가 위아래로 딱딱 부딪혀 울렸다.

미닫이문을 열고 노리오에게 달려들기에는 너무나도 용기가 없었다.

미치루는 저항하지 못한 채로 쿄코를 지그시 바라봤다. 비참한 모습으로 도움을 청하고는 있지만 원망하는 눈빛은 아니었다. 그 너그러운 모습에 쿄코는 가슴이 더욱더 찢어지는 것 같았다.

미치루의 얼굴이 괴로워 보였다. 고통인지 쾌감인지는 모르지만, 미치루의 얼굴은 일그러졌어도 여전히 처연하게 아름다웠다.

십 분이 지났는지, 아니면 한 시간이 지났는지, 어쨌든 노리오는 욕정을 채우고 방을 나갔다.

미치루는 속옷을 주섬주섬 입고 벽장문을 열었다.

"아빠가 씻는 사이에 돌아가."

"미안, 미치루. 나……."

"이야기는 내일 해도 되니까. 얼른."

재촉에 못 이겨 일어서려고 했지만 허리 아래로 완전히 힘이 빠졌다. 허벅지를 몇 번이나 두드리고 나서야 겨우 걸을 수 있었다.

소리를 죽이고 복도를 걷는데 욕실로 추정되는 곳에서 물이 흐르는 소리가 들렸다. 노리오였다. 저 인간의 탈을 쓴 짐승이 관계의 흔적을 씻어내고 있었다. 더럽혀진 미치루는 아직 그대로인데.

그때 쿄코의 가슴 한구석에 거무스름한 무언가가 솟구쳤다. 그날 상점가에서 반 여자아이들에게 품었던 것과 같은, 그러나 그보다 더욱 농밀한 감정이었다.

노리오를 죽이고 싶다.

둘도 없는 내 소중한 사람을 더럽힌 남자를 갈기갈기 찢어 죽이고 싶다.

마음이 빠르게 식어간다. 동정도 연민도 사라지고 냉혹만
이 감정을 지배해 갔다.

"오늘 밤 본 건 잊어 줘."

현관에 도달했을 때, 미치루가 말했다.

"쿄코까지 상처받을 필요 없어. 이건, 나만의 문제니까."

공허한 미소를 지어 보이며 미치루는 쿄코를 현관문 밖으
로 밀어냈다.

"그럼, 잘 가. 쿄코."

조용히 닫힌 문 앞에서 쿄코는 잠시 동안 얼어붙은 채 서
있었다.

욕실에서 들려오는 물소리에 미치루의 우물거리는 소리
와 노리오의 거친 숨소리가 겹친다. 환청이라는 것을 알면서
도 머릿속에서 떨쳐낼 수가 없다.

쿄코는 도망쳐 뛰어나왔다. 그곳에 계속 있다가는 자신이
무슨 짓을 저지를지 짐작도 할 수 없었다. 지금은 그저 오욕
과 절망으로 물든 곳에서 한시라도 빨리 도망치고 싶었다.

그러나 도망치는 중에도, 잔혹하게 당하던 미치루의 모습
이 머릿속에서 전혀 사라지지 않았다. 어느덧 쿄코는 울면서
단지를 달려나가고 있었다.

4

"안녕."

다음 날, 미치루는 평소와 같은 얼굴로 다가왔다. 쿄코는 눈을 제대로 마주칠 수 없었다.

어젯밤 목격한 일은 잊으라고 미치루는 말했다. 그러나 어느 누가 그 광경을 잊을 수 있겠는가. 반 여자아이들에게 왕따를 당할 때, 세상에서 가장 불행한 사람은 자신이라고 생각했던 것이 매우 부끄러웠다. 미치루는 그런 일과는 비교도 할 수 없을 정도의 생지옥을 겪고 있었던 것이다.

"미안, 미치루."

"뭐어가?"

"미치루한테는 미안하지만 나 어젯밤 일 잊을 수 없어."

"쿄코. 있잖아."

"미치루의 아버지를 죽여 버리고 싶어."

"……등교하면서 나눌 이야기는 아닌 것 같네."

아차 싶은 쿄코가 입을 다물었다.

"아빠한테도 이유는 있어."

"어떤 이유?"

"엄마가 집을 나간 뒤로 외로운 것. 그리고 내가 엄마와 닮

비웃는 숙녀

72

은 것."

"그런 게 이유가 될 수는 없어!"

목소리를 죽이고 반박했다. 따져야 할 상대는 따로 있었지만 참을 수 없었다.

"말도 안 된다고. 그런 짓."

"그러니까 말했잖아. 매일, 심한 짓을 당하고 있다고."

"매일?"

"돈 없는 남자가 집에서 할 만한 짓, 매일 똑같거든."

미치루는 마치 다른 사람의 일처럼 말했다. 그것이 쿄코는 참을 수 없을 정도로 괴로웠다. 자신도 겪은 적이 있다. 몹시 고통스러운 일을 매일같이 당하면 정신이 어떻게 되어 버린다. 그것에 대한 방어 기제로 자신을 철저하게 객관화시키는 것이다.

"완전 말도 안 돼. 이상하다고. 틀렸어."

"쿄코……."

무심코 미치루의 어깨를 잡고 흔들었다. 그녀의 몸은 생각했던 것보다 가냘팠다.

"미치루도 이상해. 그런 짓 허락하면 안 된다고. 왜 저항하지 않는 거야. 미카는 그렇게나 냉정하게 뒤처리해 놓고."

"쿄코. 목소리, 크다."

노노미야 쿄코

쿄코는 당황해서 또다시 입을 다물었다.

"그리고 뒤처리라니 무슨 소리야. 야쿠자 같고 너무 못 배운 것 같잖아. 이왕이면 문제해결이라고 하자. 그리고."

미치루는 생긋 웃어 보였다.

"허락한 것도, 저항하지 않는 것도 아니야. 나야말로 싫은 걸. 그저 기회를 기다릴 뿐."

"기회?"

"나 혼자서는 할 수 없는 일도 있어. 누군가…… 그래, 절친처럼 믿을 수 있는 사람이 도와줘야 하는데."

"그럼, 무슨 생각이 있는 거지? 미치루, 알려 줘."

"안 돼. 쿄코에게는 알려 줄 수 없어."

"어째서."

"쿄코를 휘말리게 하고 싶지 않으니까."

어째서 미치루는 이렇게나 기쁘고도 섭섭한 말을 할까. 휘말리는 것도 폐를 끼치는 것도 친밀한 사이라는 증거인데.

"내가 심한 짓을 당해도 저지할 친척이 없어. 쿄코의 부모님도 우리와 소원하니까 쉽게 참견하기 힘드시지. 애당초 혈연관계인 엄마가 없잖아. 어차피 경찰에 신고해도 상대도 안 해줘. 범죄를 입증하려면 증거가 필요하고, 아빠는 발뺌하는 데 천재거든."

"그치만."

"결국 남이 해결해 줄 수 있는 일이 아니야. 내가 스스로 매듭지어야 할 일이지. 하지만 그게 합법적인 방법은 아니야. 세상은 약자의 편이 아니니까 저항 방법은 아무래도 불법적이거나 위험할 수밖에. 그런 일에 내 소중한 친구를 가담시킬 생각―."

이 이상 말을 하게 놔둘 수 없었다. 쿄코는 갑자기 미치루의 어깨를 꽉 잡았다.

"친구라고 생각한다면 돕게 해 줘."

미치루가 소중한 친구, 라고 말해 줬다. 지금까지 누구에게도 들은 적 없는 말이다. 눈물이 나올 정도로 기쁘다. 자랑스럽다. 그런 그녀를 도와주지 않고서 무슨 친구란 말인가.

"나, 미치루를 위해서라면 뭐든지 할 거야. 불법적인 일이라도 위험한 일이라도 상관없어. 경찰도 무섭지 않아. 그러니까 돕게 해 줘. 더 이상 미치루를 내버려둘 수 없어."

말하고 나니 문득 부끄러워졌다. 마치 마음에 품은 사람에게 고백한 것처럼 가슴이 두근거렸다. 얼굴이 빨개졌다는 것을 스스로도 느낄 수 있었다.

미치루는 입을 다물고 쿄코를 바라보고 있었다. 쿄코의 입에서 나온 말이 진심인지 아닌지를 곱씹어보는 것 같았다.

그리고 반쯤 포기한 듯 말했다.

"쿄코. 무리하지 마."

"무리하는 거 아니야!"

애절함으로 가슴이 저며 왔다. 쿄코는 미치루에게 바싹 다가갔다.

"나, 미치루가 구해 줬잖아. 이번에는 내가 구해 줄 차례야. 제발, 알려 줘. 내가, 도대체 뭘 하면 돼?"

"……정말, 구해 줄 거야?"

미치루의 눈이 기대감으로 빛나기 시작했다.

그래. 그녀의 눈이 이렇게 빛나 주기를, 내내 기다렸다.

"나, 미치루만은 배신하지 않을 거야. 맹세할게."

미치루가 늦겠다며 손을 내밀었다. 쿄코는 그 손을 감싸듯 꽉 잡았다.

"그럼, 알려 줄게. 내가 어떤 계획을 세웠는지."

도구를 구하는 데 하루, 계획의 세부 사항을 짜는 데 하루가 걸렸기 때문에 실행은 사흘 후 밤이 되었다.

그날, 집에는 동아리 활동으로 늦는다고 말해 두었기 때문에 쿄코가 밤에 귀가해도 의심받을 걱정은 없었다.

방과 후, 미치루가 먼저 집으로 돌아가고, 쿄코는 한 시간 정도 늦게 도착했다. 이미 해가 저물어서 사람들은 어둠에 가려졌지만, 두 사람이 함께 집으로 돌아가면 눈에 띌 염려가 있다고 판단해 개별 행동을 한 것이다.

"단지로 들어오는 거 아무한테도 들키지 않았지?"

"응. 아무도 마주치지 않았어."

단지 전체가 낙후돼서 가뜩이나 적은 가로등이 어둑어둑해진 것도 다행이었다.

미치루의 방에서 마지막 회의를 했다. 단순하지만 그만큼 단숨에 해결해야 한다. 상대가 예상 밖의 행동을 할 수 있으므로 임기응변도 필요하다. 그러나 미치루가 세운 계획에 크나큰 허점은 보이지 않는다.

"예전부터 생각했던 거야."

미치루가 넋두리했다.

"매일매일, 아빠를 상대하는 동안, 줄곧 생각했어. 어떻게 하면 아무에게도 의심받지 않으면서 끝낼 수 있을까. 처음에는 막연했어. 하지만 생각하면 할수록 세세한 부분까지 검토할 수 있게 되었지. 아마도 그래서 허점이 없는 걸 거야."

즉 상당히 예전부터 계획을 세웠다는 이야기다. 쿄코는 그 집념에 다시 한번 공감했다. 자신이 괴롭힘을 당할 때 어떻게 하면 복수할 수 있을까 줄곧 생각했다. 그렇게라도 하지 않으면 제정신을 유지할 수 없었기 때문이다.

쿄코는 준비를 마치고 벽장으로 들어가 상단에 자리를 잡았다.

"정말로, 괜찮은 거지?"

마지막으로 확인할 셈이겠지. 미치루는 다짐을 받아내듯 물었다.

"괜찮다니까. 날 믿어."

쿄코가 대답했을 때, 현관문이 열리는 소리가 났다.

"그럼, 부탁할게."

미닫이문을 닫기 직전, 미치루가 말했다.

이제 되돌릴 수 없다.

침을 꿀꺽 삼켰다.

노리오는 곧장 방으로 들어왔다.

"뭐야. 공부하고 있는 줄 알았더니 가방도 안 열었잖아."

혀 꼬부라진 소리를 하는 모습을 보니 아무래도 술을 마시고 온 모양이다. 그러나 휘청거릴 정도는 아니다.

"아빠, 술 마셨어요?"

"아아, 마셨지. 불만 있어?"

곧장 노리오의 손이 올라갔다. 미치루는 새된 비명을 지르며 얼굴을 가렸다.

"제발요. 때리지 마세요."

"부모에게 말대꾸하는 건방진 놈은 맞아야 정신 차리지."

미치루의 머리채를 낚아챘다.

"공부도 안 하는 주제에, 부모에게 반항하는 거 하나는 일등이란 말이지. 이 아빠는 슬프단다. 아아, 너무 슬퍼."

"잘못했어요."

"또, 또, 그렇게 금방 잘못했다고 비는군. 말이 곧장 튀어나오는 건 그 말을 진작 준비하고 있어서다. 정말로 반성하고 있는 게 아니야. 그때그때 상황만 모면하면 된다고 우습게 보기 때문이라고."

노리오는 미치루의 머리채를 잡은 채 좌우로 흔들었다. 그리고 옆구리를 걷어찼다. 미치루가 버티지 못하고 웅크리며 쓰러지자 등에 몇 번이나 발길질을 했다.

"이런 망할 년. 개 같은 년."

미치루는 네발로 기어서 도망가려고 했다.

벽장 안에서 지켜보는 쿄코에게는 화가 폭발할 것 같은 장면이었지만, 서서 도망치지 않는 것이 미치루의 작전이었다. 고통을 견디며 이를 악물었다.

"마, 말 잘 들을게요."

"그러면 어떻게 행동해야 하는지, 알고 있겠지?"

노노미야 쿄코

79

술에 취한 탓인지 노리오는 폭행하기 전부터 상당히 흥분한 모습이었다. 성급한 손길로 바지를 내리자 역겨운 남근이 이미 뻣뻣하게 서 있었다.

미치루는 순종하는 표정을 지으며 벽장 쪽을 등지고 엎드렸다. 노리오는 미치루의 바로 뒤에 섰기 때문에 자연스럽게 벽장을 등지게 되었다.

노리오가 허리를 숙였기 때문에 그 머리가 쿄코의 눈높이까지 내려갔다.

노리오의 어깨가 잘게 움직이기 시작했다. 무슨 일이 벌어지고 있는지 직접 보지 않아도 알 수 있다.

분노로 머리가 뜨거워졌다.

그러나, 아직이다. 아직 이르다.

이를 악물고 가만히 기회를 노렸다.

마침내 노리오의 숨이 거칠어지고 움직임이 빨라졌다.

드디어 쿄코는 미닫이문을 열고 나갔다. 행위에 몰두한 노리오는 등 뒤에서 일어나는 일을 눈치채지 못했다. 술에 취해 경계가 허술해진 탓도 있었다. 마침 노리오의 머리가 바로 눈 아래 위치했다.

손에 들고 있는 끈은 그저께 홈센터*에서 구입한 것이다. 이미 올가미를 만들어 두었다. 그 올가미를 양손에 들고 노리오의 틈을 노렸다.

"아아아아아!"

노리오의 움직임이 한층 더 격해졌다.

지금이다.

쿄코는 올가미를 노리오의 목에 걸고 재빨리 뒤로 몸을 젖혔다. 쿵 하는 소리와 함께 올가미가 목을 죄었다.

"미치루!"

신호를 받은 미치루가 몸을 돌려 노리오의 하체를 짓눌렀다. 노리오의 체중과 미치루의 체중으로 올가미가 팽팽하게 당겨졌다. 쿄코는 줄다리기를 하듯 모든 체중을 실어 끈을 잡아당겼다.

"커어어어어억!"

작업에 집중하는 와중에도 마치 개구리처럼 꼴사나운 소리라고 생각했다.

노리오는 손발을 버둥거렸지만, 허리가 공중에 떠 있는 상태여서 미치루가 짓누르고 있는 다리를 마음대로 움직일 수

---

* 주거 공간을 스스로 꾸밀 수 있는 소재나 도구를 파는 상점.

없었다. 양팔을 뻗어도 허공에 헛손질만 할 뿐 쿄코의 몸에 닿지 못했다. 올가미를 벗어내려고 죽을힘을 다해 저항했지만 올가미가 이미 목 깊숙이 파고들었기 때문에 손가락만이 목을 헛되이 할퀼 뿐이었다.

그래도 남자라서 힘이 세기 때문에 두 사람은 필사적으로 계속해서 노리오를 짓눌렀다.

쿄코는 갑자기 불안해졌다. 정말 여자아이 둘이서 힘센 성인 남자를 목 졸라 죽일 수 있을까. 시간이 지나면 자신들의 힘이 달려서 형세가 역전되지는 않을까.

그렇게 생각하자 공포가 힘에 채찍질을 가했다. 쿄코는 벽장 칸막이에 뒤통수가 닿을 정도로 몸을 뒤로 젖혔다. 끈을 쥔 손바닥이 불붙은 것처럼 뜨거웠다. 그러나 끈을 놓치면 끝장이다. 어떻게든 버텨야 한다.

"*끄으윽, 끄으윽.*"

노리오의 그것은, 이미 목소리가 아니었다. 목구멍에서 짜내는 소리였다.

이놈은 인간이 아니다. 짐승일 뿐이다.

그래, 돼지다. 이놈은 돼지에 불과하다.

자신들은 사냥을 하고 있을 뿐이다.

일 분.

이 분.

시간이 흘러가면서 노리오의 저항도 힘을 잃어갔다. 목소리도 간헐적으로 변했고, 고함이라기보다는 신음에 가까워졌다.

그리고 삼 분.

축 늘어진 노리오가 마침내 움직임을 멈췄다.

그래도 만약을 위해 두 사람은 자세를 유지했다.

사 분.

오 분.

"쿄코."

"……응?"

"이제, 된 것 같아."

"죽었어?"

"숨도 안 쉬고, 조금 지렸어."

확실히 지린내가 쿄코의 코까지 풍겨 왔다.

끝났다.

그러나 손을 풀려고 해도 그대로 굳은 채 끈을 놓을 수 없었다.

"조금만 더 쥐고 있어."

미치루는 노리오의 사타구니에서 피임구를 벗겨내고 팬

티와 바지를 입힌 뒤 방 한구석으로 이동했다. 갑자기 올가미가 무거워졌다. 몇 초도 지나지 않아 미치루는 준비해 놓은 비닐 시트를 노리오의 발밑에 깔았다.

"딱 좋네. 천천히 놓자."

쿄코는 손가락을 잘근잘근 씹어서 겨우 끈을 놓았다. 끈을 끌어당겨서 천천히 노리오의 몸을 시트 위에 올려 놨다. 노리오의 전신이 내려다 보였다. 근육이 완전히 이완되었는지 젖어 있던 바지의 사타구니 부분이 점점 넓어졌다.

얼굴에 생기가 사라지고 가슴도 들썩이지 않았다. 미치루가 가슴에 귀를 대고 심장박동을 확인하고는 잠시 후 고개를 끄덕였다.

쿄코는 다시 한번 자신의 손을 펼쳐서 보았다. 끈을 조일 때 생긴 멍으로 붉게 변해 있었다.

결국 죽이고 말았다.

그러나 이상하게도 후회는 없었고, 오히려 목표를 달성했다는 생각에 마음이 후련했다. 무릎 아래가 후들거리는 것은 결코 공포 때문이 아니었다.

벽장에서 나와 섰을 때, 비틀거리며 쓰러질 뻔했다. 그러나 어떻게든 버텨냈다.

"그쪽 잡아."

두 사람은 각각 시트 가장자리를 잡고 노리오를 옮겼다. 사체를 옮길 때 비닐 시트를 사용하자고 제안한 사람은 미치루다. 과연, 이렇게 시트를 끌어당겨서 옮기면 카펫 위를 미끄러지듯 지나가 사체를 손쉽게 옮길 수 있다.

복도를 가로질러 건너편 방에 다다랐다. 이곳은 일본식 방으로 형태뿐이지만 란마*가 설치되어 있다.

미치루는 란마의 바로 아래까지 사체를 끌어다 놓은 뒤 올가미 끈의 끝을 란마에 걸었다. 옆에는 의자가 준비되어 있었다.

"몸 좀 들어 올려 줘. 하나 둘, 세면 나도 들 테니까."

미치루가 올가미 끝을 들고 쿄코가 노리오의 뒤에서 겨드랑이 사이로 팔을 넣어 받쳤다.

"하나 둘!"

목소리를 신호로 노리오의 몸을 들어올려서 매달았다. 두 사람이 함께 들어 올려도 상당히 무거웠다. 그래도 미치루가 사체를 매달자 점점 끌려 올라갔다.

"쿄코. 좀 더 올려 봐."

쿄코는 몸을 돌려 노리오를 등진 상태에서 들어올렸다.

---

* 미닫이문과 천장 사이에 설치된 통풍 겸 채광용 교창.

"좀 더."

젖 먹던 힘까지 끌어 모은 뒤 엉거주춤 허리를 숙인 자세에서 단숨에 일어섰다.

"좋아, 그대로."

미치루는 의자 위에 서서 끈을 란마에 걸고 묶었다.

"오케이. 이제 놔도 돼."

그 한마디에 온몸의 힘이 다 빠졌다. 쿄코는 쓰러지듯 고꾸라지며 노리오에게서 떨어졌다.

대롱대롱, 노리오의 몸이 크게 흔들렸다. 미치루는 그 움직임을 가늠하면서 의자를 적당한 지점에 쓰러뜨렸다.

노리오는 얼마 동안 흔들거렸다. 배설물이 한쪽 다리를 타고 흘러내려 다다미 위로 떨어지기 시작했다. 그 사이 미치루는 솜씨 좋게 시트를 접어서 봉투에 넣었다.

그 모습을 보고 있는 동안에 갑작스레 허리 아래 감각이 사라졌다. 끈이 끊어진 꼭두각시처럼 쿄코는 다다미 위에 엉덩방아를 찧었다.

"왜 그래, 쿄코."

"다리가…… 다리가 말을 안 들어."

틀렸어. 역시 자신은 소심하다.

이제 와서 공포에 휩싸였다. 온몸이 부들부들 떨렸다. 치아가 위아래로 떨리며 부딪히는 소리가 크게 울리기 시작했다. 겨드랑이에서는 기분 나쁜 땀이 대량으로 분출됐다.

춥다. 무섭다. 불안하다.

그때 뒤에서 미치루가 쿄코를 부드럽게 안았다.

"떨고 있네."

미치루의 한숨이 귀에 훅 끼쳤다.

"나 때문에 미안해."

미치루의 입술이 뺨에 닿는 순간, 몸 안에 전율이 흘렀다. 길고 가느다란 손가락이 뺨에서 목덜미, 목덜미에서 가슴으로 미끄러져 내려왔다.

"미치루."

"가만히 있어."

"뭐 하는 거야!"

"마음을 진정시킬 수 있는 주문."

미치루의 손이 차게 식은 피부에 온기를 전해 줬다. 순간적으로 자신의 몸 안에는 그녀의 일부가 숨 쉬고 있다는 사실이 떠올랐다.

공포와 불안으로 경직된 기분이 녹아내렸다.

손이 작게 솟은 가슴으로 움직였다.

"싫어……."

그러나 쿄코에게 저항할 힘은 없었다. 몸을 비틀어 보였지만 진심은 아니었다. 나긋나긋한 손가락이 딱딱해진 유두를 가볍게 잡았다. 자신도 모르게 소리를 낼 뻔했지만, 입술에 막혔다.

부드럽고 달콤한 감촉. 잠자코 있자 손가락 움직임이 점점 집요해졌다.

"쿄코, 예뻐."

미치루가 쿄코의 귓가에 속삭였고, 쿄코의 의식은 점점 멀어져 갔다.

미치루의 혀가 쿄코의 입을 부드럽게 비집고 들어왔다. 혀가 얽히자 어렴풋이 달콤한 맛이 났다. 그다음은 시키는 대로였다.

어둑어둑한 형광등 아래, 노리오의 몸이 흔들거리고, 쿄코와 미치루는 키스를 하면서 뒤엉켜 있다. 지독히도 현실감 떨어지는 광경이었다.

달콤한 쾌감이 밀려와 공포를 집어삼켰다. 쿄코는 노리오의 사체를 올려다봤지만 아무 감정도 느껴지지 않았다. 느껴지는 것은 미치루의 손가락뿐.

씻을래, 라고 말한 미치루를 남겨 두고 쿄코는 집을 나왔다. 밤 10시가 넘어 주위에 인적이 없었다. 발소리를 죽이고 계단을 내려간 뒤 그대로 단지를 가로질렀다. 한 손에는 시트를 담은 봉투를 꽉 쥐고 있었다. 내일은 쓰레기 수거일이기 때문에 밤사이에 지정된 장소에 놓아 두면 이른 아침에 쓰레기 수거 차량이 싣고 갈 것이다.

미치루가 꾸며낸 시나리오는 이러했다. 미치루가 씻고 있는 도중에 노리오가 귀가한다. 노리오는 부인이 가출한 뒤로 생활이 무너지고 인생을 비관했다. 죽음의 유혹을 이기지 못하고 란마에 목을 매 자살한다. 유서는 없지만 우발적인 자살이라면 그렇다 해도 이상하지 않다.

살해 방법으로 교살을 선택한 이유는 다른 방법보다 자연스럽게 위장할 수 있기 때문이다. 미치루가 사전에 조사한 바에 따르면 타인이 목을 조를 때와 스스로 목을 맬 때, 뇌에 흐르는 혈액량이 다르다는 것 같다. 그러므로 스스로 목을 매 자살한 것과 같은 상황이 되도록 살해한 것이다.

더욱이 공교롭게도 노리오가 취해 있어서 다행이다. 취한 상태면 자제력을 잃어 자살했다고 포장하기에도 좋았다.

밤바람은 차가웠고 불안이 끈질기게 달라붙었지만 쿄코는 전력을 다해 밤거리를 달렸다.

이제 더는 무서울 것이 없다.

비밀을 공유하고 서로의 피부를 덥혀 줬다. 이것으로 자신과 미치루는 진정으로 일심동체가 된 것이다.

불현듯 의심이 싹텄다.

처음에 노리오가 미치루를 범하는 장면을 본 것은 우연이라고 생각했지만……. 과연 정말로 그랬을까. 노리오의 귀가 시간도 그의 행동 패턴도 미치루는 잘 알고 있었을 터였다. 그 상황에서 노리오가 덮칠 것이라는 건 쉽게 예측할 수 있었다. 그런데도 어째서, 목격될 만한 타이밍에 맞춰 쿄코를 벽장에 숨겼는가.

설마, 처음부터 자신을 공범으로 끌어들이기 위해서…….

당황해서 고개를 휘휘 저었다. 아무리 그래도 지나친 생각이다. 미치루만은 그런 간계를 부릴 리 없다.

쿄코는 밤바람에 머리를 식히면서 발걸음을 재촉했다.

다음 날, 전날 밤에 버린 꾸러미를 수거해 간 것을 확인하고 등교했더니 미치루는 결석했다. 담임 선생님의 설명에 따르면 집에서 불행한 사고가 발생해 경찰에 진술하러 가느라 결석했다고 했다. 미치루다. 분명 죽 늘어앉은 경찰들 앞에서 새파랗게 질려 어쩌면 펑펑 울고 있을지도 모른다.

형사 사건, 신문 기자. 그리고 자신들이 벌인 일은 명백한 살인.

그러나 기묘하게도 걱정되지 않았다. 미치루가 계획한 일에 사소한 실수나 구멍은 없었다. 미치루는 분명 수많은 눈을 속이고, 장례를 마친 뒤 아버지를 잃은 어두운 얼굴로 등교할 것이다.

오늘, 집으로 돌아가는 길에 한 번 더 단지에 들렀다. 많은 경찰이 있겠지만, 자신은 멀찍이서 상황을 살핀 뒤 곧바로 자리를 뜨면 된다. 미치루와 사이가 좋은 친구라면 그것이 가장 자연스러운 행동이라고 미치루도 말하지 않았는가.

하교 도중에 상점가를 가로질러 가는데 낯선 간판이 눈에 띄었다.

재미있는 상품 판매 에드랜드

최근에 막 생겨서 반에서도 화제가 된 가게다.

즉흥적으로 가게 안으로 들어갔다. 영화에 등장하는 캐릭터의 러버 마스크*나 굿즈, 타투 스티커 등이 제각각 가격별로 케이스에 장식되어 있었다. 작년 즈음 도쿄에 오픈한, 같은 종류의 가게를 모방한 것이 분명했다.

특수 분장 코너를 구경하는데 러버로 만든 상처와 켈로이

＊　고무로 만든 변장용 가면. 주로 만화, 영화, 소설에 나오는 괴기스러운 주인공들의 모습을 본떠서 만든다.

드*가 진열되어 있었다. 특히 쿄코의 눈길을 끌었던 상품은 모양이 뒤틀린 푸른 멍이었다. 약 5센티미터 길이. 보면 볼수록 미치루의 이마에 있는 그것과 비슷했다. 시험 삼아 팔에 붙여 보니 진짜 상처라고 헷갈릴 정도로 리얼했다.

앞머리를 들어올려 미치루와 같은 곳에 그것을 붙여 보았다. 완벽하다. 가까이에서 봐도 진짜 같다. 가격은 3천 5백 엔. 망설이지 않고 지갑을 열었다.

가게를 나온 뒤 상처를 만져 보았다. 다소 어색하지만 불쾌하지는 않다.

자신은 미치루와 일심동체니까 같은 곳에 같은 상처가 있는 것은 당연하다─쿄코의 가슴이 뿌듯함으로 가득 찼다. 이 정도쯤은 미치루도 허락해 줄 것이다.

쿄코는 가벼운 발걸음으로 범행 현장으로 향했다.

1992년 3월의 일이었다.

---

*　피부 손상 후 치유과정에서 섬유조직이 비정상적으로 밀집되게 성장하는 질환. 피부의 결합조직이 병적으로 증식해 단단한 융기를 만들고, 표피가 얇아져 광택을 띠며 불그스름해진다.

사기누마
사요

I

동창회에 참가하는 여자들 대부분은 분명 자기과시욕이 강할 것이다…….

분위기가 한껏 달아오른 연회장 구석에서 사기누마 사요는 생각했다.

물론 옛정을 다지기 위한 목적으로 참가하는 사람도 많다. 보고 있으면 남자들은 대부분 그런 느낌이다. 서로 근황을 묻는 얼굴에도 대답하는 얼굴에도 별다른 저의는 없어 보인다. 철없던 고등학교 시절 저질렀던 일이나 선생님의 뒷담화로 대화가 이어지자, 순간 어렸을 적 말투가 나오는 것에 저절로 흐뭇한 미소가 지어진다. 앞으로 3년 뒤면 서른에 접어

들지만 정신연령은 성장하지 못하고 여전히 십 대에 머물러 있다. 남자라는 생물은 아무리 나이를 먹어도 결국 남자아이일지 모른다.

그러나 여자는 다르다.

고등학교까지는 시간이 같은 속도로 흘렀지만, 사회로 나가는 순간 저마다 차이가 현저하게 벌어진다.

일찌감치 결혼해서 가정을 꾸린 사람.

관리자의 위치에 올라 착실하게 커리어를 쌓아가는 사람.

평범한 직장인으로 다음 날도 다음 달도 다음 해도 같은 생활을 반복하는 사람.

졸업하고 10년 정도 지나면 서로의 환경이 빠르게 변하고, 고상하게 웃는 자와 뒤에서 비웃음을 받는 자로 진작 나뉘어 버린다. 동창회라는 모임은 자신이 어떤 위치에 있는지를 확인할 수 있는 자리며, 이런 곳에 얼굴을 내밀 수 있는 사람은 지금의 상황을 자랑하고 싶어 하는 사람이거나, 자신보다 불행한 인간을 찾아내 안심하고 싶은 사람밖에 없다.

사요는 자신은 전자에 해당한다고 생각했다. 전문대를 졸업한 뒤 대기업인 데이토은행에 입사해서 현재는 보통예금 담당. 세간의 눈으로 보면 그럭저럭 무난한 지위다.

"지요, 그거 알아? 동창회 간사가 못 나온다고 한 거 말이야, 지금 넷째를 임신해서 못 온 거래. 스물셋에 결혼했으니까 결혼하고 나서부터 계속 배가 부른 상태인 셈이지."

"있잖아, 요시미 이야기 들었어? 그 왜, 2년 전에 무슨 젊은 사장이랑 결혼해서 셀럽 무리에 들어갔다고 엽서 보내 왔잖아. 그 남편 말이야, 지금 회사가 망해서 큰일 났대."

"레이나? 아아, 걔 말이야. 이직하는 곳마다 회사가 망해서 지금은 생활이 완전 쪼들리나 봐. 동창회 여자 참가비 4천 엔을 못 내서 못 온다는 것 같더라고. 소문으로는 안남미*랑 달걀만 먹고 산대."

"도모에는 말이야, 저기, 죽었다는 것 같지? 나도 언뜻 건너들은 이야기이긴 한데, 회사 상사와 불륜 관계였다가 결국 버림받았다더라고."

한때 반 친구였던 아이의 입에서 자극적인 정보가 흘러나온다. 자극적인 이야기를 하고 있는 본인도 그렇게 생각할 것이다. 지극히 안쓰러운 말투지만 눈은 비웃음으로 즐겁게 빛난다. 이런 자리에서 행복을 거머쥔 사람의 이야기는 거의 나오지 않는 것을 보면 모인 여자들의 본심이 엿보인다.

사요는 스스로 누군가의 근황을 말할 일이 없었다. 반 친

---

*   베트남 등 동남아시아에서 주식으로 먹는 찰기 없는 쌀.

구들과는 소원해져 그들의 현재를 알 길이 없었기 때문이다.

그래도 소문을 듣고 있으니 기분은 좋아졌다. 반에서 가장 수재였던 레이나도 가장 예뻤던 요시미도 모두 불행해졌다. 그 옛날, 육상부 활동에서 사요를 방해물 취급했던 도모에는 죽었다고 하지 않는가. 고소했다. 레이나도 요시미도 도모에도 자신을 무시했었다. 성적이 조금 더 좋다고 해서, 외모가 조금 더 예쁘다고 해서, 운동신경이 조금 더 뛰어나다고 해서 도대체 그것이 무슨 도움이 되었는가.

그 시절, 사요는 반에서 눈에 띄는 존재가 아니었다. 평범한 외모, 중상위권 성적, 언제나 중하위권이었던 육상부. 아버지는 평범한 회사원에 어머니는 파트타임 주부로 별 볼 일 없는 집안이었다. 그래서 그 아이들에게 느끼는 열등감도 상당했다.

그러나 시간이 흐르면 운명도 바뀐다. 마치 오셀로 게임같이. 저 꼴들을 보라.

사요는 눈앞에 놓인 라임츄하이를 홀짝홀짝 마시면서 자신은 그들에 비하면 행복하다는 사실을 확인하고는 흡족해했다.

그때 뒤에서 누군가 말을 걸어 왔다.

"사요, 오랜만."

돌아보니 쿄코가 있었다.

"딱 보고 바로 알았어. 사요, 안 변했네."

그렇게 말하는 너는 완전히 다른 사람 같아졌다—고는 말하지 않았다.

노노미야 쿄코. 작은 눈에 두툼한 입술은 변함없지만 볼살이 빠진 탓에 예전보다는 봐줄 만한 얼굴이 되었다. 어떻게 다이어트를 했는지 뱃살과 다리도 다른 사람과 비슷해졌다.

"쿄코는 지금, 무슨 일 해?"

"그저 그런 자영업. 은행원인 사요와는 다르지."

"은행원이라고 해도 별로 다르지 않아. 은행권은 아직까지도 남초 사회라서 여자 직원은 적당히 다닐 생각으로 들어왔을 거라고 낙인을 찍어 버리거든. 승진도 엄청 늦고. 나도 아직까지 창구 업무 신세야."

"어머, 정말? 하지만 반대로 생각하면 미래의 남편감을 마음대로 골라잡을 수 있는 거 아냐? 부럽다."

"그렇지도 않아. 괜찮다 싶은 사람은 대부분 임자가 있고, 무엇보다 은행은 시간 외 근무가 잦아서 데이트할 만한 시간이 제대로 나질 않거든."

사요는 직장 생활에 대한 푸념을 늘어 놓기 시작했다. 취기가 조금 돌기 시작한 탓도 있지만 예전부터 쿄코는 말하기 쉬운 상대였다.

고등학교 시절 쿄코라고 하면 뚱뚱한 체격과 언제나 자신감 없는 태도만 기억난다. 눈에 띄지 않는다는 점에서는 사요도 막상막하였지만 사요는 자신이 쿄코보다는 낫다고 생각했다. 그래서 자신이 우위라는 점을 확인하는 의미에서 쿄코에게 자주 말을 걸었다. 친한 친구라고 할 정도는 아니고 그저 말 상대였을 뿐이지만 잠자코 이야기를 들어주기 때문에 쿄코에게만은 진심에 가까운 이야기를 할 수 있었다.

"그래도 말이야."

그렇게 말한 쿄코는 사요의 옷과 가방을 선망의 눈빛으로 바라봤다.

"그 가방, 에르메스 가든파티지? 역시 잘 버니까 들고 다니는 것도 다르구나."

이거 할인 상품이야, 라고 말하면서도 사요는 우월감에 뿌듯해졌다. 32만 엔짜리 쇼핑에는 용기가 필요했지만 이럴 때를 위한 군자금이다. 같은 자리에 앉은 다른 여자들보다 고가의 물건을 갖고 있지 않다면 모임에 참석하는 의미가 없다. 무리한 쇼핑 탓에 빚이 늘었지만 이 우월감을 만끽하기 위한 필요경비인 셈 치면 감수할 수 있었다.

"그 재킷도 장난 아니다. 와, 그런 건 얼마나 해?"

"이탈리아 제품이야, 25만 엔."

우와, 라고 말하는 동시에 쿄코는 입을 쩍 벌렸다. 그래그래, 그렇게 놀라는 모습을 보고 싶었다고.

정말, 너란 친구 좋은 친구구나.

동창회가 끝나고 아파트에 돌아오자마자 한껏 부풀었던 사요의 기분이 푸시시 식어 버렸다. 우편함 안에서 삐져나온 봉투의 일부분이 보였는데, 모양이 특이해서 어느 회사가 보낸 우편물인지 눈치챌 수 있었다. 우편함을 열어 봤더니 역시나 카드회사의 독촉장이었다.

집으로 들어오자 익숙하고 안락한 기분보다 공허한 기분이 앞섰다. 세련된 만큼 값비싼 소품. 옷장 안에는 명품이 넘쳐나지만, 정작 가장 중요한 주거공간은 지은 지 30년 된 건물로 날림공사 탓에 허술한 느낌을 지울 수 없었다.

은행에서 근무하다 보면 영업을 뛰는 남성 직원들에게 고객의 이야기를 듣게 되는데, 고급 자동차를 끌지만 반 슬럼화된 구역에서 사는 사람이 적지 않다고 했다. 일상생활을 하는 공간보다는 보이는 것에 돈을 써서 허영심을 충족하고 싶은 심리일 텐데, 따지고 보면 자신도 같은 부류다.

사요는 집에 들어와 독촉장을 공처럼 구겨서 쓰레기통에

처박았다. 내용은 읽지 않아도 안다. 은행원이라 그런 건 아니지만, 빚의 총액도 각 회사의 상환 기한도 모두 줄줄이 외우고 있다. 총액은 3백 50만 엔, 상환 기한은 세 군데는 10일, 네 군데는 월말. 오늘은 아직 15일이지만 앞으로 이틀이 지나는 순간, 일주일 동안 연체한 것에 대한 카드회사 세 곳의 독촉이 심해질 것이다. 급여일인 25일에는 급한 불을 끌 수 있기 때문에 일단 한 숨 돌리겠지만, 곧바로 카드회사 네 곳의 상환 기한이 다가온다.

이런 생활이 언제까지 계속될까 생각하다가 곧장 그만두었다. 급여에서 세금과 국민연금을 제한 금액은 15만 엔. 게다가 그 금액에서 집세와 수도전기세 등을 제하고 나면 남은 생활비는 5만 엔 정도. 그러나 매달 지불해야 하는 총액은 그것과 거의 같다. 결국 식비를 포함한 여러 가지 비용이 부족해 빚이 늘어가는 것이다. 그리고 또다시 수입이 쪼들리고 빚이 늘어간다. 연수입보다 갚아야 할 빚이 많아진 시점에서 이미 한도 초과가 분명했다. 하지만 사요가 은행에서 근무한다는 점 때문에 대출액에 아직 여유가 있어서, 개중에는 천연덕스럽게 한도액 증액을 권하는 직원도 있기 때문에 이 악순환을 결코 끊을 수 없게 된다.

급여가 왕창 오르든가 아니면 자신이 죽지 않는 한.

생각해 보면 도달할 결론은 파산밖에 없다. 파산하면 그이후에는 어떻게 되는지도, 말단이라도 은행원이기 때문에 쉽게 상상할 수 있다. 그리고 상상하고 싶지 않아 생각을 억지로 억누르고 있다.

점점 선명해지는 파멸에 겁을 먹고 있는데 휴대 전화가 울렸다.

발신인 표시에는 카드회사의 이름이 떠 있었다.

순간, 무시하려고 했지만 어차피 몇 시간 후에 또 걸려올 것이라는 사실이 떠올랐다. 사요는 종기를 만지는 기분으로 통화 버튼을 눌렀다.

"……네, 사기누마입니다."

─사기누마 사요 님 휴대 전화 맞으시죠. 전화 드린 곳은 홋코리파이낸스로 저는 데라사키라고 합니다.

어리둥절할 정도로 밝은 여자의 목소리가 들려 왔다. 사요는 휴대 전화를 무심코 귀에서 떨어뜨렸다.

─이번 달 상환일은 10일이었습니다. 만약 입금하셨다면 알려 주시면 감사하겠습니다.

입금하지 않았다는 사실을 뻔히 알고 있을 텐데 시치미를 떼고 있다.

"아뇨…… 죄송합니다. 아직이에요."

상대는 조금 뜸을 들였다. 기분 나쁜 침묵이다. 상대의 침묵은 무언의 압박이 되어 사요를 짓눌러왔다.

— 그러면 언제쯤 입금하실 수 있나요?

"저, 급여일이요. 25일까지 기다려 주세요. 그러면 확실히 갚을 수 있어요."

— 앞으로 열흘 후네요…… 사기누마 씨.

'님'이 빨리도 '씨'가 되었다.

— 요즘 번번이 연체하시네요. 이 이상 연체하시면 계약 내용을 재검토해야 할지도 모르겠군요.

"그건 무슨 뜻인가요?"

— 한도를 낮출지, 아니면 상환약정일을 변경할지 말입니다. 다만 약정일 변경 시에는 약정일까지 한 번 빚을 갚아야 하는 조건이 붙습니다.

"이번에, 월말에 입금하는 시점에서 약정일을 변경할 수는 없을까요?"

— 그건 안 됩니다. 계약규정이니까요. 이번에 입금하시고 다음 달 10일에 또 입금하시면 그때는 계약을 변경할 수 있습니다.

그럴 여유는 없다. 아마 상대방도 그 사실을 알면서 매뉴얼대로 떠드는 것이겠지. 같은 금융업 종사자로서 이 바닥의 내부 사정은 짐작이 가기 때문에 사요도 불필요하게 억지를 부리는 짓은 하지 않았다.

"어쨌든 25일까지 기다려 주세요."

— 알겠습니다. 만약 변동사항이 있으시면 사전에 연락 주세요.

급하게 대화를 끝낸 뒤 사요는 바닥에 주저앉아 크게 한숨을 쉬었다.

나머지 두 회사에도 똑같이 거절하면 월말까지 독촉은 없을 것이다.

그러나 또다시 월말이 되면 같은 일이 반복될 것이다. 아니, 자칫하면 급여일이 다가와도 빚을 갚지 못할 가능성도 있었다.

억지로 눌러 놓았던 생각이 지금의 독촉 전화로 또다시 꿈틀거리기 시작했다.

채무 초과로 인한 파산. 거기까지는 괜찮다. 자신의 수입과 채무액의 비율이라면, 분명 틀림없이 파산 결정이 내려질 것이다. 문제는 그 후다.

2005년 현재, 신용정보기관은 은행계열인 KSC, 신용카드계열인 CIC, 소비자금융계열인 FCBJ로 나뉘어 있는데, 상호 간에 정보는 교환하지 않는다. 즉 신용카드회사에 아무리 빚을 져도 자세한 내용을 은행에서 확인하기란 어렵다. 그러나 상환 도중에 파산하면 그 사람은 블랙리스트에 올라 모든 정보기관에 공유된다. 변호사에게 의뢰해도 마찬가지로, 사요의 경우 대출 이자가 대부분 이자제한법에서 정하는 금리 상한보다 낮기 때문에 초과 지불도 발생하지 않는다. 따라서 단순 채무불이행이 되기 때문에 정보가 전부 금융기관으로 통지된다.

데이토은행 감사팀에서는 정기적으로 직원의 신용을 조사한다는 소문이 있다. 물론 개인정보보호법 때문에 신용정보를 고용기관에서 인사 조사를 위해 사용하는 것은 위법이므로 공공연하게 실시하지는 않지만, 본인의 자산도 관리하지 못하는 은행원에게 고객의 돈을 맡길 수 있겠느냐고 물으면 말문이 막히는 것도 사실이다. 무엇보다도 파산 선고와 동시에 관보에 게재되어 버리기 때문에 더 이상 개인정보를 보호받을 수 없게 된다.

감사팀이 사요의 파산 결정을 알게 되면 십중팔구 권고사직을 당할 것이다. 파산을 이유로 퇴직을 권고하면 재판으로 번질 수 있으니 은행에서는 다른 핑계를 대겠지만 여하튼 사요에게 항변의 여지란 없다.

빚에서 벗어났다고 해도 은행을 그만두면 결국 생활고가

기다리고 있다. 차라리 도시 생활을 포기하고 시골로 돌아간다는 선택지가 없는 건 아니지만 그것만은 피하고 싶다.

어머니는 사요가 고등학교를 졸업하자마자 재혼했다. 어머니의 행복에 불만은 없지만 원래부터 어머니와는 사이가 나빴다. 어머니는 교양이 없고 자립심이라고는 눈곱만큼도 없었다. 그래서 사요의 아버지가 교통사고로 깨끗이 죽어 버리자 곧바로 주변에 있던 남자를 재혼상대로 구했다.

어머니는 요즘 같은 세상에 '여자의 행복은 일이 아니라 능력 있는 남자에게 시집가는 것'이라는 말을 주문을 외듯 끊임없이 했는데, 그 결과가 그 정도라면 개가 웃을 노릇이다. 사요는 그런 인생은 딱 질색이어서 전문대 합격 통지를 받자 반대를 무릅쓰고 집을 뛰쳐나왔다. 당연하게도 어머니와 새아버지와 연을 끊고 명절에도 집을 찾은 적이 없다.

그러니 이제 와서 도저히 꼬리를 말고 시골집으로 돌아갈 수 없었다.

생각해 보면 집을 뛰쳐나온 그날부터 사요의 전쟁은 시작됐다. 전문대에서는 눈에 불을 켜고 학점과 자격증을 취득한 끝에 취업난이라고 불리는 와중에 데이토은행의 자리를 거머쥐었다. 때는 1999년, 남녀고용기회균등법 개정으로 남녀 간에 승진 차가 사라지게 되었기에 사요는 한층 더 분발

했다.

사요는 남자 따위에 기대지 않고 경력을 착실하게 쌓아올리며 인생을 개척해 나가겠다고 마음속에 야심찬 비전을 품었지만, 은행 내부의 케케묵은 규정에 매번 놀아났다.

법률 개정에 따라 개혁된 인사제도는 표면적으로는 남녀 고용의 공정성을 표방했지만 뚜껑을 열어 보니 남성 우위인 평가제도는 바뀌지 않은 채, 똑같이 시간 외 근무를 해도 여성 행원에게는 오로지 사무 업무만 할당되었다.

그렇지만 비합리적인 상황에서도 사요는 커리어를 높이기 위해 포기하지 않았다. 시간 외 근무가 계속 되어도 불평하지 않았고 승진 시험이 있으면 밤을 세워가며 도전했다. 수면 부족과 피로가 쌓여 월경이 늘어진 적도 한두 번이 아니다. 언젠가는 출퇴근 중에 전철에서 기절했을 정도였다.

그러나 피나는 노력이 헛되게, 사요보다 늦게 입사한 남자들이 사요를 제치고 하나 둘 차례차례 출세의 계단을 뛰어올라 갔다. 그것을 옆에서 지켜보는 동안 사요는 건강 상태가 악화됐다. 1년에 한 번 시행하는 건강검진에서 재검사를 뜻하는 C판정을 열다섯 개나 받았으며, 의사는 불규칙한 생활과 스트레스가 원인이라고 진단을 내렸다.

그런데 이 스트레스를 해소할 뜻밖의 방법을 알게 됐다.

쇼핑이었다.

명품 가죽 제품, 유럽제 생활용품, 유행하는 옷. 고가일수록 구입할 때의 쾌감이 커지면서 직장에 대한 스트레스가 풀렸다. 실제로 사용할지 말지는 차치하고 자신이 분수에 맞지 않는 사치를 하고 있다는 사실이 중요했다.

0이 다섯 개 붙은 가격표.

그것을 몸에 걸치면 틀림없이 현실의 자신보다 더 대단해 보일 것이라는 확신.

만져 보고 광택과 감촉, 무게를 확인했다. 옷장에 걸려 있는, 공장에서 대량으로 찍어내는 제품과는 차원이 달랐다.

가슴속 깊은 곳에서 솟구치는 흥분과 희열을 자제하고 점원에게 점잖게 포장을 주문했다. 브랜드의 로고 마크가 자랑스럽게 찍힌 쇼핑백을 손에 들자, 그 자체만으로도 날개를 단 것처럼 발걸음이 가벼워졌다. 직장에서 부당하게 받는 낮은 평가도 미래에 대한 불안도 모두 깨끗이 사라졌다. 스트레스 따위, 마치 다른 사람의 일 같았다.

스트레스 해소라는 면죄부로 사요는 명품을 정신없이 사 모았다. 시작은 2만 엔짜리 명품 지갑이었지만 쇼핑이 거듭될수록 금액도 치솟아서 평균 금액이 십 수만 엔이 되었다. 그 비용은 당연히 생활비에서 충당할 수 없었기 때문에 사요는 데이토은행 카드를 사용하기 시작했다. 그러나 그 카드는 직원 특전으로 금리가 저렴한 대신 한도가 기본급까지로 설정되어 있어 오래지 않아 한도액이 다 찼다.

다음으로 사요가 눈을 돌린 것이 신용카드였다. 은행원은 업무 내용과 관계없이 신용 등급이 높아서 심사를 받으면 우선 전액을 대출받을 수 있다. 은행계열이나 소비자금융계열과 비교해 심사가 까다롭지 않은 점도 한몫해서, 어느 신용카드사나 선뜻 카드를 발급해 줬다.

카드 낭비가 유발하는 위험성을 몰랐던 것은 아니다. 직업상, 카드로 인한 파산에서 헤어 나오지 못하는 고객의 이야기를 귀에 못이 박히도록 들었다. 그러나 창구 업무로 내몰린 폐해가 여기서도 나타났다. 채무불이행에 빠진 고객에게는 채권관리 담당자가 붙는데, 그 업무는 창구 업무와는 그다지 접점이 없기 때문에 고객들이 어떤 과정을 거쳐 진창에 발을 들여 놓는지까지는 몰랐다. 머리로는 알지만 그 현실을 피부로 직접 느낄 수는 없었던 것이다.

정신을 차리고 보니 이미 대출액이 연수입을 초과해 있었다. 그래도 1년에 두 번 받는 보너스로 충당하면 최악의 사태는 면했기 때문에 지금까지 버텨 왔다. 그리고 버티는 만큼 명품 수집도 계속됐다.

쇼핑이 스트레스 해소를 위한 처방약이라면 그것은 틀림없이 강한 부작용을 동반한다고 할 수 있었다. 그러나 부작용이 있다고 해서 복용을 멈출 수는 없었다. 약을 먹지 않으면 스트레스 만성이었던 처음의 상태가 기다리고 있었기 때문이다. 그리고 약을 계속 복용하는 사이에 약의 또 다른 문제점이 수면 위로 떠올랐다.

바로 내성과 그에 따른 의존성이었다.

스트레스를 해소할 방법이 오로지 쇼핑밖에 남지 않았고, 쇼핑을 한 번 할 때마다 소비 금액의 단위도 상승했다. 지갑에 꽂혀 있는 카드는 달이 지날 때마다 늘어나 마침내 임신부의 배처럼 지갑이 불룩해졌다. 그것이 가능했던 이유는 카드회사의 심사가 느슨했던 탓도 있지만, 가장 큰 원인은 사요 본인이 카드 의존성을 자각하지 못했기 때문이었다.

하지만 카드 값이 연체되고 독촉의 형태가 문서에서 전화로 바뀌자 지금까지 막연하기만 했던 불안감이 갑자기 현실로 다가왔다.

지금까지 자신을 망치면서까지 억지로 지켜 온 자신만의 성이 무너진다.

남초 사회인 은행에서 피나는 노력 끝에 동료들에게도 인정받는 나.

평범한 직장인 여성들보다도 더 비싼 물건으로 치장했지만 그것이 조금도 거북하게 느껴지지 않을 만큼 세련된 나.

동창회에 참석해서도 옛 친구들을 무심한 듯 고고하게 내려다볼 수 있는 나.

그러나 그것은 모두 꿈이었고, 꿈에서 깬 순간에는 가혹한 현실이 기다리고 있을 뿐이었다.

카드 파산.

실직.

어머니에게 사과한 뒤 동거.

"으아아아아악!"

사요는 집 한 가운데에서 느닷없이 절규했다.

죽어도 싫다.

절대로 견딜 수 없을 거야.

어떡하지.

변호사에게 채무 정리를 의뢰해 볼까. 아니, 그래도 결과는 마찬가지다.

어떡하지.

이율이 다소 높아도 대출회사를 한 곳으로 정리할까. 안 돼. 그것은 언 발에 오줌 누기다. 고통만 늘고 경제적인 부담은 줄어들지 않는다.

어떡하지.

가능성을 하나하나 떠올리면서 소거해 나갔다. 마지막에 남을 것이 절망뿐이라는 사실을 알면서도 자문자답을 멈추지 못하는 상황은 그야말로 자업자득이었다.

그때, 동창회 자리에서 쿄코와 했던 말이 문득 떠올랐다.

— 나 지금 사촌이랑 생활 컨설턴트 동업을 하고 있어.

— 생활 컨설턴트가 뭐야?

— 그 왜, 경기가 점점 어려워져서 각 가정마다 가계 부담이 늘고 있잖아? 그래서 가계재무의 어느 부분을 개선하면 좋을지, 만약 자산이 있다면 어떻게 운용해야 로우 리스크-하이 리턴을 만들어낼 수 있을지, 이런 것들을 조언해 주는 일이야. 그 사촌이 여러 가지 자격을 갖고 있어서 어떤 문제라도 바로바로 해결해 주거든. 그런데 한 번쯤 은행 현장에서 일하는 사람과 이야기를 나눠 보고 싶다고 하더라고. 만약 관심 있으면 한번 만나 볼래?

'어떤 문제라도 바로바로 해결해 주거든'이라는 목소리가 묘하게 머리에 남았다. 가계 컨설턴트라면 틀림없이 빚 문제에 대해서도 잘 알 것이다.

로우 리스크-하이 리턴.

다양한 자격 소지자.

가만히 생각해 보니 오늘 모임에서 쿄코를 만난 것은 신의 계시일지도 모른다는 생각이 들었다.

궁지에 몰렸을 때, 사면초가의 상황을 맞닥뜨렸을 때는 사소한 일도 마치 신이 내려 준 동아줄처럼 느껴지는 법이다.

사요는 지푸라기라도 잡는 심정으로 저장한 지 얼마 지나지 않은 휴대 전화 번호를 찾았다.

2

미나토구 미나미아오야마 니초메, 도쿄메트로 아오야마 잇초메역에서 아오야마 대로를 지치부노미야 럭비장 방향으로 약 수십 미터 걸었다.

쿄코가 정한 약속 장소는 그곳에 있는 유명한 카페였다. 늘어서 있는 가게들은 하나같이 세련된 분위기에 거리를 오가는 사람들도 한껏 멋을 부린 모습이었다.

이 동네가 이런 동네라는 것은 알고 있었기 때문에 사요도 그에 어울리게 꾸미고 나왔다. 첫 만남부터 무시당하기 싫어서 옷도 가방도 한눈에 봐도 어느 브랜드 제품인지 알 수 있는 명품으로 휘둘렀다. 부드러운 햇살이 비치는 테라스에 혼자 앉아 상대가 도착하기를 기다렸다.

약속 시간인 오후 2시, 거리 저편에서 쿄코와 다른 누군가의 모습이 보였다. 시간 약속을 잘 지킨다는 점에서 일단 첫인상은 합격이었다.

"미안. 기다렸지?"

쿄코가 말을 걸었지만, 사요의 눈은 그 뒤에 있는 인물에게 못이 박힌 듯 떨어질 줄 몰랐다.

사촌에 대해서는 예전에 들은 적이 있지만 분명 거짓말일 것이라고 생각했다. 이목구비가 뚜렷한 미인, 팔등신에 완벽한 모델 체형. 이 근처를 지나가는 여성들 중에는 종종 모델 같은 여자들도 보였지만, 분명 그녀 앞에 서면 존재감이 흐릿해질 것이라는 생각이 들었다.

입고 있는 블라우스에서도 눈을 뗄 수 없었다. 분명 올해 런던에서 갓 론칭한 명품이다. 그런과 인디고블루 바탕에 꽃무늬가 겹겹이 장식되어 있어서 자칫 잘못하면 촌스러워 보일 수 있는 디자인을 그녀는 더없이 화려하게 소화했다.

"처음 뵙겠습니다. 가모우라고 합니다."

그녀가 내민 명함에는 간결하게 '생활 플래너 가모우 미치루'라고만 적혀 있었다. 허세가 강한 사람일수록 명함에 늘어 놓는 직함에 집착하는 법이다. 그렇기 때문에 이 명함에 나타난 간결함이 명함 주인에 대한 호감을 더욱 높였다.

"오늘 귀중한 시간을 내주셔서 감사합니다. 데이토은행에 근무하신다고 들었습니다. 저도 일단 파이낸셜 플래닝 공부를 했지만 범위가 워낙 넓다 보니까 복습을 해도 심화된 지식을 얻기는 힘들더라고요."

"저기, FP 자격 말씀하시는 거죠?"

"네. 일단 1급을 취득했는데요, 국가검정자격증으로 지정된 지 아직 얼마 되지 않아서 다른 나라에 비하면 아직 미흡한 부분이 여기저기 보입니다."

사요는 자격 취득에 욕심이 있었기 때문에 FP(파이낸셜 플래너) 자격에 대해서 어느 정도는 알고 있었다. 2002년부터 국가공인자격으로 정식 인정받으면서 시험 합격자는 기능사라고 불리기 시작했다. 시험 난도가 높으며, 1급 합격자라고 하면 세무사나 변호사에 비견될 정도의 전문가로 인정한다. 사요도 한 번 도전해 봤지만 턱없는 결과로 고배를 마신 경험이 있었다.

그래도 은행 업무는 사요가 전문이다. 아름다운 미치루에 대한 경쟁심도 생기고 해서, 질문 받은 것에 대해서는 아는 만큼 상세하게 대답해 주려고 기다리던 그때, 불의의 일격을 당했다.

"사요 씨. 대단히 실례되는 질문입니다만, 혹시 생활에 고민이 있으신가요?"

"네?"

"만약 아니라면 죄송합니다. 분명 경제적인 문제가 있으실 것이라고 생각해서."

"어째서 그런 말씀을 하시죠?"

"사요 씨의 코디에 맞지 않는, 즉 어울리지 않는 점이 보여서요."

사요는 황급히 자신의 차림새를 확인했다. 올 가을 유행하는 원피스에 카디건, 구두 색상도 패션잡지에 실린 대로 분명히 맞춰 코디했다. 어디에도 실수는 없을 터였다.

"어울리지 않는 부분은 손톱입니다."

그 말을 듣자마자 손톱을 봤다. 길지도 않고 때가 끼지도 않았는데?

"이번에도 언짢으셨다면 죄송합니다만, 그 사람의 경제 상태는 손톱에서 나타나죠. 비즈니스 관련으로 처음 만나는 사람과의 약속 자리에는 역시 잔뜩 힘을 주고 나오잖아요."

당연한 심리라고 생각했기에 고개를 끄덕여 보였다.

"그래서 무리를 해서라도 그럴싸한 옷을 입고 비싼 물건을 대동하려고 합니다. 아니면 빌려서라도 갖춰 입으려고 하죠. 그런데 삶 자체가 유복한 여성은 손톱 관리를 잊지 않습니다. 매니큐어로 깔끔하게 칠할지 네일아트로 장식할지, 어느 쪽이든 TPO에 맞춰서 준비합니다. 하지만 평소 생활이 그렇지 않은 분들은 유감스럽게도 손톱 관리까지 신경 쓸 여력이 없죠."

사요는 순간적으로 양손을 말아 쥐면서 손톱을 숨겼다. 수치심으로 얼굴이 불타 버릴 것만 같았다.

미치루는 그런 사요를 자애로운 눈빛으로 바라보았다. 무시하지도 동정하지도 않고, 그저 너그러워 보이는 시선을 받고 있자니, 잔뜩 날을 세우고 있던 마음이 녹아내렸다.

"직업상, 경제적인 문제를 안고 있는 고객들이 정말 많습니다. 쿄코의 동창과 딱딱한 비즈니스 이야기를 하려는 게 아니에요. 만약 괜찮으시다면 힘이 되어 드리고 싶습니다."

결코 톤이 높지 않은 목소리가 거부감 없이 마음에 스며들었다. 신부님 같은 말투에 꽉 닫혀 있던 마음의 빗장이 서서히 열렸다.

첫 만남인데도 이 여자에게는 뭐든지 허심탄회하게 털어놓을 수 있을 것 같은 기분이 들었다. 그리고 반드시 성심성의껏 들어줄 것 같다는 느낌이 들었다.

쿄코는 어느샌가 자신의 뒤에 비스듬히 비틀어 앉아서 미치루를 나란히 바라보고 있었다. 강요당하는 기분이 들지도 않고, 신기하게도 마음을 편안하게 만드는 배치였는데, 이러면 자신의 치부를 편안하게 드러낼 수 있을 것 같았다.

마침내 사요는 떠듬떠듬 이야기하기 시작했다.

남자 직원들에게 지지 않으려고 고군분투하고 있는 상황.

그래도 인정받지 못해서 스트레스 장애를 겪고 있는 상황.

쇼핑이 스트레스 해소 수단이 된 일.

그리고 계속된 쇼핑 때문에 파산 일보 직전 상황까지 내몰린 것.

이야기가 어떻게 흘러가도 미치루는 상담사처럼 고개를 끄덕일 뿐, 재촉하지도 말을 끊지도 않았다. 자신은 아마도 누군가에게 털어놓고 싶었던 것 같다. 말이 하염없이 흘러나왔다. 분노도 고통도 간절함도 전부 토해낼 수 있었다.

정신을 차리고 보니 사요는 울고 있었다. 슬프지도 않은데 속으로만 끙끙대던 생각을 밖으로 토해냈다는 해방감에 후련해져서 눈물샘이 고장 난 것 같았다. 스스로도 놀랄 정도로 어린아이처럼 흐느껴 울었다. 멈추고 싶어도 멈출 수 없었다. 몸속 어디에 이렇게 모아놨나 싶을 정도로 눈물이 계속해서 흘러나왔다. 다른 사람 앞에서 울었다는 해방감이 눈물샘을 더욱 자극했다.

진정이 되자 뒤에서 쿄코가 손수건을 슬쩍 건넸다. 사요가 평정을 되찾기를 기다리던 미치루는 적절한 타이밍에 조용히 말을 꺼냈다.

"방금 하신 말씀으로 사기누마 씨의 재무 상태를 파악했습니다. 스스로도 잘 알고 계시듯이 완전히 채무 초과 상태 같네요. 이 순간에만 안심시키기 위한 빈말도, 속이기 위한 거짓말도 하지 않겠습니다. 상식적으로 답변을 드리면, 변호사에게 의뢰해서 채무 정리 방법을 찾든가, 아니면 법원에 민사 재생을 신청할 수밖에 없습니다. 파산도 고려해 봤지만 채무 원인이 낭비인 경우에는 파산 신청을 해도 기각될 가능성이 상당히 크기 때문에 그다지 추천하지 않습니다. 하지만 개인회생은 채무 원인을 묻지 않으므로 적당하죠."

민사 재생.

그 방법이 있었구나. 사요는 생각했다.

민사 재생은 2000년부터 시행된 일종의 파산처리절차로, 2001년부터 개인회생 절차에 관한 규정을 시행하고 있다. 이자제한법으로 채무를 다시 산정한 뒤 해당 채무의 약 20퍼센트에서 30퍼센트를 분할 상환해 나가는 것이다.

"사기누마 씨는 급여소득자이므로 '급여소득자 등 재생'에 해당될 것으로 예상됩니다. 이것은 기본급의 사 분의 일을 상환 자금으로 활용해서 계획적으로 상환해가는 방법으로, 채무 자체가 삼 분의 일이 되기 때문에 채무 청산 방법으로는 가장 부담이 적지만……. 문제는 역시 민사 재생도 관보에 게재된다는 점입니다."

반짝 보였던 희망의 빛이 곧바로 사라졌다. 분명 생활은 나아지겠지만 자신의 이름이 게재된 관보를 감사팀에서 입수하면 끝장이다.

"그리고 하나 더. 파산을 하든 민사 재생을 하든 절차를 밟는 시점부터 최소 5년은 카드를 사용할 수 없습니다. 사기누마 씨는 견딜 수 있겠습니까?"

"뭐라고요?"

"만약 은행에서 계속 근무할 수 있게 되더라도 더 이상 지금처럼 쇼핑으로 스트레스를 풀 수 없게 된다는 말씀입니다. 그래도 괜찮겠습니까?"

생각지도 못한 질문에 벙쪘다. 이런 경우 상담사라면 생활과 재무 상태 개선을 위해 앞으로 두 번 다시 과소비를 하지 말라며 일침을 놓는 것이 상식 아닌가.

"사기누마 씨는 제가 이런 말씀을 드려도 있는 그대로 받아들일 수 있는 사람이니까 솔직하게 말씀드리죠. 당신은 아마도 사치가 아니면 스트레스를 풀 수 없을 겁니다. 냉정하게 드리는 말씀이지만, 지금 상황을 어떻게든 해결한다고 해도 결국 결과는 같습니다. 당신은 파산을 하든 민사 재생을 하든 반성하지 못하고 또 사치를 할 겁니다. 도의적으로 맞느냐 틀리느냐의 문제가 아니라 그것이 당신의 방어 기제이기 때문입니다. 본능적으로 원하는 것은 아무도 말릴 수 없습니다. 설령 그것이 자기 자신이라고 해도 말입니다."

"그럼 어떻게 해야 할까요?"

사요는 간절하게 말했다. 모든 것이 까발려진 지금, 미치루의 신탁만이 자신을 살릴 길이었다.

"저는 정신과 의사가 아니라 이렇게밖에 말씀을 못 드리지만, 지금 상태를 유지하는 것이 가장 좋다고 생각합니다. 즉 현 상황을 법적으로 해결하지 말고 스트레스를 해소하는 범위 내에서 사치를 이어가는 겁니다."

"그건, 불가능해요."

"아니요. 할 수 있습니다. 책임져야 할 상대에게 책임을 묻는 거예요."

"책임져야 할 상대요?"

"당신이 근무하는 데이토은행 말이에요."

미치루는 사요의 눈을 지그시 응시했다. 부드러운 시선에 사로잡힌 사요는 꼼짝할 수 없었다.

"당신이 스트레스 장애를 겪는 이유, 따지고 보면 은행의 인사제도가 남성 우대로 경직되어 있기 때문이라고 생각하지 않나요? 은행이 당신에게 좀 더 기회를 줬다면 지금 같은 상태에 빠지지 않았을 거라고 생각하지 않나요?"

"그건…… 그렇죠."

"그러니까 복수를 할 겸 책임을 지게 만드는 거예요."

"무슨 뜻이죠?"

"이건 부추기는 것도 제안하는 것도 아닙니다. 그저 제 혼잣말입니다. 뭐랄까, 일단 저도 국가공인자격을 가진 사람이기 때문에 고객에게 이런 제안을 하면 분명 비난받을 거라는 사실을 압니다. 하지만 당신이 단순한 대화 상대고, 이 말이 제 혼잣말이라고 한다면 책임이 발생하지 않습니다. 제 말이 무슨 뜻인지 이해하시죠?"

암묵적인 긍정.

사요는 고개를 살짝 끄덕였다.

"지금, 은행 거래는 전부 온라인으로 이루어지고 있습니다. 계좌에서 계좌로, 은행에서 은행으로 돈이 움직이는 건 데이터상의 표시일 뿐 실제로 현금이 오가는 것은 아니죠."

"맞아요. 예금과 출금에 필요한 현금이 창구에서 오가는 것 외에는 보유한도를 초과한 현금을 은행 본점에 보내는 정도예요."

"만약 제가 당신이라면 차명계좌를 만들 거예요."

깜짝 놀랄 소리에 입이 떡 벌어졌다.

"물론 그 차명계좌로 은행 돈을 횡령하면 누가 봐도 범죄겠죠. 하지만 사기누마 씨, 당신의 스트레스 장애를 억누르기 위해 은행에서 잠깐 돈을 빌린다고 생각하면 어떨까요? 빚을 갚기 위해 아주 조금, 그것도 여러 번에 걸쳐 계좌에 임시로 입금하는 겁니다. 마치 돈을 정말로 넣어 두는 것처럼. 물론 방금 말했듯 빌리는 것뿐입니다. 보너스를 받거나 다른 수입이 있을 때 반대로 송금해서 갚으면 끝입니다."

범죄가 아니다.

단지 적은 금액을 잠깐 빌릴 뿐.

"방대한 데이터가 오가는 가운데, 하루에 진행된 거래를 모두 훑어보기란 분명히 어렵겠죠. 현금과 데이터가 일치하지 않는 것을 눈치채는 사람은 거의 없을 겁니다."

하지만. 사요는 반박을 시도했다. 이견을 듣고 미치루가 깔끔하게 포기했으면, 하는 기대가 반쯤 있었다.

"그건 범죄는 아닐지 몰라도 배임 행위에 해당돼요."

"그럼, 당신이 그토록 충성을 바치는 은행은 도대체 당신에게 뭘 해 줬죠? 당신을 아무렇게나 취급하고 사치를 하지 않으면 건강을 유지할 수 없게 만든 것은 은행 아닌가요? 사기누마 씨의 애사심은 존경받아 마땅합니다. 하지만 제가 고객들께 누누이 드리는 말씀인데, 당신이 회사를 소중하게 생각하는 만큼 회사는 당신을 소중하게 생각하지 않습니다. 성실한 사람일수록 착각하기 쉽습니다만, 회사는 당신을 결코 지켜 주지 않습니다. 무언가 책임질 일이 생겼을 때, 또는 정리해고를 단행할 때, 얼굴색 하나 변하지 않고 당신을 자를 겁니다. 피도 눈물도 동정도 없죠. 그것이 기업이라는 족속입니다."

미치루의 얼굴이 가까이 다가왔다. 눈썹 주변에 분노를 감추고, 눈과 입은 사요를 격려하는 것처럼 보였다.

"당신은 너무 착해요. 당신이 애정을 쏟아야 할 대상이 회사가 아닌 것만은 분명하다고요."

미치루는 사요의 손을 부드럽게, 그러나 힘주어 잡았다. 차가운 느낌이었지만 그 손을 계속 쥐고 있자 점점 온기가 돌았다.

"아시겠어요? 당신은 지금까지 줄곧 학대당하고 있었던 겁니다. 이쪽에서 반격하지 않으면 당신은 머지않아 짓눌려 버리고 말 거예요. 남초 사회에. 피가 흐르지 않는 회사라는 괴물에."

단 한 사람과의 만남이 인생을 바꾼다.

단 한 사람과의 대화가 인간을 바꾼다.

사요에게 미치루와의 만남이 바로 그러했다.

당신은 한 방 먹여야 해요. 미치루가 말했다. 쐐기를 박는 말이었다. 자신이 피해자라고 생각한 적은 없지만 듣고 보니 확실히 그랬다. 건강한 신체, 건강한 정신을 빼앗고 그것도 모자라 자신을 끊임없이 혹사시킨 것은 데이토은행이 아닌가. 복수하는 것이 당연하다. 어째서 지금까지 깨닫지 못했던 것일까.

사요는 즉시 차명계좌를 개설했다. 우선 데이토은행의 홈페이지에서 온라인 계좌 개설을 신청했다. 온라인 계좌는 본인 확인 서류를 제출할 필요가 없기 때문에 아무렇게나 원하는 대로 기입할 수 있다.

계좌주는 '이토 유코'. 미치루와 상의해서 결정한 이름이다. 너무 평범하지도 특이하지도 않고 현실적이었다.

이토 유코의 주소는 미치루에게 받은 명함에 적혀 있는 주소로 작성했다. 즉 이토 유코는 미치루의 회사에서 거주하면서 일하고 있는 것이다. 심사가 통과되면 약 일주일 후에 현금 카드가 발송되는데, 이 때문에 주소만은 실제로 적을 수밖에 없었다.

미치루에게 폐를 끼칠 수 없었기에 사무실 주소를 사용하는 것은 거절하려고 했지만 미치루가 설득해 왔다.

"괜찮아요, 주소를 빌려주는 것쯤은. 주민표*를 이전하는 것도 아니니까. 카드 수령지로 딱 한 번 사용할 뿐인걸요."

그리고 또 하나, 은행에서 카드 이용자에게 정기적으로 다이렉트 메일을 보낸다. 만약 주소가 불명확해서 반송될 경우, 은행에 불필요한 의심을 사지 말란 법도 없다.

그래서 사요는 미치루의 제안에 따랐다.

다음으로 카드 수령에 대한 작업이 필요했다. 은행에서 보낸 카드는 본인만 수령할 수 있기 때문에 배송 받을 때 아무래도 본인 확인을 하게 된다.

그런데 이 문제도 미치루가 해결해 줬다.

"쿄코의 면허증을 좀 손보면 되잖아."

쿄코에게도 미안했지만, 그녀 또한 사요의 복수에 힘을 보태고 싶다며 의기투합했다.

"딱 한 번, 배달원에게 보여 주면 되잖아. 그것뿐이라면 전혀 문제없어."

작업은 간단했다. 쿄코의 면허증 위에 이토 유코의 이름과 사무실 주소를 붙이고, 그 위에 얇은 래미네이트를 덧씌웠

---

* 우리나라의 주민등록등본에 해당한다.

다. 슬쩍 봐서는 진짜 면허증과 거의 차이가 없었다. 이것으로 이토 유코의 확인 서류가 완성되었다.

카드 신청을 한 뒤로는 매일이 긴장의 연속이었다. 복수하겠다고 다짐했을 때는 터질 듯 부풀었던 의욕도 미치루와 헤어지고 나자 빠른 속도로 사그라들었다. 은행 창구에 앉아 있어도 언제 상사가 뒤에서 비리를 따져 물을지 모른다는 생각에 살아도 산 기분이 아니었다.

일주일 후, 미치루에게 카드가 배송되었다. 쿄코는 능숙하게 '이토 유코'를 연기했다고 했다. 눈에 익은 모양의 완전한 새 카드를 받아들었을 때는 죄책감이 들기보다 후련했다.

다음 날, 은행에 출근한 사요는 기회를 엿봤다. 항상 붐비는 은행 최전선의 창구지만 처리를 기다리는 손님이 뜸해지는 시간대가 있다.

오후 1시 30분, 마침내 그 시간이 찾아왔다.

주위를 흘끔흘끔 살폈다. 창구에 있는 직원들은 제각각 업무에 몰두해 있었고, 사요를 거들떠보지도 않았다.

긴장으로 시야가 좁아졌다.

심장 박동이 빨라졌다.

숨이 가빠졌다.

사요는 온라인으로 '이토 유코'의 차명계좌를 불러온 뒤,

50만 엔을 송금했다.

계좌번호와 금액 입력.

소요시간 25초.

작업은 고작 그것뿐이었다.

다시 한번 주위를 살폈지만 여전히 사요의 행동에 관심을 갖는 사람은 없었다. 사요는 눈에 띄지 않도록 크게 안도의 한숨을 쉬었다.

뭐야. 고작 이거야? 저지른 죄의 크기와 실제 느끼는 감정의 괴리에 당황하면서 퇴근 후에 편의점 ATM에서 현금을 찾았다.

명의는 가짜여도 토해낸 지폐는 진짜였다. 출력된 이용명세서에는 '항상 이용해 주셔서 감사합니다'라고 정중하게 인쇄되어 있었다.

글자를 본 순간, 사요는 하마터면 가게 안에서 웃음을 터뜨릴 뻔했다.

이렇게나 쉽게 은행을 속일 수 있다니.

자신을 턱끝으로 부려 왔던 상사도, 창구 뒷자리에 버티고 앉아 으스대던 지점장도 하나같이 모두 무능하다. 도대체 자신은 그 무능력자들의 무엇을 두려워한 것일까.

사요는 그 자리에서 맥주를 한 캔 사서 아파트로 돌아온 뒤 혼자서 축배를 들었다. 이곳에 미치루와 쿄코가 있었다면 최고였겠지만, 이 이상 두 사람을 휘말리게 할 수는 없다. '이토 유코'의 현금카드를 전달받은 시점부터 두 사람은 더 이상 관계가 없어야 한다.

은행을 속인 자신에게 건배.

승리에 젖은 달콤한 술이 목구멍으로 흘러들어가 몸속으로 스며들었다.

다음 날, 사요는 일곱 개의 금융사에 50만 엔을 나누어 갚았다. 담당자의 얼굴을 보지는 못했지만, 입금된 금액의 액수에 놀랐을 것을 쉽게 상상할 수 있었다.

한 번 선을 넘으면, 두 번째는 거리낄 것이 없어진다. 나쁜 짓도 업무도 모두 같다.

아니, 이것은 나쁜 짓이 아니라 정의다. 복수라는 훌륭한 대의를 품은 정당한 행위인 것이다.

사요는 자신을 그렇게 세뇌하며 일주일에 한 번, 계속해서 온라인으로 차명계좌에 송금했다. 총 일곱 번. 빚을 완전히 갚았다.

빚을 모두 갚고 난 뒤 계약 해지를 신청하자 담당자들이 계약 유지를 제의해 왔지만 단호하게 거절했다. 며칠이 지나자 각 회사에서 계약서 원본이 도착했고, 사요는 그것과 각 회사의 카드를 한 장 한 장 잘게 잘라서 주방 싱크대에 넣고 불을 붙였다.

눈 깜짝할 사이에 재로 변해가는 계약서와 카드를 보고 있노라니 십 년 묵은 체증이 내려가는 기분이었다. 이로써 변호사의 신세를 지지 않고 해결했다. 파산도 민사 재생도 다른 세상 이야기였다. 짜증나는 채권관리담당자의 목소리를 듣지 않아도 된다.

위기는 지나가고, 근심도 사라졌다.

모든 것이 리셋된 것이다.

얼마간은 평온한 나날이 지속됐다. 기한에, 독촉에, 그리고 파멸에 쫓기지 않는 나날은 평온 그 자체였다.

그러나 직장에서의 사요에 대한 대우는 변함없었다. 경직된 인사고과가 유지되는 가운데 계속해서 헛발질하는 여직원. 주변의 시선이 모두 그렇게 무시하는 것처럼 느껴졌다.

승진시험의 계절이 다가왔지만 역시 후보자에 자신의 이름은 없었다. 새로운 곳에는 2년 전에 갓 입사한 남자 직원의 이름이 줄지어 적혀 있었다.

또다시 같은 일을, 같은 고통을 겪어야만 하는가.

가슴속에 어두운 웅덩이가 고이더니 위 주변까지 뚝뚝 흘러내리자 더 이상은 한계였다. 분명 까맣게 잊고 있던 컨디션 불량이 도졌다.

수면 부족, 식욕 감퇴, 그리고 현기증.

기분 전환을 위해 들어간 단골 편집숍에서 사요는 그 상품에 꽂혀 버렸다.

까르띠에 2005년 가을 신상, '마르첼로 드 까르띠에 월드와이드 백 리미티드 에디션'. 소재는 송아지 가죽에 색상은 골드.

첫눈에 마음에 들었다. 틀림없이 옷장에 걸어둔 그 블라우스와 딱 어울릴 것이다.

가격표에 적힌 금액은 24만 2천 엔.

좋아. 사자.

그 순간, 카드를 모두 불태워 버린 사실이 떠올랐다.

후회가 물밀 듯 밀려왔지만 곧바로 생각을 바꿨다.

빚 따위 질 필요는 없다. 돈이라면 얼마든지 만들 수 있지 않은가.

다음 날, 사요는 차명계좌에 50만 엔을 송금했다. 가방 가격보다 많이 송금한 까닭은 또 갖고 싶은 물건을 발견했을 때를 대비해서였다.

ATM에서 현금을 찾고, 서둘러서 찜해 놓은 가방을 구입한 순간, 스트레스는 그 자리에서 사라졌다.

'이토 유코'의 카드는 도깨비방망이였다. 갖고 싶을 때 원하는 금액을 온라인 조작으로 입금하면 끝이다. 청구서가 날아오지도 않고, 빚이 늘어나서 고민할 일도 없다.

그 후 사요는 편집숍에서 갖고 싶은 물건을 발견할 때마다 온라인 조작을 반복했다. 당초 보너스를 받을 때나 특별한 수입이 생겼을 때 반드시 원래대로 돌려놓겠다고 다짐했지만 그 사이에 어떻게 되든 좋다는 생각이 들기 시작했다. 온라인상에서 횡령한 금액은 언제부터인가 5백만 엔을 넘어서, 이미 보너스나 특별 수입 등으로는 도저히 감당할 수 없는 금액으로 불어나 있었다.

그리고 새해가 밝고 2월, 사요는 오랜 기간 수행한 창구 업무의 공적을 인정받아 승진은 아니지만 정기예금사무결재자로 승격했다.

3

결재자로 승격해도 기본급은 그다지 오르지 않는다. 기껏해야 자신의 업무 재량이 늘어나는 정도다.

아니, 업무의 내용을 고려하면 같은 급여를 받으면서 책임만 늘어나는 꼴이다. 결재자는 각 예금사무가 제출한 서류에 누락된 것이 없는지 확인한 뒤 지점장에게 결재를 올린다. 그 시점에서 실수를 하면 결재자가 책임을 져야 하므로 예금 사무 업무를 맡았을 때보다 훨씬 더 신경을 써야 했다.

지점장에게 주의를 받는 일도 부쩍 늘었다. 물론 업무상 일이기 때문에 주의를 주는 사람에게는 타당한 이유가 있었 지만, 신임 지점장은 사요보다 늦게 입사한 남자였던 탓에 울화가 치밀었다.

그 즈음, 사요의 아파트는 몹시 비좁아졌다. 그도 그럴 것 이, 분수에 맞지 않는 명품과 옷을 마구 사 모으다 보니 옷장 은 물론 온 집 안에 명품이 넘쳐나게 된 것이다.

사요는 방 두 개에 거실, 부엌, 식당을 갖춘 맨션으로 이사 했다. 월세는 20만 엔, 관리비는 1만 5천 엔. 벽면 두 쪽을 차 지한 옷장이 사요의 컬렉션을 수납하기에 안성맞춤이었다. 물론 사요의 월급으로는 가당치도 않은 곳이었지만 어차피 은행 돈을 한꺼번에 횡령하면 간단하게 해결되는 이야기였 다. 사요는 그렇게 2년 치 집세를 선불했다.

옷장에 여유가 생긴 것도 한몫해서 사요는 명품 수집에 더 욱 박차를 가했다. 아무튼 지점장에게 잔소리를 한 번 들으 면 가방을 한 개 샀다. 자신에 대해 좋지 않은 소문을 하나

들으면 옷을 한 벌 샀다.

유행하는 옷과 명품을 입지도 않고 옷장에 그대로 처박아 두는 것은 참을 수 없었기 때문에 휴일에는 외출했다. 차림새에 따라 들어갈 가게도 달라진다. 사요가 가는 가게는 자연히 고급 부티크나 레스토랑으로 좁혀졌다. 당연하게도 지출은 커졌고, 한 번에 횡령하는 금액도 순식간에 불어났다.

총액이 천만 엔이 넘자 그다음부터는 언덕을 굴러 내려가는 눈덩이 같았다. 처음에 겁을 내며 만들었던 차명계좌는 이제 사요의 주머니나 마찬가지였다. 갖고 싶을 때, 필요한 금액을 송금해 두기만 하면 끝. 죄책감은 오래전에 사라졌고, 결국 사요가 성실하게 일해서 갚을 수 있을 만한 금액을 벗어나 있었다.

얄팍해진 죄책감 대신에 싹튼 것은 공포심이었다. 언젠가는 횡령을 들키지 않을까, 언젠가는 이 방만한 생활이 파탄 나지 않을까…….

공포를 잊는 데에는 시끌벅적 만한 것도 없다. 사요는 호스트클럽에 드나들기 시작했다. 처음 가게에 들어갔을 때는 깜짝 놀랐다. 그야말로 네온사인 아래에서만 서식할 것 같은 남자들이 더할 나위 없을 정도로 요염한 미소로 사요를 맞아 주었다.

물론 사요도 그 미소가 자신의 외모가 아닌 지갑을 향한 것이라는 사실을 아주 잘 알고 있다. 그래도 돔 페리뇽을 한 병 주문할 때마다 호들갑을 떠는 모습에 쾌감을 느꼈다. 주문이 들어가면 호스트들이 일제히 소리를 맞춰서 인사를 하는데, 그 모습이 은행의 아침 인사 풍경을 연상시켰다. 정해진 멘트와 유니폼과, 그것의 반복. 그러나 이곳에서 그것의 주인은 바로 돔 페리뇽을 주문한 사요였다.

클럽에서 지명 순위 1위인 호스트를 옆에 끼고 놀아 봤다. 쇼라는 이름의 이 호스트는 역시 잘 생겼지만, 어설프게 한류스타를 닮은 얼굴은 천박했고 입은 무섭도록 가벼웠다.

"오호, 사요 씨라고 하는구나. 무슨 일 해요?"

"뭐 하는 사람으로 보여?"

"음—, 무슨 외국계 회사나 청에서 일하는 관료? 아니다, 혹시 패션회사 사장님이야?"

"그렇게 대단한 사람 아니야."

"하지만 아무리 봐도 미스터리어스하단 말이야."

"미스터리어스?"

"사요 씨, 무슨 비밀 있지? 그게 당신을 엄청나게 매력적으로 보이게 해요."

그 말을 듣자 가슴이 철렁했다. 자신이 저지른 나쁜 짓을 간파 당했나 싶었다.

그러나 가만히 생각해 보니 손님의 마음을 빼앗기 위한 작업 멘트라는 데 생각이 미쳤다. 남자든 여자든 대부분의 사람에게는 비밀이 있다.

쇼의 입에서 나오는 말은 1엔짜리 동전보다도 가볍고 종이보다도 얇으며 저속하고, 무엇보다 안도감이 들었다. 몇 번인가 호텔에서 몸을 섞은 적이 있지만 몸도 입처럼 단순하고 저속하고 역시 안도감이 들었다. 말과 몸을 섞으면서 깊은 생각에 잠기지도 않았고, 자신의 미래에 대해 고뇌하지도 않았다. 주어진 시간 동안 그저 놀고 즐기며 현실을 잊을 뿐이었다. 끝나면 아무것도 남지 않았다. 그러나 그 동안만은 공포를 잊을 수 있었다. 내일도 모레도 똑같은 하루가 이어지리라 믿을 수 있었다.

애당초 아무 생각 없이 떠들썩하게 놀고 싶어서 다니기 시작한 호스트클럽이기 때문에 특정 남자에게 열을 올리는 시늉은 하지 않았지만, 그래도 매일같이 밤마다 드나들다 보니 지출이 쌓여 갔다. 화수분 같은 차명계좌가 없었다면 한 달 만에 파산했을 지경이었다.

횡령 액수는 2천만 엔을 넘어섰다. 눈덩이처럼 불어난다는 말처럼, 한 번 사용한 금액이 커지자 공포심도 함께 커져서 그 공포심을 잊기 위해 돈을 더욱 펑펑 쓰게 됐다.

차명계좌로의 송금 한도는 한 번에 백만 엔이었다. 큰 금액을 한꺼번에 송금하면 발각되기 쉽다. 아무리 예금사무결재자로 승격했다고 해도 권한에는 제한이 있다.

이 무렵부터 사요의 내면에는, 다른 사람에게 피해를 주는 것도 아니지 않느냐는 뻔뻔한 생각이 움트고 있었다. 고객의 예금을 없애는 것이 아니다. 온라인상의 숫자를 늘리거나 줄일 뿐이다. 누군가의 지갑에 손을 대는 차원이 아니다.

애초에 자신에게 이렇게 낭비벽이 생긴 것도 전부 은행 책임이다. 은행이 그 책임을 지는 것은 당연하다. 그러나 그것은 지점장이나 은행장과 같은 개인이 아니라 어디까지나 은행이라는 집단을 대상으로 한 이야기다. 얼굴도 볼 수 없는 '데이토은행'에 대한 복수다. 그렇다면 아무리 횡령해도 죄책감을 느낄 필요가 없다.

이미 퇴직금 따위로는 도저히 충당할 수 없는 액수에 다다랐지만 사요는 피해자가 없는 범죄라며 애써 외면하며 매일을 보냈다. 공포를 마비시키기에 여념이 없어서 미래를 설계할 여유도 업무에 집중할 여유도 없었다. 짊어진 과오의 무게에 짓눌려 내리막길을 내달리는 매일. 추적하는 자의 발걸음 소리가 끊임없이 등 뒤에서 들려오는 듯했다.

그로부터 얼마 후, 오랜만에 쿄코에게 연락이 왔다.

"조만간 데이토은행 전 지점에 특별감사가 실시될 것 같습니다."

처음 만났던 아오야마의 카페. 주변의 손님들이 웃고 떠드는 가운데, 쿄코와 나란히 앉은 미치루가 마치 예언자같이 알려 왔다.

사요는 심장이 멎는 줄 알았다.

"특별감사요?"

"네. 최근 은행 내부에서 불미스러운 일들이 다수 발생하고 있잖아요. 그래서 데이토은행 본점 감사팀이 전 지점 점검에 돌입한다더군요."

데이토은행 감사팀은 본사 직속 부서지만 독립성을 확보하기 위해 감사 계획을 공개하지 않는다. 그러나 불시 감사에 들어가는 경우에도 대부분 모지점이라고 불리는 대형지점과 그 주변을 대상으로 실시되었기에 전 지점을 대상으로 일제히 실시되는 경우는 사요도 금시초문이었다.

"데이토은행만큼 지점이 많은 은행이 전 지점 감사를 시행한다니 거의 들어본 적 없는 이야기인데, 그만큼 일전의 사건이 세간의 주목을 받았다는 방증이겠죠."

일전의 사건이란 도시 은행과 지방 은행에 근무하는 행원의 부정이 잇따라 보도된 것을 가리켰다. 금액은 1억 엔부터 10억 엔, 범인도 지점장부터 창구직원까지 다방면에 걸쳐 있었는데 공통점이 있었다. 그것은 바로 은행 내부의 견제나 방범체계가 모두 제 기능을 하지 못했고, 오랜 기간 발각되지 않았다는 점이었다.

은행 규모도 인사 문제도 아니라면 어느 은행에서나 횡령은 있을 수 있다.

뉴스를 전해들은 전국의 창구업무행원은 모두 같은 생각을 했을 것이다. 지금 당장 자신이라도 할 수 있겠다고. 뉴스에서는 자세히 보도되지 않았지만 단말기 조작에 의한 부정송금은 지극히 단순한 작업이다. 키 버튼을 누를 손가락만 있으면 아르바이트 직원도 할 수 있다. 그런데 은행 업무가 매우 바쁘고 번거로우며 확인 기능이 없었기 때문에, 방범체제는 뒷전으로 밀려나 있었다. 이를 제어하는 방법은 시스템이 아닌 개인의 윤리관밖에 없었다. 따라서 데이토은행이 갑자기 경계하기 시작한 것도 터무니없는 이야기는 아니었다. 그러나 타당한 사실이라도 믿고 싶지 않았다.

"도쿄미쓰비시은행과 UFJ은행이 합병했어요. 앞으로도 은행 합병은 계속될 거예요. 데이토은행도 예외는 아니죠. 그때, 만약 은행 내부에서 불미스러운 일이 발생한다면 분명 입장이 난처해지고, 데이토은행이 수세에 몰리게 되리라는 건 불 보듯 뻔해요. 그런 일을 미연에 방지하려고 지금 당장 썩은 부분을 도려내려는 움직임일 수 있습니다."

"그런데, 가모우 씨는 어떻게 그런 정보들을 알고 있는 거죠? 감사팀의 동태는 본사 간부라도 알고 있는 사람이 적다고 들었는데요."

"이건 정말로 우연인데요, 제 의뢰인 중에 데이토은행 감사팀에 근무하는 분의 사모님이 계세요. 감사팀원이 장기 출장을 간다면 전 지점 점검밖에 더 있겠어요?"

"하, 하지만 전 지점을 대상으로 한다는 이야기는 아니지 않나요……."

"그 남편분이 감사팀 안에서도 팀장 버금가는 자리에 계시는 분이거든요. 그것만으로도 이번 점검의 규모를 짐작할 수 있겠죠?"

듣고 보니 과연 신빙성 있는 이야기다. 그러나 한편으로 확증이 있는 이야기도 아니다.

"그건 지나친 억측 같은데요."

"그렇죠. 어디까지나 제 억측일 뿐입니다. 그러니까 '실시될 것 같다고' 말씀드렸잖아요."

"어째서, 내게 이런 이야기를 하는 거죠?"

"당연하잖아요. 만약 당신이 아직 차명계좌를 남겨 뒀다면 특별감사가 나오기 전에 통장을 해지해야죠. 물론 그때부터 몇 달이나 지났으니까 당신이라면 당연히 처리했을 거라고 생각하지만요. 저도 참 은행에 복수하라는 둥 괜히 참견을 해서, 갑자기 걱정이 됐거든요."

다그치는 말투로 말하자 사요는 주눅이 들었다. 횡령 발각에 대한 공포와 미치루를 향한 수치심으로 자신도 모르게 손끝을 떨기 시작했다.

"사요, 왜 그래?"

쿄코가 걱정스럽게 물었지만, 솔직히 아무런 도움도 되지 않았다. 학교 다닐 때의 기억으로는, 쿄코는 그다지 의지할 만한 존재는 아니었다. 언제나 다른 사람의 그늘에 숨어서 자기주장도 의사 표현도 하지 않았다. 오른쪽을 가리키면 왼쪽을 쳐다보는 인간이었다.

그에 반해 미치루는 군림하는 자의 분위기를 풍긴다. 말한마디 한마디나 태도에서 범접하기 어려운 기운이 느껴진다. 누군가가 걱정해 준다면 이왕이면 이런 사람이면 좋겠다.

차라리 미치루에게 모든 사실을 털어놓을까……. 사요는 순간 고민했다.

미치루라면 뭔가 좋은 해결 방법을 조언해 줄지도 모른다.

하지만 반대로 몹시 어리석은 사요의 행동에 학을 뗄 지도 모른다. 이제 겨우 두 번밖에 만나지 않았지만 미치루가 자신을 경멸하는 것은 견딜 수 없을 정도로 싫었다.

그제서야 새삼 사요는 자신의 낭비벽과 방만한 생활이 후회됐다. 횡령에 손을 댔을 때, 왜 빚을 갚는 선에서 멈추지 않았을까. 빚을 갚은 단계에서 더 이상 이자가 발생하지 않으니까 그 뒤로 차곡차곡 되돌려 놨으면 되었을 것을. 그랬다면 적어도 지금 같은 꼴은 피할 수 있었을 것이다. 미치루와도 동등한 친구 관계로 대화를 나눌 수 있었을 것이다. 그러나 자신은 털끝만큼의 자제심도 없어서, 그저 잠깐의 욕망에 휩쓸려 버렸다.

결국 사기누마 사요라는 인간은 경멸받아 마땅한 존재였던 것이다.

"무슨 일이에요?"

공포와 수치, 그리고 자기혐오로 사고가 마비된 상태로 있자 부드러운 목소리가 들려 왔다.

미치루가 미소 지으며 사요의 얼굴을 들여다보고 있었다.

사요는 번뜩 이해했다.

자신같이 천박하고 우둔한 자에게는 이끌어줄 스승이 필요하다.

눈앞에 있는 미치루야말로 틀림없는 스승이다. 자신과 미치루가 만난 것은 신의 안배인 것이다. 자신을 불쌍히 여긴 신이 자신에게 보내 준 선물인 것이다.

그렇게 생각한 순간, 눈물이 저절로 흘러내렸다. 미치루 앞에서 우는 것은 두 번째였기 때문에 새삼 부끄럽지도 않았다. 아니, 이 여자 앞에서는 진정한 자신을 드러낼 수 있는 기분이 들어서 오히려 후련했다.

사요는 횡령을 멈추지 못하고 명품을 닥치는 대로 사 모은 일, 호스트클럽을 드나들기 시작하면서부터는 씀씀이가 감당이 되지 않았던 일, 결국 지금은 3천만 엔 가까이 횡령한 사실을 고백했다.

"3천만 엔……."

금액을 듣자마자 쿄코의 얼굴이 굳었다.

미치루는 순간 언짢은 표정을 짓고는 입술을 한일자로 굳게 다물었다.

아아, 역시 이 사람은 나를 경멸하고 있어. 이런 확신이 들자 사요는 또다시 자기혐오에 빠지면서도 한편으로는 안도했다.

"제가 은행에 복수하라고 바람을 넣기는 했지만, 어디까지나 자금을 잠시 빌리는 것뿐이라고 말했을 텐데요?"

명령처럼 떨어진 낙담과 질책. 귀는 아팠지만 기분은 좋았다. 그것은 종속되는 기쁨, 지배당하는 쾌감과 닮아 있었다.

"복수를 하랬더니 스스로 무덤을 파면 어쩌자는 겁니까."

"죄송해요. 저기, 도무지 쇼핑을 그만둘 수 없어서."

"3천만, 갚을 방법도 없을 텐데."

"네……."

"특별감사라도 시작되면 즉시 발각되겠죠? 그렇게 되면 도대체 어쩔 셈인가요?"

"죄송합니다, 죄송합니다."

미치루의 말은 지금까지 막연하게 품어온 불안을 현실로 끌어냈다.

"제게 사과해 봤자 소용없죠. 업무상 횡령이 어떤 범죄인지 알고나 있어요? 10년 이하 징역이라고요."

10년.

여자교도소 생활을 방송에서 본 적이 있다. 하루 종일 감시당하면서 죄수번호로 불리는 삶. 그런 곳에서 10년이나 보내야 한다니. 그리고 출소하면 나는 마흔에 가까운 나이다. 교도소를 출소한 마흔 줄의 여자에게 세상은 그리 호락호락하지 않을 것이 분명하다. 단 하나뿐인 혈육인 어머니도 살아 있을지 장담할 수 없다. 설령 살아 있다고 해도 그 여자는 전과자 딸 따위는 낳은 적 없다고 서슴없이 말할 것이다.

안 돼. 교소도 생활도 출소 후 인생도, 나는 도무지 견딜 수 없는 것들이다.

남은 길은 매달릴 수 있는 사람에게 매달리는 것뿐이었다.

"살려 주세요."

사요는 정중하게 고개를 숙였다.

"이제, 당신밖에 부탁할 사람이 없어요. 부디, 저를 도와주세요."

"거절하는 것 같아 죄송합니다만, 사기누마 씨는 제 의뢰인이 아닙니다. 그리고 설령 그렇다고 해도 위법 행위에 도움을 주는 행위는 용납되지 않습니다."

"가모우 씨의 이름은 절대로 발설하지 않을게요. 지혜를, 그 지혜를 빌려주세요. 안 그러면 저는 파멸해 버리고 말 거예요."

사요는 양손으로 테이블을 짚고 이마가 닿도록 숙였다. 카페가 아니었다면 분명 무릎을 꿇고 빌든 뭐든 했을 기세였다. 수치심이고 체면이고 없었다. 지금, 미치루에게 버림받는다면 자신은 아무런 방법이 없다.

얼마간 침묵이 흐르고, 사요가 쭈뼛쭈뼛 고개를 들자 미치루가 자신을 내려다보고 있었다.

그리고 짧게 탄식했다.

"사기누마 씨. 수정란 진단을 아십니까?"

"수정란 진단? 그게 뭐죠?"

"쉽게 말하면, 수정란 단계에서 유전자를 검사해서 이상이 없으면 모체에 착상시키는 겁니다."

출생 전에 아이에게 장애가 있는지를 진단하고 장애아일 가능성이 있는 경우 배제해 버린다……. 자식을 낳아 본 적이 없어서 진지하게 생각해 본 적은 없지만, 어머니의 부담은 줄어들겠지만 인도적·윤리적인 문제가 발생하리라는 것은 쉽게 예상할 수 있다.

"의학적 이론으로 지금까지는, 근디스트로피* 사례 외에는 수정란 진단이 허용되지 않았죠. 그런데 올해 들어서 일본 산부인과학회 이사회가 습관성 유산자에게도 이를 허용하기로 결정했습니다."

듣고 보니 뉴스에서 그런 내용을 다뤘던 기억이 있다.

"다만 그 발표는 맛보기와 같습니다."

"맛보기요?"

"유전자 연구의 발전과 함께 앞으로 수정란 진단의 범위

---

* 근력이 약화되는 유전병으로, 근육이 위축되고 근육세포와 조직이 괴사된다.

는 점차 확대될 것입니다. 물론 윤리적인 문제점을 하나하나 해결해 나가야 하지만, 이번에 적용 범위가 확대되면서 돌파구를 마련할 생각인 것 같습니다."

"누가, 말인가요?"

"유전자 연구와 치료에 종사하는 모든 사람들이요. 유전자 치료는 미래 분야로, 일본의 연구는 세계에서도 최첨단을 달리고 있습니다. 시장은 전 세계. 만약 비즈니스로 확립된다면 더욱 빠른 성장을 기대할 수 있겠죠."

그즈음에서 미치루는 목소리를 한 단계 낮췄다.

"그런데 후쿠오카시에 있는 '우먼즈 서포트'라는 기업을 아시나요?"

금시초문이었기 때문에 고개를 저었다.

"표면적으로는 의료 관련 사기업으로, 주로 의료기술을 개발합니다. 그런데 실제로는 각 의대에서 초빙한 국내 연구자들과 후생노동성 직원으로 구성된 독립행정법인입니다."

"국가……에서 운영하는 연구기관입니까?"

"네. 유전자 치료에 대한 규제가 풀리는 그날에는 막대한 이익과 발전이 보장되어 있으니까요. 관료들이 사전에 이권을 확보해 두기 위한 속셈인 거죠. 그리고 이 '우먼즈 서포트'가 올해 4월에도 주식공개할 예정입니다."

"네?"

"현시점에서는 미공개주식이지만, 상장하자마자 틀림없이 주가가 뛰어오를 겁니다."

"하지만 그건 내부정보 아닌가요?"

"맞습니다. 다만 저는 '우먼즈 서포트'와는 아무런 관계가 없기 때문에 내부정보 거래는 성립이 안 됩니다."

"그런 정보, 가모우 씨는 어떻게 알고 있는 거죠?"

"제가 하는 일은 파이낸셜 플래닝입니다. 자신의 자산을 조금이라도 불리고 싶은 분들에게 여러 가지 정보를 듣죠. '우먼즈 서포트'에 관한 정보도 그 중 하나입니다. 그리고 의뢰인이 후의로, 제게도 미공개주식을 구입하지 않겠느냐고 제안하고 있습니다."

역시나 사요의 머릿속에 경보음이 울렸다. 미공개주식 매입 사기. 자주 듣는 이야기다.

아마도 의심스러운 표정이 얼굴에 드러난 것 같다. 미치루는 일단 입가를 누그러뜨리며 긴장을 풀었다.

"사기누마 씨가 의심하는 것도 당연합니다. 예전에도 미공개주식 사기 사건이 있었으니까요. 하지만 제가 파이낸셜 플래너 자격을 갖고 있다는 사실을 잊지 마세요. 발행사와 등록된 증권사만이 미공개주식을 판매할 수 있다는 사실 정도는 알고 있습니다. 그리고 구입 이야기의 출처가 바로 '우먼즈 서포트'기 때문에 저는 그렇게 걱정하지 않습니다."

미치루의 말이 의심을 뚫고 쉽게 마음속으로 파고들었다. 그래. 이렇게나 똑똑한 사람이 하필 그렇게 단순한 사기에 걸려들 리 없지 않은가.

"그래서 드리는 제안입니다만, 사기누마 씨. 4월까지 목돈을 마련할 수 있나요?"

"설마."

"그래요. 그 미공개주식을 당신이 구입하는 거예요."

바로 대답할 수는 없었다.

"물론 무리하라고는 말씀드리지 않겠습니다. 냉정한 말이지만, 제게는 아무런 이득도 없는 이야기니까요. 지금까지 주식거래 같은 걸 해보지 않은 사람이면 더욱 불안할 테죠."

그런 이유도 있었다. 금융계에 몸을 담고 있는 자라면 거액이 오가는 주식거래에는 함정이 도사리고 있다는 사실을 끊임없이 보고 듣는다.

"그러니까 현시점에서는 어디까지나 매입자금을 준비해두기만 하죠. 4월이 다가오고, 슬슬 정보에 오류가 없다는 사실을 확인하면 그때 매입하면 된다는 이야기입니다."

돈을 준비하기만 한다.

만약 수상한 냄새가 나면 매입하지 않으면 된다.

정말이라면 이만큼이나 로우 리스크 – 하이 리턴은 없다.

"목돈이라는 게 얼마나…… 얼마나 준비해야 하나요?"

"당신은 3천만 엔을 채워 놓아야 하죠?"

"네……."

"미공개주식이라고는 해도, 상장하고 나서 종가*가 얼마나 되느냐는 신도 모릅니다. 이 경우 성장세가 가팔라 바이오 관련주와 비교하기도 어렵습니다. 과거에는 최초 상장가가 예상보다 낮게 형성된 예도 있습니다. 하지만 단순히 처분이익만으로 3천만 엔을 만들어 내려면 최소한 1억 엔은 준비하는 편이 문제가 없을 듯 싶네요."

"1억 엔."

"마련할 수 있나요?"

미치루는 목소리를 더욱 낮췄다. 상대방을 꿰뚫어 보는 듯한 눈빛에서 거부할 수 없는 진지함이 전해졌다.

"당신을 위해서 다시 한번 말씀드리죠. 10년이라면 몰라도 지금 당장 3천만 엔을 마련할 방법이라면 저는 달리 모르겠습니다. 파이낸셜 플래너로서는 부끄러운 이야기네요."

---

*　증권시장에서 그날 마지막에 거래된 가격.

"아니요! 결코 그렇지 않아요."

"횡령을 거듭한 당신에게 더 많은 돈을 준비하라고 제안하는 게 옳지 않다는 것 정도는 알고 있습니다. 그러니까 당신이 이런 무리한 제안을 받아들일 필요는 없습니다."

이제 와서, 무슨 말을 하는 거냐고 생각했다.

무리고 나발이고 애당초 평범한 방법으로 3천만 엔처럼 큰돈을 마련하기란 어렵다는 사실은 뻔히 알고 있었다. 횡령은 전부 자신의 낭비벽이 초래한 일로, 그 자체가 말도 안 되는 행위였다. 말도 안 되는 일로 일어난 재앙을 수습하려면 말도 안 되는 방법밖에 없지 않은가.

그래도 의문은 남았다.

"가모우 씨. 하나만 질문해도 될까요?"

"말씀하세요."

"저는 의뢰인도 아닌데 어째서 저를, 이렇게 상대해 주시는 거죠?"

"의뢰인이 아니라 그런 게 아닐까요."

"네?"

"의뢰인과는 계약 관계, 고용 관계, 쉽게 말해서 돈 관계로 엮여 있습니다. 하지만 당신은 쿄코의 친구죠. 즉 신뢰 관계로 엮여 있습니다. 친구가 친구를 위해 힘쓰는 것에 무슨 이유가 있겠어요."

사요의 눈이 또다시 젖어들기 시작했다. 멈추고 싶었지만
뜨거운 것이 눈에서 흘러넘쳤다.

다만 그것은 몹시도 기분 좋은 눈물이었다.

4

한껏 고양되었던 기분은 미치루 일행과 헤어진 직후부터
불안으로 바뀌었다.

4월이라면 앞으로 두 달이 채 남지 않았다. 그때까지 어떻
게 1억 엔이라는 거금을 만들어 낼 것인가. 지금까지처럼 백
만 엔 단위로 자잘하게 송금하는 것으로는 부족하다.

수정란 진단과 관련된 기업의 상장.

미래가능성을 고려하면 확실히 성장산업이라고 할 수 있
다. 의료분야의 발전은 눈부신데, 한편으로 윤리적인 문제가
그 폭주에 제동을 걸고 있다. 제동이라고 하면 듣기에는 그
럴싸하지만 결국 브레이크인 셈이다. 브레이크를 해제하면
틀림없이 가속된다. 미치루의 설명대로 검사대상이 증가하
면 이용자도 증가한다. 이 분야에서 일본이 세계에서 손꼽히
는 기술을 보유하고 있다면 외국에서도 많은 사람을 끌어올

수 있을 것이다.

　신용할 만한 이야기이고, 그 미공개주식을 매입하는 것은 결과를 알고 뽑는 제비뽑기와 같다. 이런 구미가 당기는 이야기에 넘어가지 않을 수 없다. 최초 상장가를 매기는 방식에 따라서는 횡령한 3천만 엔을 회수하고도 충분히 차익이 남는다.

　차익.

　범죄가 아니라 어엿한 주식 거래로 취득한 정당한 돈. 자본이 클수록 차익도 크다. 그것이 천만 엔일 것이냐 5천만 엔일 것이냐.

　얼마가 됐든 그것만 있으면 나 자신이 달라질 수 있을 것 같은 기분이 들었다. 큰돈만 있으면 스트레스도 사라질 것이다. 잔소리를 지껄이는 상사나 뒷담화를 하는 동료들도 진심으로 비웃어 줄 테다. 마침 금융시장 정보를 취급하는 직장에 몸담고 있다. 그걸 바탕으로 주식매매를 시작하는 것도 나쁘지 않다.

　행복은 돈으로 살 수 없다고 누군가 말했다. 이 말을 한 사람은 분명 마리 앙투아네트 수준으로 세상 물정을 모르는 사람일 것이다. 빚으로 매운맛을 본 사요는 안다. 행복은 대부분 돈으로 살 수 있다. 다만 돈으로 살 수 없는 행복도 조금은 있을 뿐이다.

이것이 인생의 갈림길이 되리라는 예감이 들었다. 아무 일도 하지 않으면 횡령이 발각되고 교도소 신세를 면치 못한다. 출소 후 보장할 수 있는 건 아무것도 없고, 까딱 잘못했다가는 길바닥에서 죽을 수 있다.

그러나 미공개주식을 매입만 한다면 상황은 단숨에 바뀐다. 여유로운 삶. 가능성을 품고 있는 인생.

선택의 여지는 없다. 무슨 일이 있어도 두 달이 채 되지 않는 기간에 1억 엔 이상의 자금을 마련해야만 한다.

생각 끝에 사요는 보통예금이 아닌 정기예금을 주목했다.

정기예금은 특성상 한 계좌당 잔액이 높아서 몇 번만 송금하면 순식간에 1억 엔을 채울 수 있다. 단시간에 거금을 마련하기에 안성맞춤이다.

그러나 현재 개설되어 있는 일반 정기예금계좌를 이용하는 건 망설여졌다. 정기예금은 보통예금처럼 잔액을 자주 확인하지 않으니 늦게 발각되겠지만, 혹시 고객이 중도해약을 할 위험성이 있었다. 이 부분은 이전에 했던 것처럼 정기예금 차명계좌를 만들어 중도해약 절차를 밟는 편이 무난해 보였다.

다만 문제가 하나 있었다.

정기예금을 중도해약하려면 예금증서와 지점장의 직인이 필요하다는 점이었다. 직인은 지점장이 몸에서 한시도 떼지 않고 가지고 다니기 때문에 이를 사용하기란 요원하다.

자, 어떻게 할 것인가. 고심 끝에 내린 결론은 역시 위조뿐이었다.

그날 사요는 결재자 책상에서 작업을 시작했다. 눈앞에는 창구사무원, 뒤에는 지점장과 지점장 대리가 있지만 사요가 지금 무슨 짓을 하고 있는지는 등에 가려서 보이지 않을 터였다.

창구 업무는 정오부터 오후 3시까지가 가장 바쁘다. 사요의 책상에는 순식간에 미결 서류가 산더미처럼 쌓였다.

익숙한 속도로 서류 검토와 결재를 계속하면서 사요는 컴퓨터 밑에서 예금증서를 꺼냈다.

명의자 이토 유코. 해약금은 5천만 엔. 어제 만들어 놓은 예금증서였다. 용지는 물론 데이토은행에 비치되어 있는 것이었지만 기재한 내용은 전부 거짓이다. 이후 증서에 지점장 직인만 찍으면 지침대로 해약 처리가 된다.

사요의 왼손 아래에는 지점장의 결재가 끝난 다른 서류가 있었다. 직인이 제대로 찍힌 서류다. 사요는 그것을 확인하고 나서 유니폼 주머니에 숨겨 놨던 5센티미터짜리 사각형 종이를 꺼냈다. 반투명 재질의 얇은 종이. 바로 트레이싱 페이퍼*였다.

사요는 고개를 두리번거리지 않으면서 주변의 기색을 살폈다.

괜찮다. 자신을 주목하는 사람은 아무도 없다.

직인 위에 트레이싱 페이퍼를 놓고 손가락 끝으로 몇 번이나 문질렀다. 그리고 적당하다 싶을 때 트레이싱 페이퍼를 떼어내 위조한 예금증서 위에 올려놓았다.

그리고 또다시 손가락 끝으로 문질렀다. 구석구석, 꼼꼼하게, 천천히.

작업하는 동안에도 사요는 주변에 대한 경계를 늦추지 않았다. 자신의 책상 위를 들여다보는 사람을 발견하면 즉시 작업을 멈춰야만 한다. 집중력과 경계심으로 사요의 신경은 잘 벼린 칼날처럼 날카롭게 곤두섰다.

주변의 소리가 차단됐다.

숨이 막혔다.

이 정도면 되겠지. 트레이싱 페이퍼를 떼어내자 직인이 홀

---

* 본뜨기 위해 사용하는 얇은 반투명 용지.

롱하게 옮겨져 찍혀 있었다. 원래의 것과 비교하면 흐릿했지만 그래도 이 증서만 놓고 보면 그럴싸했다.

안도의 한숨을 토해내고, 증서를 결재함에 집어넣었다. 이제 해약된 5천만 엔을 그대로 이토 유코의 보통예금에 넣어두면 된다.

"사기누마 씨."

갑자기 등 뒤에서 목소리가 덮쳐 왔다.

심장이 멎는 줄 알았다.

천천히 뒤를 돌아보자, 지점장 대리인 오키타가 자신을 내려다보고 있었다.

늘 그렇듯 음험한 눈빛이었다. 남자인 주제에 시시콜콜한 것까지 주의를 주기 때문에 여자 행원들이 몹시 싫어했다.

"네, 네?!"

"지금, 책상 위에 꺼내 놓은 거 기름종이였죠?"

큰일 났다. 보고 있던 모양이다.

"화장을 고치는 건 상관없지만, 창구 말고 휴게실이나 화장실에서 하세요."

뭐야, 그 이야기구나.

"죄송합니다."

"제발 좀, 부탁해요. 결재자니까 다른 직원들의 본보기가 되어야죠."

다시 한번 사과를 하고 가슴을 쓸어내렸다.

문득 깨닫고 보니 이마에 땀이 배어 있었다. 실내 기온 탓이 아니었다.

"잠깐 화장실 좀 다녀올게요."

마침 오키타에게 한소리 들은 직후라 핑계 대기 좋았다. 주변 사람에게 말한 뒤 자리를 떴다.

여자 화장실로 뛰어 들어가서 차가운 물로 세수를 하고 나니 정신이 조금 들었지만, 심장은 아직도 빠르게 두방망이질했다.

직인을 본뜰 때 느꼈던 저릴 듯한 긴장감을 되새겼다. 그것은 공포심도 죄책감도 아니었다. 굳이 비유하자면 놀이공원에서 무서운 놀이기구를 타기 직전의 두근거림과 닮았다고나 할까.

사요는 자기 자신에게 넌더리가 났다. 5천만 엔이라는 거금을 부정하게 송금했는데도 마치 게임을 하는 기분을 느끼고 있다. 도대체 언제부터 자신은 이렇게 나쁜 사람이 되었을까 싶었다.

그러나 나쁜 짓을 하는 중에 바보 같은 실수를 하는 착한 사람보다는 나쁜 사람이 낫다. 지금까지 저지른 비리로 간이 커졌다면 차라리 잘 됐다. 어차피 상습적인 횡령으로 손은 더러워졌다. 이제 와서 착한 사람인 척한다고 해서 득이 될 것은 아무것도 없었다.

완전히 침착함을 되찾은 사요는 오키타에 대한 경계 수준을 한 단계 올렸다. 저 자식은 여자 행원들의 행실에 트집을 잡고 싶어서 안달이 났기 때문에 평소에도 관찰을 게을리하지 않는다. 앞으로 예금증서를 위조할 때는 반드시 저 자식이 없는 것을 확인해야겠다.

이렇게 5천만 엔을 '이토 유코'의 계좌로 무사히 송금했다. 땀 한 방울 흘리지 않고 그만큼의 거금을 거머쥔 것에, 사요의 금전감각과 윤리관이 점점 마비되어 갔다.

오키타의 눈을 피해 예금증서를 위조한 것도 네 번, '이토 유코'의 예금 잔액은 마침내 2억 엔을 넘었다. 이제 당면한 문제는 특별감사가 언제 실시되느냐 뿐이었다.

걱정이 돼서 쿄코에게 전화를 걸었다. 미치루에게 직접 묻고 싶고 싶었지만, 사무실 대표번호로 전화를 걸 때마다 응대하는 사람은 공교롭게도 매번 쿄코였다.

"도대체, 특별감사는 언제 시작되는 거야?"

– 저기 말이야, 사요. 가모우 컨설턴트님은 딱히 데이토은행 관계자가 아니니까, 자세한 정보를 미리 캐치하는 건 어

럽다고.

"'우먼즈 서포트' 상장에 대한 정보는 빠르고 정확했잖아."

– 그쪽 분야는 컨설턴트님의 전문 분야니까 그렇지.

"제발, 가모우 씨의 인맥을 동원해서 빨리 알아봐 줘."

– 억지 부리지 마!

"내가 언제 억지를 부렸다고 그래. 난 충분히 무리해서 벌써 2억 엔이나 준비했다고!"

– 알겠어. 알겠으니까 일단 진정해.

"아무리 미공개주식을 매입한다고 해도 그 전에 특별감사가 들어오면 끝이야. 있잖아, 한 번만이라도 좋으니까 가모우 씨 좀 바꿔 줘."

– 저기 말이야, 이런 말 해서 미안하지만 컨설턴트님은 의뢰인이 너무 많아서 잠도 제대로 못 잘 지경이거든. 게다가 아마도, 정보라고 할 만한 것도 별로 없는 것 같고.

맞는 말이지만 쿄코가 그런 말을 하니 사요는 왜인지 짜증이 났다.

– 다만 컨설턴트님이 전해 달라고 한 말이 있어.

"무슨 말? 말해 줘."

– 절대 당황하지 말래.

"그렇지만."

—남에게 대놓고 할 수 없는 일, 하고 있잖아?

"……어."

—그럴 때는 쥐죽은 듯이 숨어서 꼼짝도 하지 말 것. 평소와는 다른 말과 행동을 하면 누군가가 낌새를 눈치챌지도 모른다.

오키타 같은 인간을 지칭하는 말인가.

—연락이 필요할 때는 반드시 우리가 한다. 그때까지는 잠수함처럼 깊게 가라앉아서 경솔하게 떠오르지 말 것. 이렇게 전해달라고 했어.

"하지만."

—이렇게 말하는 것도 우습지만, 네가 대화하고 있는 상대가 나라서 불안한 거지? 왜냐하면 넌 고등학교 때부터 나를 경멸했잖아.

"뭐라고? 아니……."

—둘러대지 않아도 괜찮아. 알고 있으니까. 나는 못생긴데다 음침하고 성적도 평범했으니까, 사요도 그런 눈빛으로 본 거겠지.

정곡을 찔렸기 때문에 뭐라고 반박할 말이 없었다.

—정말로 별 거 아닌 이야기인데 말이야, 그때 반에서 SMAP이 인기였잖아. 내가 SMAP은 처음에는 열두 명이

었다고 말해도 아무도 믿지 않았어. 팬이라면 상식이었는데. 인간이란 말이야, 존경할 수 있는 사람이 하는 말은 믿지만 반대로 경멸하는 인간이 하는 말은 믿지 않아. 그러니까 네가 내 말을 믿지 않는 것도 당연해.

"그런 거 아니야."

―아, 딱히 그때 일을 원망하는 건 아니야. 지금은 잊었어. 하지만, 알지? 내가 하는 말 따위는 믿지 않아도 좋아. 하지만 컨설턴트님은 믿어. 그 사람은 다른 사람의 행복을 위해서 자기 자신을 바칠 수 있는 사람이거든. 이번 일도 사요를 위해서 업무상 금기를 몇 개나 깼다고. 미공개주식 정보 누설도 그렇고, 빚을 청산하는 방법도 그렇고. 그런 사람을 안 믿으면 도대체 누굴 믿겠어.

느닷없이 따귀를 얻어맞은 기분이었다.

그렇다. 나는 도대체 무엇을 두려워하고 의심하고 있었을까. 그 사람은, 가모우 미치루는 땡전 한 푼 이득도 없는데 내게 정중한 조언을 해 준 사람이다. 그야말로 피로 이어진 가족보다 더 혈육처럼, 법에 저촉될 법한 일까지 해 주고 있다.

곰곰이 생각해 보면 그렇게 선량한 사람은 찾으려야 찾을 수 없다. 그런 인물과 만난 나는 복이 터진 것이다.

미치루의 말은 절대적이다. 믿으면 반드시 재앙을 피할 수 있다.

"미안, 쿄코……. 기분 나빴지?"

─괜찮아. 신경 쓰지 마.

"그럼, 가모우 씨가 말한 대로 나는 일단 조용히 잠수타고 있을게."

─응. 컨설턴트님에게도 잘 전해 놓을게. 어쨌든 절대 초조해하지 마.

"알겠어."

전화를 끊고 나서 사요는 마음속으로 쿄코에게 사과했다. 그리고 미치루에 대해 깊이 반성했다.

아무런 대가 없이 자신을 위해 노력해 주는 사람조차 믿지 못해서야 나쁜 사람을 고사하고 인간 실격이다.

전화로 통화한 대로 잠시 동안은 경거망동하지 말자, 차명 계좌에도 손대지 말자, 고 다짐했다.

2주 정도 지난 어느 날, 쇼가 전화를 걸어 왔다.

─사요 씨, 요즘 마음이 식은 거 아니에요-? 가게에 전혀 안 오잖아.

무심코 웃음이 터질 뻔했다. 말투가 호스티스의 영업 전화 그 자체였다.

"일이 바빠서."

－일이 바쁜 여자는 노는 것도 바쁘다고요.

과연, 이렇게도 꼬실 수 있구나.

－있잖아, 이번 주쯤 얼굴 보여 줘요-. 나, 외롭다고요-.

최근 한동안은 외출도 쇼핑도 자제하고 있다. 특별감사가 언제 시작될지 모르는 불안감 때문에 스트레스가 쌓일 대로 쌓이고 있었다. 가끔씩은 줏대 없이 행동해도 괜찮지 않겠냐는 생각이 들기 시작했다.

"그러네. 오래는 못 있어도 한두 잔 정도는 해도 괜찮을 것 같긴 해."

전화를 끊고 나서 지갑을 열어 봤다. 이 돈으로는 돔 페리뇽은커녕 소주도 마실 수 없다.

퇴근 후에 편의점 ATM 코너에 들렀다. 지갑에서 '이토 유코'의 현금카드를 꺼내들었다. 잔액은 2억 엔 이상이었다. 20만 엔 정도는 출금해도 티도 나지 않을 것이다.

출금액에 20만 엔을 입력했다.

그러나 화면에는 예상 밖의 문구가 나타났다.

잔액이 부족합니다.

키 버튼을 잘못 누른 것 같았다. 사요는 다시 한번 출금액 20만 엔을 입력했다.

잔액이 부족합니다.

이상하다.

이번에는 잔액을 조회해 봤다.

잔액 3,451엔

순간, 눈을 의심했다.

몇 번이나 반복해서 조회했다.

잔액 3,451엔

잔액 3,451엔

잔액 3,451엔

잔액 3,451엔

잔액 3,451엔

"거짓말……."

무의식중에 말이 흘러나왔다. 감당 못할 충격에 현기증이 났다.

맨션까지 어떻게 돌아왔는지 기억도 나지 않았다. 사요는 집에 도착하자마자 차명계좌로 송금했던 과정을 필사적으로 되짚었다.

분명 계좌번호는 맞았다. 계좌주가 '이토 유코'인 것을 신중하게 확인하고 버튼을 눌렀다. 잔액이 2억 엔을 넘은 것도 이 눈으로 똑똑히 봤다.

도대체 무슨 일이 벌어진 거지. 온라인상의 오류일까, 아니면 이미 특별감사에 들어가서 차명계좌에 있던 돈을 빼간 걸까.

뜬눈으로 하룻밤을 지새웠지만 졸음은 완전히 날아가고 없었다. 다음 날, 은행에 출근한 사요는 아침 조회가 끝나기 무섭게 곧바로 차명계좌의 입출금 상황을 조회했다.

온라인 오류 문제는 아니었다. 바로 일주일 전에 계좌에서 2억 1백 40만 엔이나 되는 현금이 출금된 것이다.

출금했다고?

도대체 누가?

입출금 코드와 지점 코드로 오테마치지점 창구에서 출금된 것을 알 수 있었다.

창구에서 출금했다고? 창구에서 돈을 찾으려면 본인 확인은 필수다. 그러면 본인 확인 서류를 지참한 '이토 유코'라는 인물이 창구에 나타났다는 이야기 아닌가.

그런 말도 안 되는 일이. 이토 유코는 가상의 인물이다. 어떻게 창구에 나타날 수 있다는 말인가.

아차 싶었다.

본인 한정 수령 우편인 현금카드를 수령할 때, 본인 확인을 위해서 쿄코의 운전면허증을 위조해서 사용했다. '이토 유코'의 확인 서류라고 한다면 그것뿐이다.

그러면 쿄코가 '이토 유코' 행세를 했다는 이야기인가.

황급히 휴게실로 달려가 쿄코의 번호로 전화를 걸었더니 더욱 믿기지 않는 사실이 기다리고 있었다.

– 지금 거신 번호는 없는 번호입니다. 다시 확인하시고 걸어 주십시오.

없는 번호라고?

말도 안 돼. 바로 2주 전만 해도 이 번호로 쿄코와 통화했는데.

번호를 잘못 눌렀다고 생각해서 2주 전 발신 기록에서 쿄코의 번호를 찾아내, 다시 한번 전화를 걸었다.

– 지금 거신 번호는 없는 번호입니다.

무언가 착오가 생긴 것이 분명하다.

사요는 소리 지르고 싶은 심정을 억누르며 허공을 올려다봤다.

그 두 사람이 자신을 속였다고는 생각할 수 없었다. 그도 그럴 것이 두 사람 모두, 그렇게나 다정하지 않았는가.

괴롭게 고민하는 가운데, 몹시도 낙관적인 가능성이 떠올랐다.

분명 특별감사가 코앞으로 다가온 것일 테다.

원래대로라면 분명 미치루에게 연락이 왔겠지만, 뭔가 예측불허의 상황이 발생해 연락할 수 없게 된 것이다. 그래서 횡령의 증거인 차명계좌의 돈을 출금해 증거 인멸을 도와준 것 아니겠는가.

맞다. 분명 그럴 것이다.

그렇다면 내가 한시라도 빨리 연락을 해야…….

그때, 사요는 망연히 선 채로 얼어붙었다.

자신이 알고 있는 연락처는 쿄코의 휴대 전화 번호밖에 없었던 것이다.

은행을 조퇴한 사요는 미치루에게 받았던 명함을 움켜쥐고 사무실 소재지로 향했다.

미치루는 분명 사무실에서 묵묵히 업무에 매진하고 있을 것이다. 일에 방해가 되어 폐를 끼치겠지만, 상대도 틀림없이 나를 기다리고 있을 것이다.

미나미아오야마 산초메 1-0번지에서 미루어 짐작건대 오모테산도역과 가이엔마에역 사이의 딱 중간쯤인 것 같았다. 거리를 오가는 사람들에게 묻고, 근처 가게에 들어가 물어 마침내 몇십 분 뒤 목적지를 찾아냈다.

최신식 공동주택. 1층 입구부터 자동 잠금 장치가 설치된 자동문이 있어서 외부인은 쉽게 출입할 수 없었다. 입구 옆에서 가만히 몸을 숨기고 있다가 입주자가 드나드는 순간을 노려 안으로 들어갔다.

1층 로비에 있는 관리실 옆에 우편함이 있었다. 명함에 적힌 바로는 사무실은 201호였다. 서둘러 해당 우편함을 찾아봤다.

201호 우편함에는 아무 표시도 되어 있지 않았다.

사요는 불안감에 술렁이는 가슴을 억누르고 관리실로 달려갔다. 안에서는 관리인으로 보이는 초로의 남성이 사무 업무에 한창이었다.

"저기, 201호는 가모우 미치루 씨 사무실 맞죠?"

그러자 관리인이 귀찮다는 듯이 한쪽 눈썹을 치켜올렸다.

"뭐라고요?"

"그러니까 가모우 컨설턴트님의."

"당신 몰랐어요? 여기, 위클리맨션이에요."

"뭐라고요?"

"2주마다 계약하니까 상주하는 사람도 사무실도 없어요. 어디 다른 맨션과 헷갈린 거 아니에요? 무엇보다도 201호는 지금 공실이에요."

욕지기를 참으며 명함을 내밀었다. 기재되어 있는 주소는 분명 이 맨션이었다.

포기하지 못한 채, 관리인에게 억지를 부려서 201호 안을 확인할 수 있었다.

텅 비어 있었다.

맨션을 나오는 발걸음이 불안했다.

완전히 속아 넘어갔다.

수정란 진단 회사의 상장 이야기 등은 헛소리였다. 전부 차명계좌에 현금을 넣어 두게 만들기 위한 구실에 지나지 않았다. 처음부터 차명계좌를 만들게 한 것부터가 이 모든 일의 포석이었다.

그 두 사람의 감언이설에 속아 횡령한 돈은 약 2억 3천만 엔, 그중 거의 대부분을 빼앗겼다. 그러나 주범은 나 자신이다. 차명계좌를 만든 사람도, 현금카드를 사용해 출금한 사람도 모두 나다. 단말기를 조작했던 흔적도 남아 있다. 감사 팀이 조사하면 즉시 밝혀질 것이다. 창구에서 현금을 찾은 사람이 쿄코라고 해도, 그녀의 진짜 신분과 주소는 아무도 모른다. 경찰에 신고한다고 해도 체포되는 사람은 자신뿐이고, 두 사람은 행방이 묘연하다.

"아하하하하하하하하하하."

아오야마대로를 걷던 사요는 돌연 큰소리로 웃어 재꼈다.

주위에 있던 사람들이 소스라치게 놀라 멈춰 섰지만, 이제 아무래도 좋았다.

나는 세상에서 가장 어리석은 자다. 이만큼 비웃음 당할 만한 사람도 없을 것이다.

자, 모두 다 같이 비웃어 주라고―.

머릿속이 새하얘졌다. 어느샌가 오모테산도역의 플랫폼에 서 있었지만, 갈 곳이 없었다.

주변은 곧 전철을 타려는 승객들로 북새통을 이루고 있었다. 아무 관계도 없는 이 사람들에게 불현듯 증오심이 일기 시작했다.

좋겠네, 당신들은 아무 걱정거리도 없어 보여서. 분명 지금 자신을 기다리고 있을 사람이나 장소로 향해서 안온한 일상에 젖어 들겠지.

특별감사가 미치루가 지어낸 이야기였다고 해도 정기감사는 반드시 실시된다. 차명계좌의 존재와 2억 엔의 부정 송금은 언젠가는 드러날 것이다. 10년 징역형과 평생 동안 갚지 못할 금액의 돈.

그리고 무엇보다도 배신당한 우정. 지금쯤 미치루와 쿄코는 분명 돈다발에 파묻혀 큰소리로 웃고 있을 것이다.

마침내 자신은 모든 것을 잃었다. 일상도, 직장도, 신용도, 우정도.

기다리고 있는 건 가혹한 생지옥과 속죄의 나날들뿐이다.

이윽고 전철이 플랫폼으로 미끄러져 들어왔다.

플랫폼 가장 앞줄에 서 있던 사요의 몸이, 바람에 날아가듯 앞으로 떨어졌다.

5

"굉장하네."

아카사카 경찰서의 다카도노는 코부터 얼굴 아랫부분을 손수건으로 가렸다.

인신사고가 발생했다는 신고를 받고 출동했는데, 선로 위의 피해자는 이미 사람의 형상을 하고 있지 않았다. 불쌍하게도, 역무원 몇 명이 양동이와 기다란 집게를 들고 동분서주하고 있었다.

때마침 러시아워였기 때문에 플랫폼 밖에는 승객들이 바글바글했다. 이 상태로는 한조몬선은 물론이고 도쿄메트로 각 라인이 상당히 지연될 것은 뻔했다. 도대체 몇십만 명의 발이 묶여 있는지 짐작조차 어려웠다.

남겨진 유류품으로 피해자의 신원은 이미 파악했다. 이름은 사기누마 사요, 데이토은행에서 근무하는 직장인 여성이다. 스스로 선로로 뛰어들었다는 목격자의 진술로 보아, 십중팔구 자살일 것이다.

항상 생각하는 것이지만, 선로에 투신하는 자살만큼 폐를 끼치는 것도 없다. 본인에게도 부득이한 사정은 있었겠지만, 사체 처리와 운행 시간표 조정에 고생해야 하는 역무원, 그리고 아무 관계도 없는 이용객들 입장에서는 아닌 밤중에 홍두깨나 마찬가지다. 철도회사가 배상금을 청구해도 피해총액은 억 단위이고, 소송으로 끌고 간다고 해도 얻을 수 있는 것은 죽은 본인의 재산뿐이기 때문에 대개 울며 겨자 먹기식이 되어 버리고 만다.

수사하는 경찰도 귀찮기 짝이 없다. 자잘한 신체 조각을 모아서 검시를 보낸다. 결과는 불을 보듯 뻔하지만 절차상 생략할 수도 없다. 그렇게 또 예산과 인력이 낭비된다.

어차피 죽을 바에야 차라리 산에서 목을 매라고.

입 밖으로 낼 수 없는 저주를 마음속으로 중얼거리고, 다카도노는 사요의 맨션으로 향했다. 가족과 함께 산다면 연락할 수고도 덜 수 있다.

그러나 관리인에게 열쇠를 빌려서 집으로 들어간 다카도

노는 곧바로 위화감에 사로잡혔다.

　호사스러운 살림살이와 넘쳐흐를 정도의 명품, 몸이 몇 개라도 모자랄 정도로 수많은 옷.

　여성 행원의 삶이라기에는 지나치게 사치스러웠다. 서랍에서 발견한 예금통장의 입금란에도 월급만 찍혀 있었다. 이 급여로는 맨션의 집세만 내기에도 벅찼다.

　이를 수상하게 여긴 다카도노는, 다음 날 사요의 근무지로 향했다.

　응대를 나온 지점장 대리인 오키타라는 남자는, 사요의 자살 소식을 듣고는 할 말을 잃은 듯했다.

　"설마 했는데…… 그렇게 됐습니까. 자살하고 말았군요."

　그 말투가 마음에 걸렸다.

　"자살 원인으로 뭔가 짐작 가는 것이라도 있습니까?"

　그러자 오키타가 목소리를 낮추고 말했다.

　"실은, 그녀가 은행 돈을 횡령하고 있는 것 아닌가 의심을……."

노노미야
히로키

I

"히로키, 오랜만이야."

현관에 서 있는 미치루를 보고 히로키는 말을 잃었다.

마치 그곳만 스포트라이트를 비추는 것 같았다.

미치루는 누나인 쿄코와 동갑이므로 올해 스물아홉 살이 되었을 텐데, 도무지 그 나이로는 보이지 않았다. 옆에 쿄코가 나란히 서 있어서 더욱 그렇게 느껴졌다.

"아, 아, 안녕."

"히로키를 마지막으로 봤을 때가 초등학교 2학년이었지? 완전히 몰라보겠네."

나야말로 몰라보겠다. 어렴풋이 남아 있는 기억 속의 미치

노노미야 히로키

루는 예쁘장한 여자아이였지만, 지금은 여배우라고 소개해도 의심하지 않을 정도로 굉장한 미인이 되어 있었다.

사촌지간에 동갑인데도 미치루와 쿄코는 조금도 닮은 구석이 없었다. 최근에 와서야 쿄코도 어느 정도 날씬해졌다 싶게 살이 빠졌지만, 그래도 미치루와 비교하면 같은 종족이라고 생각되지 않았다. 자세히 살펴보니 쿄코도 미치루도 똑같이 앞머리로 이마를 가렸다. 누나의 헤어스타일이 사촌에게서 비롯된 것인가, 지금에 와서야 눈치챘다.

불현듯 요염하다는 말이 떠올랐다. 미치루는 그저 그곳에서 있을 뿐인데 상대는 유혹을 당한다. 그녀가 발산하는 여인의 향기로 숨이 막힐 지경이었다.

"그럼, 또 봐."

"아, 응."

히로키는 문득 부끄러워져서 도망치듯 2층 방으로 뛰어갔다.

뭐야, 방금.

자신의 방으로 돌아온 히로키는 의자에 앉아서 호흡을 가다듬었다. 심장이 두근두근했다.

미치루의 모습을 떠올리자 심장이 더욱 빠르게 뛰었다. 옷을 입고 있어도 늘씬한 몸매가 드러났다. 그뿐 아니라 여자다운 부분은 더욱 여자다웠다. 어렸을 적에 그녀와 함께 놀았던 기억 따위 바로 떠올릴 수 없었다.

미치루가 얼마간 집에 머물게 됐다는 소식을 들은 것은 이틀 전이었다. 이사하려는데 중개업자의 절차 미비로 두 달 정도 새집에 입주하지 못하게 됐다고 했다. 위클리맨션을 빌리는 방법도 있었지만, 그러면 비용 부담이 커서 노노미야네 집에 머물면 어떻겠냐고 쿄코가 제안했다고 했다.

그 제안에 아버지 다카유키와 어머니 데루에가 쌍수를 들고 환영했다. 어려서 어머니가 실종되고 아버지는 자살한 이후, 두 사람은 줄곧 미치루를 걱정했다는 것이다. 마침 방 하나도 비어 있으니 잘 됐다며, 숙식 이야기는 싱거울 정도로 쉽게 결정됐다.

히로키 입장에서는 '옛날 옛적 함께 놀아 줬던 미치루'와 두 달 동안 함께 생활한다는 이야기를 들어도 별다른 감회가 느껴지지 않았다. 잠시 동안 식구가 늘어난다고 해도, 식구들 모두가 얼굴을 마주보는 것은 저녁 식사 때 정도라 별로 신경 쓰이지도 않았다. 기껏해야 목욕 순서가 좀 바뀌겠구나, 생각했을 뿐이다.

그러나 미치루가 그렇게나 아름답게 변했으리라고는 상상도 하지 못했다.

노노미야 히로키

갑자기 신경 쓰이는 점이 있었다. 미치루가 지낼 예정인 방이 바로 옆방이었던 것이다.

그 미치루가 얇은 벽 하나를 사이에 두고 옆에서 함께 생활한다는 생각만으로도 확실히 몸이 뜨거워졌다. 중학생도 아니고 뭐하는 짓이냐며 냉정해지려 애썼지만 좀처럼 뜻대로 되지 않았다.

히로키는 문득 자신의 처지를 떠올렸다.

대학을 졸업할 때까지 여든아홉 개나 되는 회사의 입사시험을 치렀지만, 단 한 군데에도 합격하지 못했다. 이 회사 저 회사 떠돌 각오를 했지만, 더 이상 백수인 꼴은 못 본다는 성화에 못 이겨 반강제적으로 가업인 산업폐기물처리업을 돕기 시작했다. 일단은 직원으로서 매달 7만 엔을 받고 있지만, 이는 절세를 위한 방편으로 장부에서 숫자만 움직일 뿐 실제 급여로는 받지 못한다. 가끔 용돈을 받는 정도로, 아무리 좋게 봐도 현실은 가업 도우미일 뿐이었다.

미치루 앞에서 데면데면하게 굴었던 이유는 오랜만에 만나서 수줍었기 때문이 아니다.

집안에서 자신의 처지를 보여 주는 것이 부끄러웠기 때문이다.

다카유키가 저녁 식사 때 귀가했기 때문에 노노미야 집안 식구들과 미치루는 그때 정식으로 인사를 나누게 되었다.

"참, 정말 오랜만이구나, 미치루. 예전에 쿄코에게 골수를 제공해 준 것도 모자라 이제는 직장까지 신세를 지고 있구나. 언젠가는 인사를 해야겠다고 생각했는데, 그만 늦고 말았어."

"인사가 늦은 사람은 저죠. 쿄코가 함께 일해 줘서 정말 큰 도움이 되고 있어요."

쿄코에게 들은 이야기로는 미치루는 파이낸셜 플래너 자격을 취득한 뒤 도내에 자신의 사무실을 열었다고 한다.

"그 나이에 대표라니. 대단하구나. 역시 미치루야. 옛날부터 인재였잖니."

데루에가 추켜세우는 것을, 히로키가 옆에서 씁쓸하게 듣고 있었다.

스물아홉 살에 여성 경영인이라는 것이 그렇게 대단해?

나는 남자인데도 스물넷에 가업 도우미나 하고 있다는 말이지?

"인재라니요. 결국 회사의 일원으로는 맞지 않는다고 낙인 찍혔을 뿐인걸요. 저는 분명 제멋대로 구는 사람일 거예요."

"그건 아니지. 회사에 어울리는 사람이라고 해서 다들 쓸모 있는 건 아니거든. 미치루, 잘했다. 그래. 사람이라면 모름지기 한 회사의 주인이 되어야지."

다카유키는 흡족한 듯 고개를 끄덕였지만, 히로키는 완전히 하얗게 질렸다.

"그렇게 거창한 거 아니에요."

"무슨 말이니. 그 나이에 회사의 톱니바퀴가 되길 거부하기란 좀처럼 쉽지는 않지. 톱니바퀴는 결국 톱니바퀴란다. 당장은 전체가 잘 굴러가니까 자신도 잘 굴러가는 것 같겠지만, 조직에서 낙오되면 혼자서는 움직일 수 없어. 그리고 녹슬어서 고철덩어리가 되지. 불쌍하게도."

듣고 있던 톱니바퀴는 어처구니가 없었다.

다카유키가 회사를 그만두고 산업폐기물처리업을 시작한 것은 지금으로부터 5년 전이었다. 그러나 미래를 내다보고 미리 준비한 것이 아니라, 급작스럽게 정리해고 명단에 이름이 올라 명예퇴직금을 받고 퇴직할지, 한직으로 밀려나 허송세월하며 썩을지 선택을 강요당한 끝에 당장의 돈에 눈이 멀었을 뿐이었다.

다카유키는 얼마 없는 퇴직금으로 회사를 세웠다. 어느 시대나 산업폐기물은 발생한다. 그렇다면 처리업이 없어질 리 없다는 것이 이 사업을 시작한 이유였다. 적어도 그 판단 자체는 옳았다. 그러나 어떤 일을 하더라도 능력이 필요하다는 사실을 몰랐다는 것이 문제였다.

산업폐기물처리업은 설비 규모와 효율적인 처리 순서에 따라 업자 사이에 큰 차이가 난다. 그리고 그에 따라 자연스럽게 우량기업과 그렇지 않은 업자의 차이도 발생한다. 이는 지금부터 4년 후인 2011년부터 우량 산업폐기물처리업자 인증제도가 도입된다는 현실적인 문제로 다가왔다.

당연하게도 인증을 받지 못하면 수주가 줄어들 텐데, 다카유키의 회사처럼 영세한 곳은 인증을 받을 가능성이 낮았다.

시장이 포화상태가 되면 도태되기 시작하는 것은 세상의 이치다. 그래도 업계에서 살아남으려면 생존경쟁에서 이길 방법을 강구하는 것이 경영자의 책무지만, 다카유키에게는 그런 수완과 능력이 없다고 히로키는 판단했다.

이러한 상황에서 다카유키는 언제 망할지 모르는 사업을 근근이 이어가고 있었다. 그런 주제에 한 회사의 주인이니 뭐니 잘도 떠들어댄다.

다카유키는 회사의 톱니바퀴가 되는 걸 거부한 게 아니다. 회사의 톱니바퀴도 되지 못한 것이다. 그 사실을 인정하기 싫어서, 고작 그것도 회사라고 으스대는 것 아닌가.

"정말로 대단해. 그에 비해 히로키를 보거라. 아직 창창한 젊은 나이인데도 패기라고는 눈곱만큼도 느껴지지 않아. 일단 가업을 돕게 했는데, 뭐랄까, 독립적이고 독보적인 기개가 없단 말이지."

반응하는 것조차 고통스러웠다.

누군들 좋아서 집안일을 돕는 줄 아나. 가능하면 작년에 대학에 적을 둔 채 마음잡고 한 해 동안 구직활동을 하고 싶었다. 그 바람을 일축해 버린 사람은 다름 아닌 다카유키 아닌가.

"정말이지, 집에 놔둬도 밥값도 못하고. 차라리 히로키도 미치루의 회사에서 일하게 해 주면 좋을 텐데."

"그거 참 안 됐네요. 직원은 저와 지금 있는 몇 명으로도 충분하거든. 이제 와서 히로키가 들어올 자리는 없어."

말투는 기분이 나빴지만 쿄코가 중간에 끼어드는 바람에 살았다. 이런 이야기는 농담으로 끝내 줬으면 좋겠다. 이야기가 진지해질수록 비참해진다.

"그래, 어떠니, 미치루. 컨설턴트 일은 잘 나가니?"

히로키는 내심 혀를 찼다.

이런 멍청한 아버지 같으니라고. 굳이 묻지 않아도 될 이야기를 묻는다. 다른 사람의 사업 현황 따위 알 바냐고.

적어도 어머니는 말리는 시늉이라도 할 줄 알고 쳐다봤더니, 데루에는 데루에대로 천박한 호기심을 숨기려고도 하지 않고 미치루의 대답을 기다리고 있었다.

두 사람 모두, 미치루의 사업도 순조롭지 못하다는 대답을 바라는 것이다.

그러자 분위기를 파악했는지 쿄코가 중간에 끼어들었다.

"두 사람 모두 실례라고. 딸이 근무하는 회사의 대표에게 그런 걸 묻다니."

쿄코는 화가 난 기색이었다.

"내가 월급 받아서 매달 꼬박꼬박 집에 돈 보태 주고 있잖아. 한 번이라도 늦게 보내거나 적게 보낸 적 있어?"

순간 다카유키와 데루에가 민망한 표정을 지었다.

가라앉은 분위기를 전환시킨 사람은 역시 미치루였다.

"부럽네요."

"무엇이 말이니."

"이런 것들도 다 쿄코를 걱정하는 마음에서 하시는 말씀이겠죠. 스물아홉이나 먹고 이런 말씀을 드리는 건 실례일지 모르지만, 이 나이가 되어서도 걱정해 주시는 부모님이 계시니까요. 제게는 이제 그런 분들이 없잖아요……."

"아니, 그런 생각 말렴."

다카유키가 갑자기 말투를 바꿨다.

노노미야 히로키

187

"네 아버지가 그렇게 세상을 떠났을 때, 원래는 우리가 미치루의 부모 대리인으로 나섰어야 했지. 하지만 미치루가 장학제도가 있다면서 혼자서도 괜찮다고 말해서 우리도 왠지 모르게 주춤하고 말았단다."

거짓말 좀 작작해.

히로키는 소리 지르고 싶었다.

나중이 돼서야 쿄코에게 당시 상황에 대해 들었다. 미치루의 아버지가 돌아가셨을 때 그녀와 가장 가까운 친척은 노노미야 집안이었다. 노노미야 집안에는 쿄코가 미치루에게 골수를 기증받았다는 빚도 있었다. 나서는 것뿐 아니라 미치루의 부모 역할을 대신해 주어야 하는 것이 오히려 당연한 입장이었다.

그러나 노노미야 집안의 형편 때문에 그것은 쉽지 않았다. 다카유키의 벌이는 줄어든 반면 쿄코와 히로키의 교육비는 늘었다. 쿄코에게는 지불해야 할 수술비 외에도 입원비가 남아 있었다. 그런 상태에서 군식구가 한 명 늘어났다가는 도저히 감당하기 힘들어서, 미치루가 혼자 살겠다고 선언했을 때는 다카유키와 데루에도 가슴을 쓸어내렸다고 했다.

"조금 늦긴 했지만, 이제라도 나와 데루에를 부모라고 생각해도 된단다."

"그래, 미치루. 나를 엄마라고 생각하렴."

인내심에 한계를 느꼈다.

"다들 적당히 해. 못 봐주겠네, 정말."

히로키의 목소리에 분위기가 긴장됐다.

"누나에게 정말로 도움이 필요할 때는 모른 체하더니, 회사 대표가 된 지금에 와서야 부모처럼 여기라고? 웃기시네. 그런 사람들을 보고 위선자라고 하지 않아?"

"히로키, 이 녀석!"

"창피하고 꼴사나워. 어떻게든 자기들은 선량한 사람인 척하면서 말이야. 모금함 앞에서 지갑 사정을 흘끗흘끗 살피다가 결국 그냥 가 버리는 것과 같다고."

"히로키!"

다카유키의 손이 날아오기 직전에 자리에서 일어섰다. 그 정도 타이밍은 재고 있었다.

"일이 남아서."

"히로키, 거기 서."

서란다고 서겠냐.

다카유키의 노성을 뒤로한 채 히로키는 집을 나와 근처에 있는 공장으로 향했다.

공장이라고 해도, 날림으로 지어진데다 콘크리트도 그대

로 노출되어 있다. 공장보다는 작업장에 가까웠다. 처리 기자재도 중고로 들여온 것들이 많아서 빈말로라도 고효율이라고 하기 어려웠다.

산업폐기물에도 종류가 다양한데, 다카유키의 공장에서 주로 처리하는 것은 폐유, 폐재*, 폐플라스틱류였다. 이 중에서 폐유와 폐플라스틱은 약품으로 분해하고, 폐재는 대형소각로에 태워 재로 만든다.

그 때문에 공장 안은 늘 약품 냄새와 폐재를 소각하는 냄새로 가득 차 있었다. 히로키는 이제 익숙해졌지만, 이곳을 처음 방문하는 사람들은 십중팔구 그 악취에 얼굴을 찌푸렸다. 바닥은 넘쳐흐른 폐유로 시커멓게 더러웠고, 아연 철판이 쳐진 천장 역시 연기로 검게 그을려 있었다. 그 천장도 그다지 높지 않아서 몹시 내리눌리는 기분이었다. 여덟 개의 형광등 가운데 두 개는 수명이 다해 깜빡거려서 자못 을씨년스러웠다.

이것이 바로 다카유키가 자신이 세웠다고 떠벌리고 다니는 왕국이다.

히로키는 컨테이너에 쌓여 있던 남은 폐재들을 대형소각

---

* 가치 없는 목재.

로에 쑤셔 넣었다. 이 소각로는 공장 설비 중에서도 비교적 새것이었다. 화격자 면적*이 크고, 높이도 3미터 이상 되기 때문에 기다란 폐재도 수월하게 넣을 수 있다.

철문을 닫고 배전반 제어장치로 스위치를 켰다. 작동시키 자마자 드럼 안에서 몹시 요란한 소리가 조용히 일기 시작했 다. 연소 온도는 1,000도, 폐재는 대부분 몇 분 만에 재로 변 한다. 최신식 소각로에는 일반적으로 재연버너가 설치되어 있어서 발생한 연소 가스의 온도를 올려 다이옥신 발생을 방 지하도록 설계되어 있지만, 이 소각로는 아직 그 정도 수준 은 아니다. 따라서 매연과 악취가 굴뚝으로 그대로 배출됐 다. 예산 문제로 공기청정기 설치는 바랄 수도 없었다.

소각로 안에서는 공기가 빠르게 흐르기 때문에 대류** 연 소 방식으로 속이 완전히 연소된다. 소각로 내부를 들여다볼 수 있는 창조차 없지만, 일정하게 들려오는 소각음으로 소각 상태를 짐작할 수 있었다.

잠시 동안 소각로 옆에 설치된 대좌***에 걸터앉아 있는데, 공장 입구에 사람의 모습이 나타났다.

---

* 연료를 넣어 연소할 수 있는 면적.
** 유체 속에 발생한 온도 차로 밀도 차가 생기고, 그로 인한 순환 운동으로 열이 이동하는 현상.
*** 물건 등을 올려 두는 받침대

"와아. 공장 안은 이렇게 생겼구나."

"미치루 누나. 여긴 무슨 일로……."

깜짝 놀란 히로키를 뒷전에 두고 미치루는 소각로를 찬찬히 살피기 시작했다.

"굉장하다. 히로키, 이런 기계를 매일 작동시키는구나."

"그야 일이니까. 그런데 여기 있으면 옷에 이상한 냄새 밸텐데."

"괜찮아, 어차피 빨 거거든. 그보다 히로키가 일하는 곳을 한번 구경해 보고 싶어서."

식사 자리에서보다 스스럼없는 말투에 히로키는 순순하게 대화를 이어갔다.

"……그닥 재밌는 곳도 아닌데."

"사람이 일하는 곳은 어디든 재미있어. 그곳에서 돈을 벌어서 자신과 가족을 부양하잖아. 그러다 보면 아무래도 일의 내용과 인간성이 밀접하게 연관되거든. 일이 인간성에 영향을 미치기도 하고, 인간성이 일의 성과로 이어지기도 해. 나처럼 컨설턴트업을 하는 사람에게는 어떤 직장이든 흥미진진하지."

"뭐야 그런 거였어? 남에게 받은 폐기물을 처리하는 것 따윈 시시한 일이야. 무엇보다 생산성이 없잖아."

"재활용할 수 있는 폐기물도 있잖아."

"없는 건 아니지만, 재생해낼 수 있는 자원은 폐기물의 몇백 분의 일 정도일걸. 물론 그만큼 비용이 드니까 대부분 재생품이 새것보다 비싼 경우가 많지."

"그래도 미래 가능성 있는 산업이잖아."

"그건 대규모 공장이나 그렇지, 우리같이 영세한 곳은 옛날 옛적 숯쟁이나 다를 바 없어."

"상당히 부정적이네."

"이런 건 현실주의라고 하는 거라고."

미치루는 히로키 옆에 앉았다. 매연과 악취가 소용돌이치는 와중에서도 향수의 향기가 코를 간지럽혔다.

"이 일 별로 안 좋아하는 것 같네."

"아무튼 아흔 번째 구직이었으니까."

"무슨 말이야?"

"취직시험에서 계속 떨어졌었어, 여든아홉 개 기업. 그래서 아버지가 다짜고짜 가업을 도우라고 했거든."

"아, 그런 뜻이구나."

미치루는 금방 사정을 헤아린 것 같았다.

"그건 좀 아쉽다."

"응? 뭐가?"

"당연하잖아. 네가 자신의 힘을 힘껏 발휘할 수 없었으니까. 그만큼이나 시험에 도전했다는 말은 히로키, 네가 뭔가 하고 싶은 일이 있었던 거 아냐?"

"그냥 남들이랑 같지."

"뭐가 하고 싶었어?"

그 질문에 기억을 거슬러 올라가 보았지만, 금방 떠오르지는 않았다.

분명 1지망은 매스컴 관련 직종이었다. 신문사, 출판사, 방송국. 서류심사에서 떨어졌지만.

2지망은 금융 관련 직종이었다. 은행, 보험회사. 이것도 서류심사에서 탈락했다.

탈락한 회사가 스무 개를 넘어갔을 무렵부터는 유명한 기업이라면 어디든 좋다는 생각이 들었다. 통신사업회사, 증권회사, 게임기기회사, 전자제품 제조 기업. 그러나 면접이라도 볼 수 있으면 다행이었고, 대부분은 회사 건물에 들어가지도 못했다. 말 그대로 문전박대당한 것이다. 나중에는 채용공고가 나오는 곳이라면 어디든 좋다는 생각조차 했지만, 단 한 곳에서도 합격통지를 받지 못했다.

좌절이라는 단어가 차라리 달콤하게 느껴졌다.

자신은 세상에서 쓸모없는 인간이고, 가치 없는 인간이

다─라고 선고받은 기분이었다. 그렇기 때문에 다카유키가 가업을 도우라고 명령했을 때도 따를 수밖에 없었다. 바깥 세상에서는 거부당했지만, 적어도 가족에게만큼은 거부당하지 않았으니까.

"나 말이야."

히로키는 좌절감을 묻어 두고 아무렇지 않게 말했다.

"원래는 매스컴 관련 일을 하고 싶었어. 세상의 부정이나 은폐된 의혹 같은 거 말이야, 뭐랄까, 그런 것들을 세상에 밝혀내고 싶었거든. 인간쓰레기 같은 놈들을 다 쓸어 버리고 싶었어. 결국은 진짜 쓰레기와 씨름하는 신세가 되었지만."

"어째서 포기한 거야?"

다정하지만 가슴을 찌르는 질문이었다.

"어째서라니……. 누나, 방금 전까지 취직이 힘들었다고 말했잖아."

"그래서 그만뒀다고? 아니잖아. 구직난이든 뭐든 살아남을 사람은 분명히 살아남는 법이야."

"그러니까 그게."

"이모부가 너를 손아귀에 넣고 싶으셨던 거야."

뜻밖의 대답에 놀랐다. 똑똑한 미치루라면 히로키의 한심함을 질책하리라 생각한 것이다.

"손아귀에 넣고 싶었다고…… 나를?"

"다음 해에, 다시 한번 도전한다는 선택지도 있었잖아. 구인난이라고도 하잖아. 부모자식간인데."

미치루는 위로하듯 말했지만 히로키는 순순히 고개를 끄덕일 수 없었다.

"그거, 그냥 가족을 공짜 인력으로 쓰고 싶었던 거 아냐?"

"가족이니까 믿을 수 있는 일들도 많아. 신흥국가에서는 대기업들이 대부분 가족 경영을 하는 것도 그와 무관하지 않지. 그래도,"

"그래도, 뭔데?"

"애정이 깊은 것도 문제구나."

"왜?"

"히로키, 오이디푸스 콤플렉스라고 알아?"

"……용어는 들어본 적 있어."

"정말 간단하게 설명하면 남자아이에게 아버지라는 사람은 뛰어넘어야 할 존재인데, 아버지 죽이기라고, 한 번 자신의 내면에서 아버지를 죽이는 통과의례를 거쳐서 어른 남자가 된다. 대충 그런 이야기야. 중요한 건 아버지를 진짜로 죽이는 것이 아니라 비유적인 표현인 거지. 예를 들면 부모와 떨어지는 거야. 확실하게 말하면 부모의 곁을 떠나서 사는 거. 왜, 그렇잖아. 집을 나와서 혼자 살면 생활 전반을 스스로 해결하게 되고, 그렇게 되면 일을 할 수밖에 없어. 그야말로 길러지는 아이에서 스스로 살아가는 어른이 되는 첫걸음인 셈이지."

이야기를 듣고 있자니 뜨끔했다.

히로키는 집에서 벗어난 적이 아직까지 한 번도 없다. 삼시 세끼도 어머니가 차려 주는 것을 먹을 뿐이고, 생활비도 다달이 용돈 같은 형태로 받고 있을 뿐이다.

"확실히 그런 경향이 있지. 어디까지나 내 경험으로 하는 이야기지만, 역시 집에서 벗어나지 못한 남자아이는 부모 품에서 완전히 독립하는 시기가 늦어져서 패기가 부족하더라고. 책임을 회피하려고 하고 말이야. 적어도 사무실 일을 믿고 맡기게 되지 않더라고."

부모의 품을 떠나지 않는다.

책임을 회피한다.

미치루의 말을 듣고 있자니 자신도 모르게 화가 나는 이유는 바로 스스로의 몸이 그것을 기억하고 있기 때문이라는 사실 정도는 알았다.

"그거, 내 이야기야?"

"네가 그렇게 되지 않았으면 좋겠다는 이야기."

노노미야 히로키

미치루는 히로키의 열등감을 적당히 받아넘기며 말했다.

"아까 이모부 말씀을 듣고 생각했어. 네가 몇 살을 먹어도 이모부 입장에서는 귀여운 우리 히로키라고. 일찍이 부모를 잃은 내게는 한없이 부러운 이야기지만…… 그래도 모든 일에는 일장일단이 있는 거잖아."

"부모와 함께 사는 것이 나쁜 거라고?"

"적어도 안락하긴 하잖아. 배곯을 일 없고, 비바람 맞으며 곤란할 일도 없고."

"그건 그렇지……."

"인간이란 말이야, 불만과 위기가 없으면 절대로 성장하지 못해."

"내가 성장하지 못했다는 말이야?"

"여기가 아닌 어딘가, 또 다른 자신. 그런 것들 상상해 본 적 없어?"

말문이 막혔다.

그런 것들은, 늘 생각한다.

"상상이 아니라 중2병 환자의 망상 아냐?"

"인생은 말이야, 의외로 간단하게 바꿀 수 있거든. 지금의 내가 바로 그렇잖아. 우선은 할 수 있는 일부터 시작해 봐."

"할 수 있는 일이라는 게 뭔데."

"네 적이 누구인지를 판별하는 일."

2

말에는 감정을 증폭시키는 힘이 있다.

보통 막연하게 생각해 오던 것이 언어라는 구체적인 형태를 띠게 되면 전보다 더 강하게 몰입하게 된다.

미치루의 부추김이 바로 이러한 작용을 했다. 그리고 미치루가 똑똑하고 매우 아름다운 여성이라는 점도 하나의 원인이 되었다. 사모나 동경의 마음을 불러일으키는 사람은 숭배의 대상이 되기도 쉽다.

자신을 집에 속박하려는 가족—특히 아버지—을, 날아오르려는 자신을 방해하는 적으로 인식하는 데는 그리 많은 시간이 필요하지 않았다.

돌이켜 보면 미치루의 말은 하나하나 납득이 갔다. 자신이 취직에 실패한 것도, 아버지의 명령에 순순히 굴복한 것도, 엄밀히 따지면 자신의 날개를 꺾은 가족의 책임이다.

그때, 도전할 수 있는 기회가 더 있었다면.

그때, 내 가능성을 더 믿어 줬더라면.

인정해 주지 않으면 힘을 발휘할 방법이 없다. 힘을 발휘하지 못하면 성장할 수 없다.

현재 자신의 처지와 자신을 향한 대우는 전부 강요에 의한 것이었다. 따라서 미워해야 할 대상은 자신의 무능력이 아니라 주변 환경이다. 그리고 그렇게 생각하기 시작하자 가족들의 언행이 전부 미치루의 말을 뒷받침하는 것처럼 들렸다.

"히로키! 보일러 연료가 비었잖아. 정신 차려. 불완전연소로 보일러가 고장 나면 어쩔 거야. 바보 같으니라고!"

바보라고? 뭐라는 거야. 연료 정도는 본인도 확인할 수 있잖아.

"그렇지 않아도 공장 안에는 다른 기계들도 모여 있다고. 보일러 한 대 고장 나는 걸로는 끝나지 않아. 좀 더 생각을 하면서 일을 하란 말이야."

흥, 애당초 좁은 작업장밖에 짓지 못한 네가 무능력했을 뿐이잖아. 아무거나 다 내 탓으로 돌리지 말라고.

당신, 내가 무서운 거지?

내가 자신보다 뛰어나다는 사실을 인정하고 싶지 않으니까 손아귀에 쥐고 있는 거잖아.

"이 녀석. 그 눈빛은 뭐야, 그 눈빛."

시끄러워. 어차피 급여를 안 줘도 되는 직원이라고밖에 생각하지 않으면서.

당신은 스스로의 그릇조차 가늠해 본 적 없는 쓰레기야.

"그 소식 들었니, 히로키? 2번가에 사는 가즈사 씨네 도시노리 말이야, 같은 반이었지? 그 아이가 이번에 도쿄로 돌아간다는구나. 대단하지, 입사한 지 1년째인데 벌써 좋은 자리로 불려가다니……."

그게 뭐가 어쨌다는 거야. 나랑 무슨 상관이야.

도시노리와는 고등학교 때까지 사이가 좋았지만, 그렇다고 모두 같은 길을 걷는 건 아니잖아. 멍청한 소리 하지 마.

"정말 다른 집 아이들은 빨리 크는 것 같아. 오랜만에 봤더니 남자애들도 여자애들도 모두 정장 차림이더라. 나도 나이를 먹은 거겠지."

거참 미안하게 됐네, 아무튼 나는 정장 따위 입을 수 없거든. 다 떨어져서 취직 못 했으니까. 하지만 이제 와서 새삼 그런 말 할 필요는 없잖아. 그렇게나 내가 회사원이 되길 바랐다면 어째서 구직활동을 하게 두지 않았던 거야.

당신도 나를 이 집에 속박하려는 적이다.

적이다.

상대를 적으로 인식하자마자 지금까지는 참아 왔던 것들도 용서할 수 없어졌다. 그러자 말뿐 아니라 가족들의 시선이 사사건건 자신을 비하하고 비웃는 것처럼 느껴졌다.

노노미야 히로키

한편 미치루의 존재는 히로키의 안에서 나날이 커져 갔다. 하루에 겨우 몇 분 이야기할 뿐이지만 미치루의 배려 때문인지 둘이서만 있는 시간을 만들었기 때문에 어쩐지 비밀스러운 분위기도 형성되어 히로키는 그 순간을 마음속으로 기다리게 되었다.

　이야기를 나눌수록 미치루의 지혜는 자신보다 훨씬 넓고 깊었다. 아직 20대인데도 세련된 화술과 인생에 대한 조언이 신기할 정도로 귀에 쏙쏙 들어왔다.

　"요전에 말이야, 인생을 바꾸는 건 간단하다고 했잖아."

　"응, 그랬지."

　"그거, 누나니까 할 수 있는 말 아니야? 대부분의 인간들은 고등학교를 졸업한 시점에서 인생이 정해지잖아. 취직파와 진학파, 진학파라고 해도 명문 대학에 들어가는 놈들과 그렇지 않은 놈들 사이에 취직하는 회사의 등급이 달라지니까. 그 시점까지 되면 더는 바꿀 수 없잖아."

　"그건 말이야, 옛날에 도미노 이론이라고 해서 교육열 높은 엄마들이 극성스럽게 포교하던 사이비 미신 같은 거야. 정말 신경 쓸 가치도 없는 이야기지. 만약 그게 진짜라면 우리나라는 인도처럼 카스트 제도의 나라가 될 거라고."

　미치루는 검지를 가볍게 흔들었다.

"비정규직이나 노숙자 중에도 고학력자가 그리 드물지 않아. 오히려 대학 따위 나오지 않아도 성공한 사람이 상당히 많다고. 명문 대학에 들어가기만 하면 돼, 대기업에 입사하기만 하면 노후 보장. 그런 건 이미 꽤 오래전에 꿈같은 이야기가 되었다고나 할까, 도시 전설이 되었어. 엄마들의 치맛바람이 나쁘다는 건 아니지만, 아이들의 미래를 학력만으로 보장받으려는 건 분명히 본인의 머리가 나쁘다는 걸 광고하는 것일 뿐이야."

"하지만. 현실적으로 원하는 직종에 종사하는 놈들은 얼마 없잖아. 역시 처음에 궤도에 오르지 못하면 목적지에 이르지 못하는 거 아냐?"

"그건 네 의지가 부족했던 거야."

"내 의지?"

"네가 가고 싶어 했던 매스컴 직종을 예를 들어 설명해 볼게. 처음에 신문기자가 되고 싶다고 생각하겠지? 그래서 신문기자가 되려면 어떻게 해야 하는지 생각할 거 아냐. 좋은 대학에 간다? 아니야. 우선 다른 사람과 다른 시각을 갖도록 노력할 거야. 참신한 펜이 없으면 평범한 기사밖에 쓸 수 없으니까. 그다음에 어떻게 하면 간결한 말, 인상적인 문구로 상대에게 어필할 수 있을까 궁리하겠지? 그러면 TV 뉴스도 그냥 보는 게 아니라 스스로 분석할 테고 보도되지 못한 내용도 상상할 거야. 사람들과 대화할 때도 항상 이걸 기사화한다면 어떻게 정리하면 좋을까 생각하겠지. 나는 언론인이 될 거야, 일상에 숨겨진 악의를 파헤칠 거야, 라고 항상 생각할 거야. 그렇게 강한 의지를 계속 불태우면 자연스럽게 매스컴 직종에 어울리는 사람으로 성장하게 돼. 스포츠나 예술도 마찬가지지. 자신이 목표로 하는 모습을 끊임없이 염두에 두고 행동하면 반드시 꿈은 이루어져. 꿈을 이루지 못한 사람은 그 의지가 부족했던 것일 뿐."

그것은 이상론일 뿐이라고 생각했을 때, 미치루는 반론을 봉쇄하듯 말했다.

"사람은 말이야, 스스로가 되고 싶어 하는 대로 되거든. 되지 못한 사람은, 어느 부분에서 그걸 거부해 버리고 만 사람이야."

너무나도 자신감 넘치는 말이었기 때문에 히로키는 잠시 동안 잠자코 있었다.

듣고 보니 확실히 그럴지도 모른다는 생각이 들기 시작했다. 장래 희망도 꿈도 다른 사람들만큼 있었지만 어디까지나 다른 사람들만큼이었다. 미치루의 말처럼 매일을 그 꿈을 위해 살지는 않았다. 이루어지면 좋겠다, 이루어지면 행운이다, 정도로만 생각했다.

"결국은 강한 의지, 강한 생각이야. 그게 없으면 아무리 학력이 좋고 집안이 좋아도 의미가 없지."

"강한 의지."

"네가 갖고 싶어 하는 건 바로 그거일지도 몰라. 무엇에도 지지 않는 의지. 방해물을 뛰어 넘는, 제거해 가는 힘. 그것이 설령 가까운 사람이라 해도."

섬뜩했다.

자신의 마음을 꿰뚫어 보고 있는 기분이 들었기 때문이다. 그러나 미치루는 개의치 않고 말을 이었다.

"그런 힘이 없는 사람은 결국 밀려나게 되어 있어. 자신의 불행이나 불운을 한탄하는 것밖에 할 줄 모르는 인간으로 전락해 버리지."

그렇게 말하고는 이마를 덮고 있던 앞머리를 손으로 흩뜨렸다.

히로키의 눈이 동그래졌다. 히로키가 보고 있는 방향으로 왼쪽 이마 선 가까이에 짙푸른 멍이 있었다.

"누가, 그거……."

"옛날에 아빠에게 맞아서 생긴 멍이야. 지금으로 따지면 가정폭력이지."

뜻밖이었다. 가모우의 아버지에 대한 기억은 그다지 없었지만 가족 내에서는 난폭은커녕 오히려 순한 사람이라는 평이 대세였기 때문이다.

그리고 불현듯 떠올랐다. 쿄코도 이마의 같은 부위에 멍을 만들었다. 물론 고무 재질로 만든 가짜지만, 가끔 스스로 그것을 붙이면서 흥분해 있는 광경을 몇 번인가 목격한 적이 있다.

다이어트한 몸매, 살이 빠진 볼, 그리고 가짜 멍. 그것은 미치루의 외모와 조금이라도 비슷해지려는 눈물겨운 노력인 것이다.

"겉으로 사람 좋아 보이는 만큼 상당 부분 속으로 삭이고 있었나 봐. 뭐, 손을 댈 정도니까 집 안에서 내가 어떤 말을 들었을지는 상상이 가지? 그러니까 내게는 아버지야말로 극복해야 할 대상이었어."

"……극복했어?"

"계속해서 저항했어. 매일, 집에서 전쟁이 반복됐는걸. 그 덕에 경쟁심을 키웠으니까 그건 아빠 덕분이겠지."

"그 멍, 안 없애? 지금이라면 미용성형으로 어떻게든 할 수 있을 텐데."

"아버지를 극복해낸 훈장 같은 거라서 당분간은 없앨 생각 없어."

히로키는 그 멍을 가만히 쳐다봤다. 원래 얼룩 하나 없는 피부였기 때문에 짙푸른 색이 불필요할 정도로 눈에 띄었다. 멍의 존재가 아름다움에 처연한 빛을 더했다.

완벽한 옥에 단 하나의 티. 그러나 그것이 배덕한 색향의 망상을 불러일으켰다.

이 얼마나 강인한 여자란 말인가.

강하고, 상냥하고, 아름답다.

마치 잔다르크 같다.

"나는 글렀어. 누나처럼은 못 해."

"아니야, 할 수 있어."

어깨에 손이 올라왔다.

부드럽지만 힘이 느껴졌다.

"지금까지 하지 못했던 것뿐이야. 히로키, 네게는 할 수 있는 힘이 있어."

정면에서 바라봤다.

빨려 들어갈 것만 같은 눈이었다.

목소리를 들을 때마다 얼굴을 마주할 때마다 끌렸다. 이성에 대한 동경은 물론이고, 그 이상으로 지도자 미치루에게 끌렸다.

미치루의 말에는 힘이 있었다. 그 말에 따르면 어떤 역경이라도 극복해낼 수 있을 것만 같은 자신감이 샘솟았다. 카리스마라는 말은 바로 그녀 같은 존재를 가리키는 것이라고 생각했다. 쿄코의 말로는 미치루의 컨설턴트업이 호황이라는 것 같았는데, 미치루의 인품을 겪어 보니 납득이 갔다. 그녀의 조언부터 충분히 믿음직스럽다. 그리고 의지하고 싶게끔 만든다.

그러나 그러한 소소한 만남을 즐기는 와중에 방해자가 끼어들었다.

쿄코였다.

그날, 히로키는 공장으로 향하는 중이었는데 쿄코가 불러 세웠다. 쿄코는 처음부터 불온한 표정을 짓고 있었다.

생각났다. 그것은 어렸을 적에 무언가를 서로 쟁취하려고 남매끼리 다툴 때의 표정과 똑 닮아 있었다.

"야, 히로키. 미치루 말인데."

"뭔데."

"요즘 둘이 자주 만나는 것 같은데, 도대체 무슨 이야기를 하는 거야?"

"누나랑 상관없잖아."

그러자 쿄코는 의심의 눈초리로 히로키를 노려보았다.

"너, 설마 미치루한테 이상한 마음 품고 있는 건 아니지?"

"무, 무슨 이상한 마음?"

"누나의 눈을 속이려고 해도 소용없어. 네가 꼬맹이였을 때부터 줄곧 봐 왔으니까. 처음으로 말해 두는데, 미치루에게 열올려 봤자 소용없을 거야."

"친척끼리 그런 생각할 리 없잖아."

"그런 문제가 아니라, 미치루와 너는 절대로 어울리지 않는다는 거야."

쿄코의 말투에는 노골적인 모멸감이 섞여 있었다.

자신도 모르게 말끝이 올라갔다.

"어울리지 않는다고?"

"사촌 동생이니까 편하게 상대해 주는 거지, 미치루는 잘 나가는 사장이야. 그에 비해 너는 뭐야? 변변하게 취직도 못해서 부모님 등골이나 빼먹고 있잖아."

역시 참을 수 없었다.

"다시 한번, 말해 봐."

"여러 번 말해 줄까? 너는 사회에 하등 쓸모없다고 낙인찍힌 인간이야."

"좀 닥쳐."

노노미야 히로키

"내가 닥쳐도 사실은 변하지 않아. 어쨌든 집과 직장을 오가니까 사회인 같은 기분이 드는 모양인데, 착각도 유분수지. 너는 아무것도 생산하지 않고 사회에 공헌하지도 않아. 하루 종일 아버지의 일 중 남는 걸 받아도 힘에 겨워 주체하지 못하는 식충이. 삼시 세끼 밥값도 벌지 못하잖아. 요컨대 덩치만 큰 기생충 같은 존재라고."

히로키는 아무 말 없이 쿄코를 향해 손을 휘둘렀다.

그러나 순간적으로 피한 쿄코가 더 빨랐기 때문에 손은 허공을 갈랐다.

"할 말 없으니까 여자도 때리는 것 봐. 정말 최악이다."

"잘난 체 한번 대단하네. 너야말로 고작 미치루에게 고용된 주제에."

"난 그냥 직원이 아니야."

쿄코가 자랑스럽게 가슴을 폈다.

"내 몸에는 미치루의 일부가 들어가 있다고. 단순한 비즈니스 파트너가 아니야. 우리는 일심동체거든. 너 따위와는 다르지."

이제야 이해가 갔다.

단순히 미치루를 동경해서 외모를 따라 하려던 것이 아니다. 오히려 미치루와 자신을 동일시하고 있었던 것이다.

"가모우 미치루는 말이야, 타오르는 불꽃같은 사람이야."

쿄코는 비뚜름하게 웃었다.

"벌레는 다가와 봤자 타죽어 버리고 말지."

쿄코가 적의를 드러낸 날을 기점으로 히로키를 향한 가족들의 비난은 마치 짜기라도 한 것처럼 심해졌다.

먼저 데루에의 말은 완곡하면서 음습했다.

"히로키. 인정받고 싶어 하는 욕구라는 말, 알고 있니?"

"그게 뭐야."

"텔레비전에서 평론가가 한 이야기인데, 어린아이들은 곧잘 이상한 행동이나 소란을 일으켜서 주목을 받고 싶어 하잖니. 그게, 주변 사람들에게 인정받고 싶어 하는 욕망을 표출하는 거라더구나."

데루에가 지식이랍시고 주워오는 정보의 출처는 동네 아줌마들의 수다와 TV로 한정되어 있다. 어차피 쓸모없는 이야기겠거니 싶어 우습게 생각했다.

"요즘은 보렴, 니트족인지 뭔지 제대로 일하지도 않는 젊은 사람들이 늘고 있잖니. 그런 사람들이 세상 물정 모르는 주제에 돋보이고 싶은 기분은 누구 못지않아서, 아이들처럼 인정받고 싶은 욕구 때문에 잘도 멍청한 짓들을 하는 거란다. 자기 나체를 인터넷에 올리거나 일부러 반감을 사는 글을 쓰거나 말이야. 미발달이라고 했나? 덩치는 크지만 알맹이는 세 살짜리 아이나 마찬가지지."

조금 거슬렸다.

히로키 본인은 인터넷에 글을 쓴 적도 없고 그런 식으로 자아를 표출하는 유치한 인간들을 비웃을 뿐이지만, 그들의 기분은 이해할 수 있었다.

원하는 회사에 취직하고 실력을 충분히 발휘하면서 가족과 주위 사람들에게 인정받고 칭찬받는 삶. 그러한 일상을 보낸다면 누구도 울적하지 않을 것이다. 불만도 없겠지. 딱히 존재를 인정받고 싶다는 생각도 하지 않을 것이다.

세상이 잘못됐다.

히로키 같은 젊은이들이 제대로 설 곳을 마련해 주지 않은 주제에 직업이 없는 사람을 죄인 취급한다. 어른들도 경솔한 행동을 하면서 그것이 마치 젊은 층의 전매특허인 양 질타한다. 사회 시스템 자체가 왜곡되었는데 그 책임을 전부 개인에게 지우려고 한다. 그것이 두려워서, 자신이 없는 자들은 방에 틀어박히거나 익명성을 단 하나의 피난처로 삼아 울분을 풀어낸다.

전부, 세상 탓이다.

"히로키는 그런 사람들과는 다르지?"

"뭐가?"

"뉴스에 자주 나오는 바보 같은 젊은 애들과는 다르잖아."

마음은 이해한다, 따위의 대답을 하면 귀찮은 이야기로 발전하리라는 것은 안 봐도 뻔했다.

"당연하잖아."

"그럼, 분명한 목표가 있는 거지?"

"목표?"

"그래. 단순히 꿈이나 망상 같은 게 아니라, 노력 여하에 따라 이룰 수 있는 목표."

"무슨 뜻이야."

"지금은 일단, 아빠 일을 돕고 있지만 실제로는 그런 건 아니니까. 왜 그렇잖니, 백수면 평판도 말이 아니고. 아무래도 나쁜 짓을 하다가 체포되는 사람들 대부분이 직업이 없기도 하잖니."

심각한 편견이라고 생각했지만, 체면을 중시하는 어머니에게는 공명정대니 평등주의니, 라며 설득하는 쪽이 잘못된 것이다.

노노미야 히로키

"그러니까 너도 빨리 독립하렴. 아직 헬로워크*에 등록 안 했지?"

왜, 내가 그런 곳에 가야 하는 거야?

헬로워크는 재취업 희망자가 가는 곳이라고 생각했다. 재취업을 알선하는 곳이므로 당연히 갓 졸업한 사람이 원하는 취직자리는 없다. 급여도 히로키가 만족할 수 없는 금액일 것이다. 젊음을 파는 일은 통상적으로 체력 싸움인 3D 업종이 대부분이다. 어째서 내가 그런 일을 해야 하는 거지?

"이런 말까지는 하고 싶지 않았는데, 산업폐기물처리업은 아버지 대에서 끝낼 생각이다. 더 커지기는커녕 단골들도 점점 규모가 큰 업자들에게 몰려가고 있으니까 말이다. 아직까지는 엄마도 아빠도 건강하니까 네 한 몸 정도는 먹여 살릴 수 있지만, 10년 후 일은 모르지 않니. 무슨 일이 생기기 전에 남들처럼 제대로 된 직장에 취직해서 평범하게 월급을 받아야지."

그러면 취직하지 못한 자신은 사람도 아니라는 말인가.

제대로 된 급여를 받지 못하는 자신은 사람도 아니라는 말인가.

---

* 일본 각 지자체 노동국에서 운영하는 공공직업안정소로 채용 상담과 직업 소개 등을 제공한다.

결국 그런 이야기다.

아들을 위하는 척하면서 결국 체면만 신경 쓰는 것이다. 주위의 평판만 좋으면 아들이 어떤 일을 하는지, 어떤 만족감을 느끼는지 따위는 문제도 아니라는 말이다.

입을 다문 채 데루에를 응시하고 있자니 아무리 어머니라도 한 대 칠 것 같아서 히로키는 도망치듯 그 자리를 떴다.

아버지 다카유키는 직설적으로 말하는 데다 폭력적이기까지 했다.

"멍청한 자식! 폐유는 폐유끼리 모아 놓으라고 귀에 딱지가 앉도록 말했는데 아직도 모르는 거냐!"

동시에 다카유키의 주먹이 날아왔다. 미처 피할 틈도 없이 히로키는 공장 바닥에 쓰러졌다.

"폭발하면 어쩔 거야! 네가 책임질 거야?!"

폐유에는 여러 종류가 있는데, 조합에 따라서는 섞는 순간 폭발을 일으키기도 한다. 과거에도 그렇게 폭발 화재가 발생해서 처리공장을 모두 불태운 사고가 있었다. 그 때문에 어떤 공장이라도 폐유는 종류별로 분리해 보관하는 것이 철칙이다. 히로키는 그 사실을 무심코 잊어버리고 만 것이다.

"아르바이트를 하듯 일하니까 이런 어이없는 실수를 저지르는 거라고. 아니, 아르바이트라도 이런 초보적인 실수는 안 해. 너는 도대체 일을 뭐라고 생각하는 거야. 애들 장난이나 심심풀이가 아니라고!"

"아르바이트라면 돈이라도 받지."

가는 말이 고와야 오는 말이 고운 법이다.

"용돈 수준으로 일한다면 이게 최선이라고."

"아니, 이 자식이!"

이번에는 손이 날아왔다.

"책임감을 돈으로 환산하려 들다니. 마음가짐이 그따위니까 어느 회사도 널 안 뽑는 거야!"

"다, 다시 한번 말해 봐."

"회사 인사담당자들은 사람을 보는 데 이력이 난 프로들이야. 네 인간성 정도는, 아니 네 놈 성격은 서류만 봐도 다 파악할 수 있다고. 이런 무책임한 놈에게 누가 일을 맡기겠느냐. 분명 가르쳐 줘도 바로 억지나 부리며 도망갈 놈이다. 이렇게 판단했으니까 채용하지 않은 거야."

"마음대로 억측하지 마!"

"억측이라고? 실제로도 무책임하기 짝이 없잖느냐. 곤란해지면 금방 내게 의존하려 들지. 정말 위험한 작업에는 손 대려고 하지 않아. 눈을 떼는 순간 빈둥거릴 궁리만 하잖아. 너는 천성이 게으름뱅이야."

다카유키는 히로키를 내려다보면서 말했다.

"넌 인생이 만만하냐?"

"뭐라고?"

"가만히 앉아만 있어도 누군가 밥을 지어서 가져다 줘. 춥다고 하면 누군가 따뜻한 것을 준비해 줘. 아침이 되면 누군가 깨워 줘. 아무 생각 없이 있어도 따뜻한 목욕물을 준비해 줘……. 이렇게 생각하는 거 아니냐. 네가 입는 옷도 먹는 음식도 사는 집도, 전부 나와 네 엄마가 일해서 번 돈으로 산 거야. 인생을 살아가는 데 공짜란 아무것도 없다고."

"참나, 이제 와서 고마워하라는 말이야? 아버지 지금까지 감사했습니다, 인사라도 하면 직성이 풀리겠어?"

"깨달으라고 하는 소리야."

말대꾸를 허락하지 않는 말투였다.

"네놈이 뭘 하고 싶은지 난 모른다. 목표가 뭔지도 몰라. 하지만 콧노래 부르면서 돈을 벌 수 있을 정도로 세상은 만만하지 않아. 어떤 일을 선택한다고 해도, 그것을 계속하다 보면 언젠가는 막중한 책임이 뒤따르게 돼."

"흥, 이런 보잘것없는 산업폐기물처리 공장을 운영하는 주제에 무슨 책임 운운이야. 웃겨 죽겠네."

"규모의 문제가 아니야. 일을 하려면 각오를 다져야 한다는 말이다."

"……뭐라는지 모르겠네."

"폐유통을 함께 두지 말 것. 고작 이것 하나도 못 지키는 놈이 어떤 일을 할 수 있겠느냐. 넌 얼마만큼의 책임을 질 수 있느냐. 너는 아직 반편인 데다, 자신이 그런 줄도 모르는 세상에 둘도 없는 멍청한 놈이다. 나나 세상에 불평불만하기 전에 한 번이라도 거울로 네 한심한 얼굴을 보고 오너라."

그 말을 남기고 다카유키는 등을 돌렸다.

입술을 짓씹는 히로키가 그곳에 남겨졌다.

제기랄.

다들 나를 바보 취급만 하고.

두고 보자.

3

히로키는 나날이 말수가 줄어들었다. 원래도 가족한테 말이 많은 편은 아니었지만, 지금은 제대로 대답조차 하지 않았다. 사촌 누나에게만은 예외였는데, 미치루에게는 곧잘 속마음을 털어놓게 되었다.

미치루의 말은 알기 쉽고 명료하면서도 함축적이었다. 조곤조곤한 말투지만 듣는 사람의 마음을 깊게 파고드는 힘이 있었다.

특히 오이디푸스 콤플렉스라는 단어가 인상에 남았다. 그 존재를 뛰어넘기 위해서 아버지를 죽인다. 아버지를 죽이지 못하는 남자는 어른이 아니다. 하물며 미치루 같은 성인 여자를 사랑할 자격도 없다.

미치루를 사랑한다──상상하자 히로키의 가슴이 두근거렸다. 지금의 자신은 한심한 백수에 아무짝에도 쓸모없는 존재지만, 상대는 자립한 경영인이다. 어디를 어떻게 비교해도 어울리지 않으며, 분하지만 쿄코의 지적대로다.

도대체 미치루의 눈에 자신은 어떻게 비춰질까. 그런 생각을 하자마자 가슴이 급속도로 잠잠해지고 우울한 생각에 잠식당해 갔다. 나약하고, 나이깨나 먹고도 부모의 등골을 빼먹는 식충이. 세상의 파도에 휩쓸리는 것을 두려워하는 사회 부적응자. 그럼에도 타인에게 자신을 인정받고 싶어 하는 하찮은 존재. 자신을 객관화하는 것도 견딜 수 없을 정도로, 자신은 벌레 같은 인간이었다. 이런 남자가 남들처럼 여자를 좋아한다고 하면 조롱거리만 될 뿐이다. 더욱이 하필 미치루를 사랑한다니 주제도 모른다고 비웃음을 당해도 싸다.

그러나 이런 자신이라도 아직 만회할 기회는 있다. 조만간 독립해서 어엿한 남자가 된다면 미치루에게 구애할 자격도 거머쥘 수 있다.

어엿한 남자, 타인에게 인정받는 남자가 될 것이다.

그렇게 되려면 이 집에서 나가야만 한다. 저 난폭한 아버지를 밟고 넘어가야만 한다.

음울한 마그마가 방향을 찾고 가열되면서 분화구를 목표로 움직이기 시작했다.

히로키가 그 광경을 목격한 것은 마침 그때였다.

깊은 밤, 자정을 넘긴 시간이지만 히로키는 몹시 괴로워서 좀처럼 잠을 이룰 수 없었다.

몇 번인가 뒤척이는 사이에, 계단을 올라 옆방으로 누군가가 들어가는 기척이 느껴졌다. 미치루는 이미 침대에 누웠을 텐데 이상하다고 생각하는데, 이윽고 대화 소리가 들려왔다.

쿄코였다.

이런 한밤중에 일 이야기라니 부질없군. 무심코 귀를 기울여 엿듣는데, 아무래도 낌새가 이상했다.

쿄코의 말투는 사무적이라기보다 스스럼이 없었다. 아니, 스스럼없다기보다도 오히려 천박한 울림이었다.

깜짝 놀란 점은 상대하는 미치루의 반응 역시 사무적인 것과는 사뭇 거리가 있다는 것이었다. 나지막하게 우물거리는 목소리지만 귀에 엉겨 붙듯 끈적였다.

도대체, 무슨 이야기를 하고 있는 거야.

히로키는 침대를 벗어나서 방 밖으로 나왔다. 이 집의 방 구조는 하나같이 똑같아서, 문이 잠기지 않았다. 아니나 다를까 목소리가 방에서 복도까지 새어 나왔다.

"……오늘은 안 돼."

"왜? 벌써 2주 동안이나 내버려 뒀잖아."

"여긴 너네 집이잖아."

"가족이 이렇게나 방해되는 존재라고 생각해 본 적은 없었는데."

대화 사이사이에 애절한 한숨이 섞여 있었다. 그 목소리에 성급한 숨이 겹쳤다.

손잡이를 돌려 조용히 문을 열었다. 방 안에 불이 켜져 있었기 때문에 손가락 하나 들어갈 정도의 틈으로도 상황을 대강 파악할 수 있었다. 반대로 복도는 불이 꺼져 있어 히로키의 모습은 보이지 않을 터였다.

생각지도 못한 그 광경에 눈을 의심했다.

쿄코가 잠옷 차림의 미치루를 등 뒤에서 껴안고 있었다. 그 자세는 음란했고, 오른손은 잠옷 안으로 미끄러져 들어가 미치루의 가슴을 주무르고 있었다.

"……저기. 몇 번이나 말했지만 여기는 너희 집이야."

"가족들은 이미 잠들었어. 다들 옛날부터 일찍 잠들거든. 그리고 더 이상 참을 수 없어."

쿄코는 지껄이면서 미치루의 목덜미를 여기저기 핥았다.

미치루는 신음했지만, 그 표정은 희열이 아닌 수치나 고통을 참아내고 있는 것처럼 보였다.

"미치루가 우리 집에서 지낸다고 했을 때는 잘됐다고 생각했는데, 눈앞에 두고도 먹지 못하는 신세가 되리라고는 생각지 못한걸."

쿄코는 책망하면서 미치루의 잠옷을 조금씩 벗겨냈다. 미치루는 일단 저항하는 기색을 보였지만 진심은 아닌 듯 거의 쿄코가 이끄는 대로 따라가고 있었다.

뭐야, 이거.

둘이 그런 사이였어?

너무나 뜻밖의 전개에 머리가 돌아가지 않았다. 히로키는 혼란스러우면서도 시선을 떼지 못했다.

미치루를 나체로 만든 쿄코는 자신의 옷도 벗었다. 한때 뚱뚱했던 쿄코도 최근에는 살이 상당히 빠졌다고 감탄했지만, 옷을 벗은 모습을 보니 그 모습을 여실히 알 수 있었다.

허리는 잘록했고, 등과 두 팔에도 불필요한 지방은 보이지 않았다. 사촌지간이기 때문은 아니겠지만, 미치루의 몸매와 비슷했다.

그러나 역시 미치루와 비교하는 것은 잔혹한 이야기다. 쿄코의 몸매는 그저 군살이 없을 뿐이지만, 미치루의 그것은 마치 예술작품 같은 완성도를 자랑했다.

티 하나 없는 새하얀 피부. 목에서 쇄골, 그리고 가슴에서 배로 이어지는 곡선은 유려하면서도 음탕했다.

히로키는 그 음탕함에 완전히 빠져들고 말았다. 관음이 죄인 줄은 알지만, 가슴은 헛된 경종을 울리고 있었다. 입안은 바싹 타들어갔고, 음경은 팬티 안에서 잔뜩 흥분해 있었다.

"쿄코…… 역시 오늘은 그만하자."

"왜?"

"이모부 집에서 이런 짓을 하는 건……."

"다른 이유가 있는 거 아냐?"

"응?"

"옆방에서 히로키가 자고 있으니까 그러는 거 아냐?"

히로키의 입이 반쯤 벌어졌다.

왜, 여기서 내 이름이 나오지?

"히로키가 자고 있는 옆방에서 나와 사랑을 나누는 것에 죄책감을 느끼는 거…… 아니야?"

"어째서…… 앗…… 히로키가 무슨 상관인데."

"미치루는 상관없을지 몰라도 히로키는 상관 있을 걸. 내가 아주 잘 알지. 그 녀석, 미치루에게 다른 마음 먹은 거."

쿄코의 말에는 가시가 있었다. 하지만 그 가시가 히로키를 향한 것인지, 아니면 미치루를 향한 것인지는 분명하지 않았다. 아마도 둘 다일 터였다.

"미치루를 바라보는 그 녀석의 눈빛이 역겨운 건 말할 것도 없지. 시선 강간이란 게 이런 거구나 싶을 정도야. 항상 옷 위로 네 알몸을 상상하고 있을걸."

"무슨 말이야……."

"그 정도는 알아. 갓난아기였을 때부터 함께 자랐으니까. 그 녀석 취미나 좋아하는 타입쯤은 안다고. 미치루는 그런 것들을 뛰어넘는 존재이긴 하지만."

"웃……."

쿄코의 손가락이 미치루의 아랫배로 미끄러졌고, 점점 그 아래로 내려갔다.

"설마, 미치루, 히로키 같은 놈에게 관심 있어?"

젠장, 그만해!

히로키는 소리치고 싶었다.

그런 것 묻지 마!

그러나 귀는 미치루의 대답을 듣기 위해, 눈은 그녀의 입술의 움직임을 포착하기 위해 날을 세웠다.

그러나 미치루는 눈썹을 찡그릴 뿐, 분명하게 대답하지 않았다.

"그딴 놈에게 미치루를 넘겨줄 수 없어."

쿄코는 미치루의 몸을 더욱 심하게 꽉 껴안았다.

"미치루는 나만의 것이야. 그리고 나는 미치루만의 것이고. 우리는 일심동체잖아."

쿄코는 더 이상 말하지 않았다. 대신 입술과 혀로 미치루를 구석구석 음미하기 시작했다.

몹시 음란하고 흉포한 광경이었다.

히로키는 눈도 깜박이지 않고 그 장면을 지켜봤다. 죄책감과 호기심과 호색성이 뒤섞여, 자신도 뭐가 뭔지 모를 지경이었다.

쿄코는 완전히 욕정에 사로잡혔다. 거친 숨을 내쉬면서 미치루의 몸을 탐하는 모습은 더러운 짐승을 연상케 했다.

미치루는 입술을 깨물고 소리가 새어나가지 않도록 참고 있었다. 가끔씩 느끼는 것처럼 몸을 떨었지만 그 이상 흐트러지지 않기 위해 억제하는 것 같았다.

갑자기 그녀의 눈이 문틈을 향했다.

눈이 마주쳤다.

미치루는 분명 문틈 너머의 존재를 눈치채고 상황을 파악한 듯했다.

비명은 지르지 않고 쿄코의 애무에 몸을 맡기고 있었다. 그러나 시선은 히로키에게 고정되어 있었다.

히로키에게는 그 눈이 자신에게 구해 달라고 애원하는 것처럼 보였다.

나는 결코 이런 짓을 원하지 않아.

이 여자에게게서 나를 구해 줘…….

히로키는 미치루의 시선에 홀린 듯 한동안 미동조차 하지 못했다.

다음 날, 공장에서 폐재를 소각하고 있는데 뒤에서 누군가 말을 걸어왔다.

"혹시, 시간 괜찮아?"

미치루가 대답도 듣지 않고 히로키 옆에 앉았다.

"히로키, 방에 있을 때 말고는 거의 여기에 있네."

방과 여기 말고는 있을 곳이 없기 때문이다. 그러나 이 말은 입 밖으로 내지 않았다.

"여기 있으면 마음이 편안해지거든. 폐재가 타오르는 소리. 들어 봐, 웅웅거리는 소리가 들리지?"

"응."

"이 소리를 듣고 있으면 왠지 마음이 편안해져."

"……이것과 비슷한 소리, 나도 들어본 적 있어."

"정말? 다른 산업폐기물처리장에 가본 적 있구나?"

"산업폐기물처리장이 아니라 화장터."

"아."

"아빠 시체를 화장할 때 계속 소각로 옆에 서 있었거든. 그때 들었던 소리랑 똑같아. 인간도 폐재도, 불에 탈 때는 같은 소리가 나는구나."

"그 소리를 계속 듣고 있었어?"

"응. 지난번에 내가 아빠를 극복해냈다는 이야기한 적 있지? 그건 뒷이야기가 있었거든. 극복하긴 극복했는데, 진정한 의미로 결별할 수 있었던 것은 그때였어. 아빠가 불에 타서 재로 변해가는 소리를 들으면서, 드디어 나는 나를 속박하던 것에서 해방되었구나, 생각했어. 나쁜 딸이지. 보통 딸이라면 슬픔에 겨워서 울어야 할 텐데."

"그렇지 않아."

히로키는 황급히 말했다.

노노미야 히로키

227

"누나 마음, 나는 이해할 수 있어. 분명 누나에게 아버지는 그만큼이나 커다란 존재였던 거야."

히로키는 미치루의 기분이 마치 자신의 기분인 양 이해할 수 있었다.

아버지의 그늘에서 벗어나 독립했다고 생각해도, 아버지가 살아 있는 한 속박에서 완전히 풀려난 것은 아니다. 보이지 않는 끈으로 아이를 속박하고, 들리지 않는 말로 행동을 억제하려고 한다. 아이가 진정한 의미로 자유의 몸이 되는 것은 아버지가 죽는 순간부터다.

"그런데 말이야."

미치루가 말을 이었다.

"아빠에게서 해방돼도 그게 끝이 아니었어. 그다음은 아빠가 아닌 다른 존재가 나를 속박하려고 하더라고. 암울한 인생이지. 절대로 내가 자유롭게 살도록 내버려 두지 않는다니까. 언제나 항상 나를 방해하는 존재가 내 눈앞에서 기다리고 있어. 그것을 돌파했다고 생각하면 다음에 나타나는 또 다른 방해자. 나는 분명 이렇게 살도록 프로그래밍 되어 있을지도 몰라."

방해자를 차례차례 제거해 가는 인생.

미치루라면 그렇게 살지도 모른다는 생각이 들었다. 미치루는 똑똑하고 강하다. 강하니까 제거할 수 있는 것인지, 계속 제거해 나가니까 강해지는 것인지는 모르지만, 그런 방식으로 살아가는 것이 미치루에게 어울렸다.

그에 비해 자신은 어떠한가. 지금도 아버지 옆에 있고 싶지 않아서 작업시간이 겹치지 않을 때 일을 돕고 있다. 방에 틀어박혀서 나오지 않는다. 제거하기는커녕 도망치기나 할 뿐이지 않은가.

생각해 보면 자신의 인생은 도망의 연속이었다.

타인과의 경쟁에서 도망치고, 사회 속에서 살아가는 것에서 도망치고, 평가받는 것에서 도망쳤다. 자기 자신의 내면을 직시하는 것에서 도망치고, 타인과 비교당하는 것에서도 도망치고, 끝내는 가족에게서 도망치고 있다.

자기혐오가 마음을 좀먹어갔다. 파괴 충동과 비슷한 초조함이 사고를 지배했다.

두 사람은 한동안 말없이 소각로 소리를 듣고 있었다. 웅웅 울리며 불타는 소리가 가슴 깊은 곳에 쌓여 있던 응어리에 불을 붙이는 것 같았다.

"히로키."

"응."

"어젯밤, 봤지? 나랑 쿄코."

순식간에 얼굴이 달아올랐다.

곧바로 부정하려고 했지만 미치루의 말이 더 빨랐다.

"문틈으로 봤지? 괜찮아, 둘러대지 않을 거니까. 그 모습을 보인 나도 창피했고, 보고 있던 너도 부끄러웠어. 그렇지?"

미치루의 말을 듣자 죄책감이 수그러들었다.

"으, 응."

"경멸하지? 더러운 여자라고."

"아니. 그…… 누나에게 그런 취미가 있다고 해도 괜찮다고 생각해. 누나 같이 레벨이 높은 여자라면 평범한 남자는 눈에 차지도 않겠지. 난 그런 거에 편견 없는 남자거든. 대, 대, 대부분 동성애자들은 지적인 사람이 많다는 이야기도 들은 것 같고."

"전혀, 모르는구나."

"뭐가?"

"나, 딱히 동성애자 아니야. 철이 들었을 때부터 지금까지 스트레이트거든. 좀 더 확실히 말하면 자연의 법칙을 거스르는 성행위는 오히려 싫어하는 편이야. 그런 성벽을 내세우는 연예인이 TV에 나오면 바로 채널을 돌릴 정도니까."

"그런데……."

"그런 짓, 좋아서 하는 줄 알았어?"

미치루는 눈꼬리를 치켜올리고 히로키를 쏘아봤다.

"오해를 해도 정도가 있지. 다른 인간들은 몰라도 히로키에게 그런 모습을 보인 것만은 참을 수 없어."

"그럼, 왜 그런 거야?"

솔깃해져서 물으려고 했다. 그러자 미치루가 갑자기 고개를 옆으로 돌렸다.

"……역시, 됐어. 방금 한 말은 못 들은 걸로 해 줘."

"뭐야, 왜 말을 하다 말아. 끝까지 말해 줘야지."

"쿄코에 대해 안 좋은 이야기를 하게 된단 말이야."

"상관없어, 그런 미친년은."

"미친년?"

미치루는 쿡 하고 웃었다. 그 미소가 기폭제가 되어, 잔뜩 쌓여 있던 쿄코에 대한 혐오가 한꺼번에 쏟아져 나왔다.

"그런 년, 누나도 뭣도 아니야. 옛날부터 그랬지. 친구를 데려오면 그놈은 냄새난다니까 다시는 집에 들이지 말라고 말했어. 내가 학교에서 선생님께 혼나면 꼭 아버지나 엄마한테 고자질했다고. 취직에 실패하자 뒤에서 비웃었지. 나는, 아, 알고 있어. 걔는 항상 날 방해하기만 한다는 걸. 그러니까 걔는 혈육이 아니야. 그냥 같은 지붕 아래에서 살고 있는 남이라고. 새삼스럽게 미치루에게 무슨 이야기를 듣는다고 해서 동요할 일 없어."

"그럼 말할게……. 그건 엄연히 강간이야."

미치루는 고개를 떨구고 말했다.

겁먹고, 수치스럽고, 금방이라도 사라져 버릴 것만 같은 목소리였다.

뜻밖이었다. 미치루 같은 여자가 자신의 약점을 타인에게 드러낼 것이라고는 상상하지도 못했기 때문이다.

"강간이라니, 그럼 쿄코가 억지로?"

"처음은 중학교 때였어. 어떤 일…… 그 어떤 일이라는 건, 그냥 넘어가 줘. 그걸 쿄코가 알게 되면서 내 약점을 잡은 거지."

어떤 일. 분명 물건을 훔치는 장면을 들켰다거나 하는 시시한 이야기일 것이라고 생각했다.

"사람들에게 알리고 싶지 않으면 자기 말을 들으라고, 그래서 억지로 관계를 갖게 된 거야. 쿄코는 그때부터 그쪽 성향이었던 것 같아."

듣고 보니 그럴 만하다는 생각이 들었다. 히로키가 아는 한, 쿄코에게서 이성의 존재를 느낀 적은 없다. 틀림없이 쿄코가 인기가 없기 때문일 것이라고 단정했지만, 사실은 처음부터 이성은 연애대상이 아니었던 것이다.

"그러고 나서는 관계한 사실 자체가 협박거리가 되었어. 히로키, 알지? 내가 쿄코에게 골수를 이식해 준 거."

"응."

"그것도 쿄코가 협박한 거야. 검사를 받고 내 골수가 적합 판정을 받으면 기증하라고. 어차피 조금 기증한다고 죽는 거 아니니까 괜찮을 거라고. 물론 죽지는 않았지만, 엎드린 채로 굵은 바늘에 찔렸을 때는 울고 싶을 정도로 무서웠어. 마취를 했어도 깨고 나니 고통이 찾아왔지. 하지만 절대 거역하지 못했어. 나는 쿄코의 노예였으니까."

뚜껑이 열릴 정도로 몹시 화가 났다.

미치루를 노예 취급했다고?

지랄하지 마. 본인의 인생이 아무리 불행하고 보답받지 못한다고 해서, 이렇게 아름답고 고결한 여성을 괴롭힐 권리는 어디에도 없다고.

"설마, 누나가 걔를 고용한 것도?"

"맞아, 협박. 최근에는 사장 자리를 내놓으라고 하기 시작했어. '넌 나를 위해 평생 뼈 빠지게 일하라'면서."

무슨 그런 악독한 여자가 다 있을까.

그 여자는 미치루를 완전히 잡아먹으려고 한다. 순결이나 골수뿐 아니라 사회적 지위와 재산까지 빼앗으려고 한다.

노노미야 히로키

그런 인간이야말로 기생충이다. 사람들에게 해만 끼치는, 기피해야 할 존재.

그리고 소리를 낼 틈도 없이, 미치루가 히로키의 가슴팍에 얼굴을 묻었다.

"제발, 히로키."

꿈이 아니었다.

눈 아래 사랑스러운 여자의 머리가 있었다. 머리카락에서 풍겨오는 달콤한 향기가 코를 자극했다.

"이대로라면 나는 쿄코에게 모든 것을 빼앗기고 말 거야. 도와줘. 제발."

몹시 사랑스럽고 애처로워서 치밀어 오르는 감정을 주체하지 못한 히로키는 자신도 모르게 미치루의 머리를 끌어안았다.

사명감이라는 마중물을 붓자 광기가 역류해서 가슴속에 흘러넘쳤다.

마음이 순식간에 시커멓고, 뜨겁고, 그리고 냉철해졌다.

좋아, 도와주지.

그런 여자를 살려 둬서는 안 되고말고.

4

그날 밤은 평소와 같은 밤이었다.

그러나 히로키는 평소와 같은 히로키가 아니었다.

오늘 밤 히로키는 사냥꾼이다. 표적이 있고, 사냥 계획이 있으며, 무기가 있다.

새벽 1시가 지났을 무렵, 히로키는 슬슬 침대에서 나왔다. 옷은 이미 전부 갈아입었다. 입고 있는 낡은 작업복은 더러워지면 바로 처리할 수 있다. 신고 있는 낡은 스니커즈는 집 안에서도 민첩하게 움직이기 위한 것이었다.

침대 밑에 숨겨 놓은 것은 쇠로 만든 약 60센티미터 길이의 장도리였다. 폐재를 소각할 때, 삐져나온 못을 뽑기 위한 도구인데, 끝이 뾰족하고 묵직한 그것은 다른 용도로도 충분히 활용할 수 있을 것 같았다.

시험 삼아 한 손에 들고 휘둘러 봤다.

부웅!

손맛이 만족스럽다. 그러나 사용할 때는 두 손으로 쥐는 편이 안정적일 것 같다.

이번에는 두 손으로 쥐고 아래로 내리쳐 봤다.

부우웅!

좋아, 괜찮군.

기분이 더할 나위 없이 고양되어 있었다. 할 수만 있다면 하늘을 향해 소리라도 지르고 싶었다.

인생 첫 사냥이다.

이것이야말로 진정한 통과의례라고 느꼈다.

히로키는 장도리를 든 팔을 축 늘어뜨리고 방을 나섰다.

만약을 위해 옆방의 상황을 살폈다. 문을 살며시 열었다. 창문으로 들어오는 빛으로 침대에 아무도 없다는 사실을 알 수 있었다.

미치루는 일 때문에 종종 외박하고는 했다. 자정이 지나도 보이지 않으면 대부분 그런 경우였다. 야근하다가 막차를 놓칠 때는 사무실 근처에 있는 비즈니스호텔에 묵는다고 했다.

마침 잘됐다. 처음부터 미치루에게 해를 끼칠 생각은 털끝만큼도 없었지만, 그래도 그녀가 없는 편이 차분하게 작업에 착수하기 더 좋았다.

발소리를 죽이고 아래층으로 내려갔다.

계단을 내려가자마자 바로 옆에 다카유키와 데루에의 침실이 있다. 복도에는 소리라고 할 만한 것은 전혀 새어 나오지 않았다.

문을 빼꼼히 열고 내부의 동태를 살폈다. 불이 꺼진 방안에서 두 사람이 잠든 숨소리가 희미하게 들려왔다. 다카유키의 숨소리는 규칙적이었고, 데루에의 숨소리에는 귀에 거슬리는, 코 고는 소리가 섞여 있었다. 옆에서 저렇게 코를 고는데 잘도 잔다는 생각에 어이가 없었지만, 오늘은 그것마저도 잘됐다 싶었다.

그래, 이대로 쭉 평온하게 잠들어 있으라고.

히로키는 문을 닫고 다시 앞으로 걸어갔다. 부모님의 침실 옆, 그곳이 쿄코의 방이었다.

심장 박동이 점점 빨라졌다. 장도리를 쥔 손바닥에도 땀이 흥건했다.

바보 같은 새끼, 이제 와서 겁이라도 난단 말인가.

일단 복도 한가운데에 멈춰 서서 호흡을 가다듬었다. 땀에 젖은 손을 작업복 자락에 닦았다.

괜찮아, 할 수 있어.

네가 죽이려는 상대는 사랑하는 여자를 잡아먹으려는 악마다. 그뿐 아니라 지금까지 너를 멸시하고, 많은 것들을 계속 빼앗았다. 그리고 너는 악마를 없애는 용사다.

정의는 나에게 있다.

용기는 여기에 있다.

깊게 심호흡하자 다시 침착해졌다.

노노미야 히로키

마침내 쿄코의 방 앞에 섰다.

우선 문에 귀를 댔다. 안에서 소리는 들리지 않았다.

살며시 문을 열었다. 창문에 커튼이 쳐져 있어 방안이 캄캄해 아무것도 보이지 않았다.

순간이다. 정말 한순간, 적의 위치만 파악하면 된다.

어둠을 틈타 암살하려는 것이 아니다. 급소를 한눈에 파악하고 일격을 가하면 된다.

깊게 잠든 상태라면 갑자기 불이 켜진다고 해도, 곧바로 기민하게 움직일 수 없을 것이다. 히로키는 한 손에 장도리를 들고, 나머지 한 손으로 벽에 있을 조명 스위치를 더듬거리며 찾았다.

얼마 지나지 않아 손가락에 스위치가 닿았다.

스위치 온.

금세 온 방이 눈부시게 밝아졌다.

방구석에 놓여 있는 침대. 그곳에 노리고 있는 표적이 잠들어 있었다.

불이 켜졌을 때는 무언가 잘못 봤나 생각했다. 쿄코의 얼굴이 새하얗게 칠해져 있었기 때문이다. 자세히 보니 하얀 것은 젤 형태의 팩이었는데, 최근에 쿄코는 아침 세수를 할 때까지 줄곧 그 상태였던 것이 떠올랐다.

이것 또한 히로키에게 유리한 상황이었다. 아무리 적이라고 해도 이십 몇 년 동안 남매로 지낸 사이다. 막상 마지막 순간에 얼굴을 보면 결심이 흔들리지 말라는 법도 없다. 표정이 보이지 않는 상황은 오히려 도움이 되었다.

히로키는 장도리를 들고 침대 위로 올라갔다.

그리고 쿄코 위에 다리를 벌리고 섰다.

수박을 깨는 것과 같다. 이제 이대로 장도리를 수직으로 내려치면 쿄코의 머리를 산산조각 박살 낼 수 있다.

크게 심호흡했다. 그리고 장도리를 머리 위로 힘껏 치켜올렸다.

그 찰나, 쿄코가 눈을 떴다.

"우와아앗!"

일격을 내려침과 동시에 쿄코가 몸을 비틀었다.

장도리의 끝이 목표를 빗나가 쿄코의 어깨를 직격했다.

"아악!"

둔탁한 소리와 함께 딱딱한 것이 부서지는 느낌이 손바닥으로 전해졌다. 수박 따위가 아니었다. 인체란, 아무리 여자라도 상당히 단단한 구조라는 사실을 깨달았다.

장도리 끝이 어깨에 박혔다. 파고들어 갔으니 틀림없이 그 부위는 부서졌을 것이다. 뽑아내려고 했지만 좀처럼 빠지지 않아 한 번에 뽑을 수 없었다. 끝을 비틀 때마다 쿄코가 미친 여자처럼 죽기 살기로 몸부림쳤기 때문이다.

"우, 움직이지 마!"

"이게, 무슨!"

쿄코가 눈을 까뒤집고 팩에 난 눈구멍으로 히로키를 노려 봤다. 경악과 공포, 그리고 분노가 뒤섞인 눈이었다. 만약 시선을 실체화할 수 있다면 히로키는 틀림없이 사살당했을 것이다.

그 시선에 히로키는 완전히 이성을 잃었다.

두 번째 타격은 직선으로 내려치지 못하고 반대쪽 어깨를 가격했다. 쿄코는 또다시 소리를 지르며 더욱 격렬하게 발광했다.

죽어!

히로키는 장도리를 몇 번이나 내려쳤지만 표적이 움직였기 때문에 정수리를 가격할 수 없었다.

세 번째는 귀.

네 번째는 쇄골.

귀는 반쯤 찢어졌고 상처 부위에서는 엄청난 피가 뿜어져 나왔다. 베개와 침대시트가 점점 피로 물들어 갔다.

빨리 죽어!

세 번째부터 히로키는 자신이 누구를 내려치고 있는지 분별하지 못했다. 아니, 애당초 자신의 밑에서 돼지처럼 꼴사납게 나뒹굴고 있는 것이 과연 인간이기는 할까?

쿄코의 몸부림이 점점 둔해졌다.

히로키는 이마를 겨냥해 힘껏 내리쳤다.

퍼억.

확실한 손맛과 함께 장도리의 끝이 이마를 파고들었다.

뼈가 부서지는 감촉과 물컹한 것을 으깨는 감촉이 동시에 느껴졌다. 장도리를 힘주어 뽑자 깨진 부위에서 대량의 피가 왈칵 솟구쳤다.

쿄코는 더 이상 크게 움직이지 않았다. 손목부터 손끝까지 간헐적으로 경련을 일으킬 뿐이었다.

이마에서 뿜어져 나온 피 때문에 얼굴을 덮고 있던 팩이 붉고 희게 얼룩덜룩해졌고, 이마까지 함몰되어서 더 이상 인간의 얼굴로는 보이지 않았다.

히로키는 침대에서 내려와 사체를 한동안 바라보았다. 기이하게도 죄책감은 들지 않았고, 그 대신 멀리 떨어진 강을 마침내 건넌 것과 같은 성취감을 느꼈다.

강을 건너, 건너편 기슭에 도달했다.

저편에서 이쪽까지 건너온 것이다.

노노미야 히로키

공포가 아니라 전능감을 느꼈다.

후회가 아니라 우월감을 느꼈다.

장도리를 아직 한 손에 꽉 움켜쥐고 있었다. 손을 펴려고 했지만 손가락이 도무지 말을 듣지 않았다. 나머지 한 손으로 손가락 하나하나를 떼어내고 나서야 겨우 장도리를 손에서 놓을 수 있었다.

이윽고 이상한 냄새가 코를 찔러왔다. 똥 냄새였다. 시트를 들춰 보니 역시나 사체의 하반신이 배설물로 더러워져 있었다.

이래서는 옷은 물론이고 시트도 함께 처리해야 한다.

히로키는 쿄코의 사체를 시트로 싸매려고 했다. 그러자 시트의 하얀 부분에 새로운 핏방울이 떨어졌다.

뚝.

뚝.

사체가 아니라 자신의 턱 끝에서 방울져 떨어지고 있었다. 이상하다고 생각해서 턱 아래를 쓰다듬었더니 손이 새빨갛게 물들었다. 쿄코의 피였다. 한 번 쓰다듬었는데도 손이 피범벅이 될 정도로 쿄코의 피를 뒤집어쓰고 있던 것이다.

일을 전부 마치면 목욕부터 해야겠어. 장도리를 든 히로키는 쿄코의 사체를 시트로 싸맨 채 짊어지고 방을 나섰다.

현관 앞에는 미리 준비해 둔 폐재 운반용 손수레가 있었다. 사체를 실은 손수레를 밀며 히로키는 공장으로 향했다.

삐걱. 삐걱. 삐걱.

사체를 실은 손수레는 앞으로 나아갈 때마다 바퀴가 삐걱거렸다. 쿄코가 조금 더 다이어트를 했었다면 좋았겠다는 생각이 들었지만 어차피 다 지난 일이다.

아무튼 한시라도 빨리 사체를 처리해 버리자. 그리고 쿄코의 방으로 돌아가서 여기저기 튄 피를 정리하고 느긋하게 목욕을 즐기자.

마침내 히로키는 공장에 도착했다.

입구에서 스위치를 켰더니 내부 조명에 차례차례 불이 들어왔다.

이제부터가 큰일이라며 기합을 넣은 순간, 뒤에서 들려온 목소리에 멈춰 섰다.

"네가 옮기고 있는 것이 뭐냐."

뒤돌아봤더니 그곳에 다카유키가 서 있었다.

잠옷 차림에 봉두난발이었기 때문에 자다가 뛰쳐나온 것으로 짐작됐다.

결국 아까 그 소리에 깼나.

"왜 시트가 피투성이냐. 어째서 네가 피를 그렇게나 뒤집어쓰고 있느냐."

공황에 빠진 그 모습을 보니 10년 묵은 체증이 내려가는 기분이었다. 히로키를 줄곧 멸시하고 하찮게 취급하던 남자가, 지금은 히로키가 이룬 성과를 눈앞에 두고 불안에 떨며 허둥거리고 있다. 공장에서 나오는 불빛으로 얼굴이 창백해진 것을 알 수 있었다.

"돼지를 한 마리, 처리했어."

다카유키는 황급히 시트를 걷어내기 시작했다. 대량의 피에 흠뻑 젖은 시트는 들러붙어서 떼어내기 어려웠고, 손이 떨리기까지 해서 마음대로 들추지 못하는 것 같았다.

다카유키는 허리를 숙이고 바로 작업에 집중하기 시작했다. 눈앞에 흉기를 든 히로키가 서 있는데 그야말로 무방비 상태였다.

늘 그랬지.

다카유키의 머리를 내려다보면서 히로키는 멍하니 생각했다.

나를 멍청하다고 생각한다. 위험한 물건을 들고 있어도 그 위험성을 인지하지 못하는 바보라고 생각한다. 그리고 멍청하다고 생각하니까 아무런 경계도 하지 않는다.

음습한 유혹이 서서히 고개를 들었다.

지금이라면, 이 남자를 쓰러뜨릴 수 있다.

영원한 숙제, 아버지 죽이기.

다시 한번 심장이 시끄럽게 알려 왔다. 두 번 다시 없을 절호의 기회다.

히로키는 들고 있던 장도리를 두 손으로 잡고 천천히 들어 올렸다. 조금 전의 습격으로 흉기가 손에 익었는지, 손도 전혀 떨리지 않았다.

단번에 내리쳤다. 장도리의 끝이 정수리에 완벽하게 명중했다.

퍼억!

첫 일격으로 두개골이 함몰됐다. 다카유키는 단말마의 비명도 내지 못하고 앞으로 고꾸라졌다.

그래도 히로키는 분이 가시지 않았다.

장도리를 뽑아내서 같은 곳을 다시 한번 내려쳤다.

빠직!

그리고 한 번 더.

퍼억!

한 번 더.

한 번 더.

혼신의 힘을 다해 내리쳤다. 그럴 때마다 히로키는 또다시 엄청난 피를 뒤집어썼다.

손끝이 저릿할 정도의 반동은 처음 일격뿐이었다. 두개골은 의외로 약해서 한 번 깨져 버리면 금세 부술 수 있었다.

손을 멈추고, 다카유키였던 물체를 내려다봤다.

머리 부분은 이미 머리의 형상을 하고 있지 않았다. 깨진 부위에서 뇌수가 사방으로 튀어서 피 웅덩이 속에 둥둥 떠다녔다.

해냈다.

이제 아버지를 뛰어넘었다. 자신은 이제 어엿한 어른 남자가 된 것이다.

히로키는 어깨를 들썩이며 크게 숨을 쉬면서 도취되었다. 꼴좋다. 나는 아버지를 이겼다. 이 손으로, 자신의 벽을 때려 부쉈다.

자유다.

나를 억누르는 것은 이제 아무것도 없다.

흥분이 가시지 않았지만 즉시 사체를 처리해야 한다는 사실을 떠올렸다.

쿄코를 싸놓은 시트 옆에 다카유키의 사체를 놓았다. 손수레뿐 아니라 콘크리트 위 몇 군데에도 피가 고여 있었다. 물로 씻어낸 다음 모래를 뿌려 놓아야겠다.

두 사람의 사체를 실은 손수레는 말도 안 되게 무거웠다. 어림잡아 대략 백 킬로그램. 폐재 백 킬로그램을 옮기는 것은 그리 힘들지 않은데, 왜 사체 몇 구는 이다지도 묵직한지 몹시 의아했다.

손수레를 간신히 대형소각로 앞까지 끌고 온 히로키는 한숨을 쉬었다.

처음부터, 쿄코를 살해한 뒤 사체를 소각로에서 처리하려고 계획했었다. 사체가 하나에서 둘로 늘었다고 해서 손이 많이 가지는 않는다.

사체 두 구라면 한 번에 처리할 수 있을 것 같다. 히로키는 시트에 싸인 쿄코와 다카유키를 차례로 드럼에 넣었다. 예상대로 드럼 속 공간은 여유가 있었다.

문득, 들고 있던 장도리가 몹시 끈적거린다는 사실을 깨달았다. 피가 완전히 응고된 것이다. 장도리 끝에는 쿄코와 다카유키의 모발과 뇌의 일부도 묻어 있었다. 히로키는 옆에 있던 수건으로 더러워진 장도리를 꼼꼼하게 닦아낸 뒤 그 수건도 드럼 속에 집어넣었다.

뚜껑을 덮고 배전반 제어장치의 스위치를 켰다. 곧바로 소각이 시작되고 웅웅 하는 소리가 들려왔다.

사체를 소각하는 데 열이 몇백 도가 되어야 하는지는 모른다. 그러나 폐재를 몇 분 만에 재로 만드는 온도라면 인간의 몸을 재로 만들기도 쉽겠다고 생각했다.

왜 이렇게 간단할까.

이렇게 조용히 사체가 불타는 소리를 듣고 있자니 마치 평소와 같다고 느껴졌다.

웅웅. 웅웅.

익숙한 소리를 듣고 있으니 흥분됐던 정신이 느슨해졌다.

매우 평온한 기분이었다.

점차 졸음이 밀려왔다. 단시간에 중노동을 한 피로감과 소각로의 자장가처럼 규칙적인 소리가 합쳐져 점점 수마가 덮쳐 왔다.

아직 뒤처리가 남아 있는데……. 생각은 했지만 1초마다 세력을 넓혀가는 수마에 잠식당했다.

데루에는 아침까지 깨지 않겠지. 그렇다면 30분 정도는 선잠을 자도 괜찮을 것이다.

마침내 히로키는 깊은 잠의 나락으로 떨어졌다.

5

"증인 있음. 범행 흔적도 남아 있고. 이미 확보한 용의자도 자백했어. 그런데 정작 가장 중요한 사체가 없다니."

경시청 수사1과 아소는 푸념하듯 중얼거렸다.

산업폐기물처리 공장 안에서는 언제나처럼 수많은 수사원과 과학수사요원들이 분주하게 움직이고 있었다. 단 미쿠리야 검시관만은 달랐다.

"아소 반장님. 이런 사건이니까 새벽 3시에 깨워서 현장으로 나오게 하는 건 이해합니다. 그런데 이런 재만 보고서 사인이나 사망 추정 시각의 소견을 말하라는 것은, 좀 무리 아닌가요."

미쿠리야는 종이 위에 남겨진 양동이 하나 분량의 재를 앞에 두고 망연한 표정으로 서 있었다. 무리도 아니다. 투수가 없는 그라운드의 타석에 선 타자의 심정과 같은 것이다.

산업폐기물처리 공장을 운영하는 노노미야 다카유키의 아내 데루에가 가장 가까운 파출소로 뛰어 들어온 것은 새벽 2시 45분의 일이었다.

장남 히로키가 아버지 다카유키와 누나 쿄코를 죽인 것 같다. 옷만 간신히 입고 달려온 데루에는 이를 덜덜 떨며 순경에게 그렇게 말했다고 한다.

신고를 받은 관할서 다카이도 경찰서의 강력계 형사가 곧장 출동했는데, 현장은 처참 그 자체였다. 쿄코의 방에는 엄청난 피와 조직 일부가 이곳저곳 튀어 있어서 흉악 범행의 처참함을 말해 주고 있었다.

집 안에는 아무도 없었기 때문에 수사원들은 공장 안으로 걸음을 옮겼다. 그러자 대형소각로 앞에서 깊게 잠든 젊은 남자의 모습이 보였다. 즉시 흔들어 깨운 뒤 정체를 묻자 자신은 장남 히로키라고 했다. 사라진 다카유키와 쿄코의 행방을 묻자 히로키는 눈앞의 소각로를 가리키며 말했다.

"이미, 재가 되었습니다."

그 반응으로 히로키가 정신이상이 아닌가 의심했지만, 취조실에서는 순순히 범행을 인정했고, 그 대답에서 정신감정의 필요를 전혀 느끼지 못했다고 보고받았다.

"일가족 몰살인 건가…… 어머니는 용케도 목숨을 부지했네요."

"어머니의 말에 따르면, 부부 침실이 첫 번째 범행 현장의 옆방이라는군. 무슨 소리를 들은 다카유키가 그 소리를 따라 집 밖으로 나갔지. 그런데 이번에는 공장 쪽에서 이상한 소리가 들려서 데루에가 나와 봤더니 공장 입구에서 히로키가 다카유키를 몽둥이 같은 걸로 때리고 있는 모습이 보였다는군. 겁에 질린 데루에는 곧장 그 자리에서 도망쳤다고 해. 바로 도망친 건 잘한 일이었어. 말리려고 끼어들었다면 그녀

역시 때려죽이고 불태웠을지도 몰라."

어머니 살해. 믿기 어려운 이야기지만, 취조실에서 히로키의 태도를 보면 그랬을 가능성이 크다고 판단했다. 실제로 아버지와 누나를 살해한 뒤 사체를 소각했는데도 히로키는 아무런 죄책감도 느끼지 못하는 모습이었다고 한다. 또 사체 처리 도중에 어머니가 방해했다면 어머니도 처리했을 것이라고 태연하게 진술했다고 한다.

"구사일생, 인 셈이네요."

"간신히 살아남은 사람은 어머니뿐만이 아니야. 한 명 더 있어."

"가족이 더 있습니까?"

"가족은 아니지만 몇 주 전부터 히로키 남매의 사촌이 함께 살고 있었다고 해. 가모우 미치루라는 여자인데, 그 여자는 어젯밤에 야근이 길어져서 직장 근처의 호텔에서 묵었다는군."

"그건 그렇고, 용의자는 어째서 아버지와 누나를 처참하게 살해했나요?"

"진술을 들어보니 종잡을 수 없는 이야기뿐이야."

"종잡을 수 없다니요?"

"아버지도 누나도 전부터 자신을 무시하고 독립하는 것을 방해해 왔다고 하는데. 엄마도 마찬가지고. 가족이 있는 한 자신은 어른이 될 수 없다나 뭐라나."

"니트족의 억지 같은 건가요?"

"대학은 나왔지만 취업에는 실패, 그 이후로는 아버지의 일을 돕기만 했지. 니트족이라고 하기에는 어폐가 있지만, 세상 물정 모르는 철부지의 헛소리라는 의미에서 그럴싸하지. 그 놈은 살해당한 가족들이 자신의 걸림돌이라고 생각했던 거야."

아소는 시큰둥하게 내뱉었다.

나이를 먹어서도 자기과시욕과 자립심을 구별하지 못해서, 수염만 난 초등학생이 자신을 정당화하기 위해 타인을 공격한다. 최근 젊은 놈들이 일으키는 것들은 대부분 그러한 사건들이며, 범인을 검거할 때마다 이 나라의 법을 바꾸고 싶다고 아소는 생각한다.

"그건 그렇고 검시관, 그 남은 재들로 피해자를 특정할 수 있겠나?"

"무리지 싶은데요."

미쿠리야는 쭈그리고 앉아 재를 한 움큼 집었다.

"DNA는 염기, 당, 인산 성분으로 이루어져 있어요. 이 정도 고열로 태웠다면 당연히 그것들도 분해되었을 겁니다. 절대로 불가능하다고 단언하지는 않겠지만, 제게 감정 결과를 요청하셔도 기대에 못 미칠 겁니다."

아마도 그렇겠지, 아소도 수긍했다. DNA 감정에 대해 자세히는 모르고, 현재 감정 기술이 어느 정도 발전했는지도 정확히 모르지만, 완벽하게 재로 변한 물질에서 얻을 수 있는 정보는 얼마 없을 것이다.

우려되는 점은 사체 없는 살인 사건을 송치했을 때 공판을 유지할 수 있을지였다. 범행 장소 두 곳에서 각각 피해자의 것으로 추정되는 혈액을 채취했다. 혈액 분석으로 피해자를 특정한 다음 정황증거를 수집하고 용의자의 진술조서를 첨부하면 송치는 할 수 있다.

그러나 사체가 없다는 사실은 역시 검찰이 공판을 진행하는 데 큰 약점이다. 피고 측에 유달리 우수한 변호사가 붙었을 때, 만약 피고인인 히로키가 증언을 번복한다면 반전카드가 될지도 모른다.

이를 막기 위해서는 조사 기록을 보유하고 확실한 정황증거를 확보해야 한다. 과학수사대가 현장에서 채취한 모발, 지문, 족적 등의 증거는 이미 분석에 들어갔다. 이제 탐문수사로 노노미야 집안의 가족관계를 객관적인 시선으로 밝히는 것이 아소 팀의 몫이다.

노노미야 히로키

안정을 되찾은 데루에에게서 더욱 자세한 증언을 얻었다. 사건 발생 전날까지 히로키의 말수가 눈에 띄게 줄고 태도가 이상했던 점. 가족을 바라보는 눈빛이 어딘지 모르게 험악했던 것.

아소가 주목한 점은 히로키의 언행보다 가족들의 언행이었다. 살해당한 사람이 가족이라면 그 원인도 가족에 있었을 것이라고 생각했다. 그래서 시간을 거슬러 올라가 가족, 특히 살해당한 다카유키와 쿄코가 히로키를 대했던 언행을 확인해 봤다.

결과적으로 그 수사 내용이 히로키의 범행 동기를 뒷받침했다. 그는 히로키에게 독립을 재촉했지만 한편으로는 히로키의 무능력을 나무라고 심지어 또래들과 비교하면서 채찍질했다. 보통은 가족 중 누군가가 나무라면 다른 누군가는 달래지만, 노노미야 집안은 가족 모두가 비난하는 상황으로 돌아갔다. 원래부터 외출을 자주 하지 않던 히로키는 도망갈 곳을 잃고 정신을 왜곡시키기에 이른다. 심리학에 대해 잘 모르는 아소도 알 수 있는 경위였다.

이러한 판단을 뒷받침한 것은 제3자인 가모우 미치루의 증언이었다. 미치루는 짧은 동거 생활이었지만 가족 간 소통 방식이 지극히 옳지 않았다고 진술했고, 히로키를 생각해서

하는 말일지라도 히로키 본인이 곡해해서 듣는 경향이 있었다고 밝혔다.

감식 결과에서도 정황증거를 뒷받침할 만한 보고가 올라왔다. 다카유키도 쿄코도 거의 매년 정기검진을 받고 있어서 혈액 데이터가 병원에 보관되어 있는데, 이 데이터와 현장에서 채취한 혈액 DNA가 완전히 일치한다는 내용이었다.

사체 그 자체가 존재하지 않아도, 이 사실만으로도 살해된 사람이 다카유키와 쿄코라는 사실은 명백했다.

아소를 비롯한 수사본부는 자신 있게 노노미야 일가 살인 사건을 송치했다. 검찰은 즉시 기소 전 정신감정을 실시하고 히로키에게 책임능력이 있다는 사실을 확인한 뒤 기소를 단행했다.

공판은 어이없을 정도로 싱거웠다. 히로키는 진술 내용을 번복하지 않았고, 국선변호사는 정신감정을 신청하지 않았으며, 정황증거를 확인하는 정도로 심리가 진행되었다.

검찰은 히로키에게 징역 20년을 구형했는데, 판례를 감안하면 타당한 형량이고, 큰 문제가 없다면 재판부도 이대로 검찰 측 의견을 받아들여 판결을 내릴 것이라고 담당 검사가 연락해 왔다.

1심 판결까지는 며칠이 걸리지만, 수사본부는 일찌감치

해산했다. 송치까지가 경찰의 영역이므로 더 이상 할 일이 없었기 때문이다. 아소의 팀뿐만 아니라 수사1과는 항상 방대한 양의 사건을 떠안고 있다. 어감은 썩 나쁘지만 컨베이어 벨트 같은 것이다. 수중을 떠난 사건에 대한 관심은 서서히 희미해져 간다. 그렇지 않으면 새 사건에 집중할 수 없게 된다. 그래서 아소도 노노미야 일가 사건을 어느덧 기억의 서랍 속 어딘가에 넣어 두었다.

그 기억을 반강제로 끄집어낸 것은 수사본부가 해체된 지 2주만의 일이었다. 아무런 예고도 없이 다카도노가 아소를 찾아온 것이다.

다카도노는 지난달부터 수사1과로 발령받은 남자로, 기리시마의 팀에서 일하고 있다. 같은 수사1과라도 서로 검거율을 경쟁하는 사이이다 보니 그다지 깊은 교류는 없다. 그럼에도 자신을 찾아온 다카도노에게 아소는 흥미가 생겼다.

"아소 반장님. 상의 드리고 싶은 건이 있습니다."

"자네가 무슨 일이지? 기리시마 밑에서 일하는 게 벌써 싫증난 건가."

"아뇨, 절대 그런 건 아닙니다. 실은 지난달에 종결된 산업폐기물처리업자 일가 사건에 대한 겁니다."

"산업폐기물처리업자 일가……. 아아, 장남이 아버지와 누나를 죽이고 사체를 소각한 사건 말이지. 그 사건에 무슨 문제라도 있나?"

"수사본부가 해체된 뒤, 사건 기록이며 자료 정리를 제가 지시받았습니다."

기리시마팀은 그 사건 수사에 참가하지 않았다. 그런데 그런 잡무는 팀을 불문하고 갓 발령받은 신입에게 할당되는 경우가 많았다.

"꽤 세상을 떠들썩하게 한 사건이라서 관심이 있었습니다. 그래서 기록을 들춰보는데, 아무래도 신경 쓰이는 점이 하나 있어서요."

"뭐지? 수사에 의심스러운 구석이라도 있나?"

"아뇨. 증거도 확실하고 유일한 용의자도 자백했고 사건 그 자체는 아무 문제도 없습니다만……. 증인 중 한 명인 가모우 미치루라는 인물이 마음에 걸립니다."

이름을 들어도 곧바로 떠오르지는 않았다.

"범인인 노노미야 히로키의 사촌 누나이자, 당시 노노미야 네 집에 잠깐 머물고 있던 여자입니다."

"그 사촌이 도대체 무슨 문제가 있다는 거지?"

"저는 그 가모우라는 여자를 이전부터 알고 있었습니다."

"뭐라고?"

노노미야 히로키

"작년, 오모테산도역에서 여성 은행원이 선로로 뛰어든 사건이 있었습니다. 제가 담당했습니다."

이야기를 들어도 얼른 깨닫지 못했다. 수도권만 해도 선로로 뛰어드는 사건은 하루에도 몇 건씩 일어난다. 그것을 하나하나 기억할 만큼 기억력이 좋지도 않고, 무엇보다 어지간한 사건성이 없는 한 경시청이 관할서를 제치고 현장으로 출동하지도 않는다.

"자살한 사람은 당시 데이토은행에서 근무하던 사기누마 사요라는 여자였습니다. 조사 결과 그 여자는 억 단위의 돈을 횡령했으며, 자살 동기는 그 횡령이 특별감사에서 발각될 것을 염려했기 때문이라고 판단했습니다."

"억 단위의 횡령이라면 자살 이유로는 충분하지."

"그런데 이상합니다. 그녀의 신변에 남자가 있었던 흔적도 없고, 낭비벽이 심하기는 했지만 쇼핑으로 단기간에 그만큼의 횡령을 모두 탕진한 것 같지는 않았습니다. 호스트클럽을 다니기도 했지만 뿌린 돈을 합산해도 억 단위에는 도무지 미치지 않았습니다. 제 계산으로는 2억 엔 이상의 돈이 어딘가로 사라져 버렸습니다."

2억 엔. 남자에게 바친 것이 아니라면 확실히 금방 소진해 버릴 금액은 아니다.

"그때 저는 이상하다는 생각이 들어 사고 발생 당시 그녀의 소지품을 다시 한번 검토했습니다. 그랬더니 지갑에도 명함케이스에도 넣어 놓지 않았던 명함이 한 장, 가방 안에서 발견됐습니다."

"한 장뿐이라."

"네. 마치 직전까지 명함을 꺼냈다가 아무렇게나 집어넣은 것 같은 모양새였습니다. 그 명함에 적혀 있던 이름은 대표 가모우 미치루였습니다."

"그런 건, 단순한 우연일 수도 있지 않나."

"혹시나 싶어서 명함에 기재된 사무실 주소를 찾아갔습니다. 그런데 그곳은 위클리맨션으로, 해당 사무실은 이미 오래전부터 비어 있었습니다. 전화번호도 이미 사용되지 않은 지 오래고요."

순간, 아소의 후각이 반응했다.

미치루의 진술을 받았을 때는 이미 히로키가 자백을 해서 수사에 긴급성은 없었던 시점이었다. 그러므로 단순한 증언자인 미치루의 신상에 많은 주의를 기울이지 않았다.

그 여자가 진술 마지막에 뭐라고 했더라?

"그런 사건이 벌어진 집으로는 이제 돌아가지 않겠습니다. 마침 이사 절차가 마무리 돼서 새로운 곳으로 거처를 옮길

생각입니다."

아소는 부하에게 미치루의 진술조서에 기재된 주소와 근무지를 방문해 보라고 지시했다.

그리고 2시간 후, 그 주소가 모두 허위는 아니지만 미치루의 존재를 확인할 수 없다는 보고를 받았다.

후루마키
요시에

I

2012년, 나고야시 쇼와구 야고토혼마치.

후루마키 요시에가 파트타임 근무를 마치고 돌아오자, 역시나 도시오는 언짢은 기색이었다.

"왜 이렇게 늦었어. 벌써 7시잖아."

교대 근무 탓에 퇴근 시간이 늦어진다고 아까 문자로 답장했는데, 그래도 꼭 한마디를 안 하면 직성이 풀리지 않는 것은 여전하다.

"아르바이트하는 아이가 오늘 꼭 일찍 퇴근해야 한다고 해서……."

"파트타임이라고 해서 네가 남아야 할 이유는 없잖아. 왜

점장에게 싫다고 거절하지 못하는 거야. 바보냐?"

도시오는 마치 노동조합원 같은 말투로 말했지만, 본인은 2년 전에 퇴직했기 때문에 그다지 설득력은 없었다.

요시에의 파트타임 근무지는 캐주얼 의류 생산과 판매로 점유율을 폭발적으로 늘리고 있는 회사로, 한가한 시간대가 전혀 없을 정도로 번창하고 있었다. 정직원, 파트타임 직원, 아르바이트 할 것 없이 총동원해도 일손이 부족했으며, 한 사람이라도 일정이 틀어지면 그 파급은 전체로 미쳤다.

그런 상황을 몇 번이나 설명했는데도 도시오는 전혀 기억하지 못하고 또다시 같은 질문을 반복하고 있다. 그러나 그는 요시에의 근무환경에 불만이 있는 것이 아니라, 그저 저녁 식사 시간이 늦어지는 것을 견디지 못할 뿐이다.

퇴근 시간이 늦어져서 말다툼을 벌인 적은 한두 번이 아니다. 그러나 그럴 때마다 속이 쓰려서 최근에는 말다툼할 여력조차 없었다.

"저녁 시간은 애들에게 맞출 거야."

도시오는 마지못해 끄덕였다. 첫째 딸 가즈미와 둘째 딸 사토미는 모두 동아리 활동을 하느라 집에 오면 7시 20분이었다. 지금부터 준비하기 시작하면 시간이 딱 맞는다.

"그건 좋은데. 배가 고프면 글이 안 써진다고."

도시오는 그렇게 말하더니 '서재'로 사라졌다. 원래는 도시오의 개인 공간에 불과했지만, 퇴직 후 '서재'라고 부르지 않으면 본인이 언짢아해서 가족들은 그렇게 부르기로 했다. 아무튼 도시오가 눈앞에서 사라져 주니 마음이 편해져 요시에는 아무 말도 하지 않았다.

그러나 울화가 치밀었다.

부부인데도 말을 나눌 때마다 속이 문드러진다. 속이 바싹바싹 타들어간다.

2년 전까지만 해도 도시오는 모범적인 가장이었다.

아프지도 않고, 일을 하느라 낮에는 집에 없었기 때문이다. 자동차회사 영업부에서 근무한 지 20년, 나름대로 지위와 수입이 있었기 때문에 그대로 무사히 정년까지 근무한다면 아이 둘을 대학까지 보낸 뒤 부부는 유유자적한 노후를 즐기면 될 것이라고 미래 계획을 그렸다.

그런데 도시오가 정리해고를 당하면서부터 톱니바퀴가 어긋나 삐걱거리기 시작했다. 형식적으로는 조기퇴직이기 때문에 회사 차원에서 보상이 있을 거라 기대에 부풀었던 퇴직금은 월급 열 달치밖에 되지 않았다. 재취업 알선도 없었기 때문에 회사에서 도시오에 대한 평가가 어떠했는지 알 수 있었다.

현재 일본경제를 이끌어 온 자동차산업에도 불황의 그늘이 드리워지면서 특히 도시오가 근무하던 회사의 영업수익이 현저하게 하락했다. 가족경영 체제에 대해 비판이 집중되자 외국인 사장이 등장했다. 철저한 합리주의자인 신임 사장이 경영의 효율화를 도모한 결과, 천 5백 명에 이르는 대형 구조조정이 단행된 것이다.

주부에게 고정수입이 끊겼다는 사실은 뼈아팠지만 요시에는 변화에 빠르게 적응하는 여자였다. 도시오가 재취업하리라는 희망으로 식비와 잡비를 줄여서라도 생활을 유지해야겠다고 다짐했다.

하지만 도시오는 그렇지 않았다.

우선 자신이 정리해고 대상자였다는 사실에 분개했고, 경영진과 인사팀에게 욕을 퍼부었다. 적은 퇴직금에 화를 냈고, 하찮은 대우에 분노했다. 퇴직금이 적은 점에 대해서는 요시에도 같은 생각이었지만, 그런 것들에 언제까지 투덜거리기보다 하루라도 빨리 다음 직장을 찾는 것이 우선 과제라고 생각했다.

그리고 도시오가 헬로워크에 다니기 시작하면서 자신이 남편에 대해 잘못 평가하고 있었다는 사실을 깨달았다.

급여가 너무 적다.

업무 내용이 자신과 맞지 않는다.

자신의 능력을 살릴 수 있는 직장이 아니다.

창구 직원의 태도가 너무 건방지다.

받아온 구인지에 이런저런 핑계를 대며 문의조차 하지 않으려고 했다. 요즘 같은 불황에, 40대 중반 인간에게 이전과 같은 조건의 직장이 남아 있으리라 진심으로 믿고 있었다.

아니, 사실은 도시오 자신도 믿지 않는지도 모른다. 다만 20년 동안 근무해 온 업계를 향한 집착을 버리지 못한 것뿐일 것이다.

어쨌든 도시오의 행동은 요시에의 예상을 차례차례 배신해 갔다. 헬로워크에 나가지 않는다고 생각이 들었을 때, 도시오가 돌연 작가가 되겠다고 선언한 것이다.

학생 시절부터 독서를 좋아했다. 지금은 신인작가 연령층이 40대를 웃돌고 있다고 들은 적이 있다. 무엇보다 문장을 엮어 이야기로 풀어내는 것 정도는 그렇게 어려운 일이 아니다. 그렇다면 자신에게도 신인상 수상의 기회가 있다. 예컨대 지금 베스트셀러를 연이어 선보이며 여러 작품들이 영상물로 제작되고 있는 작가 아무개를 보라. 그도 직장인이었다가 전향했다는데, 연수입이 억 단위에 대저택에 살면서 사치를 부리고 있다. 소문에는 소득세를 내기 위해 신작을 집필

하고 있다더라. 나도 작가가 되면 그 사람 정도는 아니어도 분명 장밋빛 인생이 기다리고 있을 것이다······.

그런 소리나 지껄여대며 도시오는 '서재'에 틀어박혔다. 물론 취직활동 따위 일절 하지 않았다. 요시에도 헬로워크를 다시 방문하라며 수차례 종용했지만, 그때마다 도시오가 화를 내는 바람에 결국 자신이 파트타임 근무를 하게 되는 지경에 이르렀다.

이렇게 후루마키 집안의 형태가 바뀌었다.

도시오는 하루 종일 컴퓨터 앞에서 꼼짝도 하지 않았다. 실제로 무엇을 하고 있는지 본 적은 없지만, 당장 돈이 되는 일은 아니었다. 점심은 인스턴트 음식으로 때우고, 요시에가 집으로 돌아올 때까지 집안일은 돕지 않고 방에만 처박혀 있었다. 한편 요시에는 아침 일찍 일어나서 두 딸의 도시락을 만들고, 학교에 보낸 다음, 집안일을 해놓은 뒤 파트타임 근무지로 직행했다. 오후 4시까지 몸이 부서져라 일하고 집으로 돌아오자마자 세탁물을 정리하고, 저녁 식사 준비를 시작한다. 교대 근무에 들어가거나 딸들의 귀가가 늦으면 가사 시간이 틀어지지만 가사량은 변함이 없다. 그리고 피로를 풀지 못한 채 이불속으로 들어간 뒤 또다시 같은 아침을 맞이한다. 지금은 요시에 한 사람이 후루마키 집안의 생계를 짊어지고 있었다.

파트타임을 시작하고 나서 뼈저리게 깨달은 점이 두 가지 있다.

하나, 업무 내용에 집착하지 않으면 일자리는 의외로 구하기 쉽다.

둘, 일도 하지 않고 하루 종일 방 안에 처박혀 있는 남편은 인간쓰레기만도 못하다.

실제로 결혼한 지 20년이 지났지만, 자신의 남편이 이 정도로 분별력 없는 인간일 줄은 상상조차 하지 못했다. 안정적인 수입과 지위로 본래의 성격을 숨기고 있던 것이다. 그것을 눈치채지 못한 자신에게 구역질이 났다.

이혼을 생각한 적도 있었다. 그러나 지금 집을 나가면 두 딸을 키우면서 생활할 자신이 없었다.

남편의 꼴값을 구시렁구시렁 한탄하며 그저 가족만을 위해 고생할 뿐이었다.

그것이 요시에의 현재였다.

저녁 식사는 되도록 가족 모두가 함께 먹을 것, 이것이 화목한 가정생활의 비결이다.

요시에가 늘 생각해 왔던 것이지만, 도시오가 회사생활을 하던 시절에는 좀처럼 지키지 못했다. 그랬던 것을 최근에 와서는 매일같이 실천하고 있지만 오히려 화목한 가정생활과는 멀어지는 현실이 모순이라고밖에 할 수 없었다.

가즈미와 사토미도 아버지가 집안에 부담이 되고 있는 현실을 잘 알고 있다. 그런 인간과 얼굴을 맞대고 먹는 밥이 맛있을 리가 없다.

특히 가즈미의 의사표시는 노골적이었다. 아버지를 혐오하기 시작하는 나이인데다 의지할 가치가 없는 모습을 목도하다 보니 싫어하는 정도가 아니라 최근에는 말도 제대로 하지 않으려고 했다. 퇴직 후, 도시오가 학교생활에 대해 이것저것 물었지만, 가즈미가 계속해서 묵살한 결과, 부녀지간의 대화는 완전히 단절되어 버렸다. 요시에가 말을 걸어도 아버지 앞에서는 이야기하고 싶어 하지 않는 기색이 역력했기 때문에 요시에도 입을 다물게 되었다.

살림이 어렵다는 사실을 알면서도 하고 싶은 일만 하려는 도시오를 틀려먹은 아버지의 표본이라고 생각하는 듯, 요시에와의 사이에서는 '자칭 작가'라고 경멸 섞인 별명으로 통할 정도였다.

부모 자식 네 사람이 아무 말 없이 젓가락과 입을 움직였다. 가족과의 단란한 시간이 초상집 분위기처럼 무거웠다.

그때, 어색한 침묵을 깨듯 사토미가 입을 열었다.

"아빠, 도대체 어떤 소설을 쓰고 있어?"

갓 중학생이 된 사토미는 아직 아빠를 좋아하는 마음이 얼마간 남아 있는지 기특하게도 도시오에게 말을 걸었다.

바로 옆에 앉아 있던 가즈미는 중간에 눈썹을 찡그렸다. 쓸데없는 짓 하지 말라는 얼굴이었다.

그러나 질문을 받은 도시오는 그런 분위기를 눈치채지 못했는지 눈을 빛내며 말하기 시작했다.

"이제 막 중학생이 된 사토미에게는 아직 어려울 수도 있겠구나. 큰 영역에서 보면 기업소설이라는 장르란다."

"기업소설?"

"응. 있잖아, 아빠가 옛날부터 자동차회사에서 일했지 않니. 20년. 20년이나 근무했다고. 그러니까 이 업계에 대해서는 누구보다도 잘 안단다. 뉴스에는 별로 보도되지 않지만, 내부에서 벌어지는 꽤 더러운 이야기도 있고, 외부 사람이 들으면 정말? 이라고 생각할 만한 일들이 적지 않지. 자동차 업계라는 곳은 정말로 놀랄 만한 이야기들로 넘쳐난다고."

옆에서 듣고 있자니 요시에는 생각하지 않을 수 없었다.

내부의 비리나 외부인들이 놀랄 만한 이야기 따위 드문 일도 아니다. 어느 업계, 어느 세계나 내부에 어두운 부분을 안고 자체 방침으로 운영되는 이상, 외부인이 예상 못한 일들이 넘쳐나는 것이 오히려 당연하다. 그것은 요시에가 근무하고 있는 의류 브랜드도 마찬가지고, 가즈미와 사토미가 다니고 있는 학교도 그렇다.

그런데 도시오는 마치 자동차 업계만 특별하다는 말투로 말하고 있다. 이직 후에 들었다면 다른 업계보다 더 많은 이야기가 있구나 감탄했겠지만, 다른 업종에서 일하려는 모습을 보이지 않는 것만으로도, 그저 자신의 전문 분야밖에 모르는 바보라는 생각만 들었다. 아니, 영업직 한길만 걸어왔던 점을 생각하면 그 전문 분야도 협소하고 독선적일 것이라고 추측됐다. 무엇보다도 도시오가 요시에에게 쏟아냈던 회사에 대한 불만 중에 흥미를 끌 만한 이야기는 아무것도 없지 않았는가.

"아빠 소설은 이 자동차 업계의 부정을 세상에 터뜨리려는 것이란다."

그렇구나, 사토미는 맞장구를 쳤다. 중학교 1학년이 읽는 책은 연애소설이나 미스터리 정도일 것이다. 기업소설이라는 말을 들어도 이미지가 떠오르지 않는 것이 당연했다. 그렇게 생각하는 요시에도 그런 소설은 읽어본 적 없다.

"말하고 보니 소설의 형태를 한 사회 비판물이구나. 일본 경제를 지탱해온 자동차 업계가 실제로는 연줄과 상명하복, 그리고 공리주의로 이루어져 있다는 사실을 알면, 독자들은 모두 놀란 다음에 분노할 거란다. 본인들은 스마트하고 멋진 광고에 속고 있었다며, 이렇게 더러운 세계였다니, 하고."

"흐음……."

"역시 사토미 나이에는 이해하기 어렵겠지. 앗, 하지만 주인공은 멋있는 히어로란다. 그 히어로를 둘러싼 러브스토리도 있다고."

"러브스토리? 회사 이야기라면서?"

"그럼. 딱딱한 이야기만 있으면 여성 독자를 끌어 모을 수 없잖니. 주인공의 활약과 사회 비판, 거기에 연애를 가미한 어른의 엔터테인먼트란다. 이건 지금까지 없었던 스토리니까 반드시 너도나도 달려들 거야. 영상물로 제작되면 다양한 시청자 층을 불러 모을 인기 드라마가 될 게 분명해."

요시에는 먹고 있던 음식을 자신도 모르게 뿜을 뻔했다.

지금까지 없었던 이야기라고?

이 사람 도대체 무슨 말을 하는 거야. 작년에 대박을 터뜨렸던, 극중 주인공을 대표하던 대사가 유행하기도 했던 드라마가 바로 그런 내용이었지 않은가.

후루마키 요시에

원래부터 저속한 드라마 따위는 보지 않는다며 유행하는 것은 거들떠도 보지 않던 남자였다. 그런 남자가 케케묵은 스토리를 자신이 새로 발견한 것처럼 말하는 모습은 우습기 그지없었다. 사토미도 같은 생각을 했는지 시선이 서서히 아래를 향했다.

그런데도 도시오는 콧구멍을 벌름거리며 창작에 대한 자랑을 멈추지 않았다. 실제로 이야기를 어디까지 집필했는지는 도시오 본인만 알지만, 원고가 완성되면 어느 신인상에 응모해도 당선은 확실하다고 믿는 것 같았다.

"히어로는 자동차 업계를 이리저리 떠돈 40대 베테랑인데, 사랑하는 부인이 죽고 나서 혼자 남겨졌지. 그런데 이 히어로가 회사 내부의 거대한 악과 맞서 싸우는 용감한 모습에 반해 버린 미인 비서가 있어."

이번에는 허리가 꺾일 뻔했다. '자동차 업계를 이리저리 떠돈 40대 베테랑'인 주인공은 틀림없이 도시오 자신을 투영했을 것이다. 미인 비서가 그 주인공에게 반한다고? 요컨대 자신의 유치한 소망과 자신을 필요로 하지 않는 조직을 향한 증오를 그대로 스토리로 풀어낸 것뿐이지 않나.

소설이고 신인상이고 요시에는 잘 몰랐지만, 자신조차 뻔한 동화 같은 이야기라고 느끼는 소설에 도저히 그럴 만한 가치가 있다는 생각이 들지 않았다. 그런 내용이라면 요시에가 중학생 시절 마음속에 그렸던 망상과 다를 바 없다.

중학생의 망상 같은 이야기를 득의양양하게 말하는 모습은 우스꽝스럽다 못해 불쌍하기까지 했다.

"당연히 악역도 있지. 이 작품에서는 자신의 출세밖에 모르는 영업부장이 바로 그런 사람이야. 이 영업부장으로 말할 것 같으면 인간으로서도 상사로서도 최악인 놈인데……."

요시에가 근무하는 가게는 모든 업무마다 시간이 정해져 있다. 예를 들어 상품 진열은 출근하고 나서 문을 열 때까지 모두 마쳐야 하는데, 주 단위로 레이아웃이 변경되기 때문에 시간을 단축시키기 상당히 어렵다. 문을 열면 연 대로 매장 직원과 계산대 직원, 창고 담당 직원 제각각 시간 단위로 업무가 할당되어 있어서 직원들끼리 대화를 나눌 여유도 별로 없다.

한숨 돌릴 수 있을 때는 다섯 시간마다 30분씩 주어지는 휴식시간 정도다. 직원들은 그 30분 동안 식사와 기분 전환을 모두 마쳐야 한다.

자신에게 주어진 시간 안에 먹을 수 있도록 준비한 도시락을 급하게 먹는 것만으로 이미 20분은 지나간다. 남은 10분

동안 바람을 좀 쐴 수 있을까 말까다.

"후루마키 씨, 무슨 일이에요? 한숨을 다 쉬고."

상당히 눈에 띄었던 모양이다. 같은 파트타임 주부 가메타니 게이코가 걱정스러운 기색으로 얼굴을 살폈다.

"아, 미안해요. 좀 피곤해서 그래요."

"아…… 또 남편 때문에?"

게이코의 남편은 병으로 요양 중이라 회사를 계속 쉬고 있으며, 아이도 둘이 있다. 서로 비슷한 처지라 요시에도 남편이 재취업을 하지 못한다는 정도의 속사정을 털어놓았었다.

"정말, 남자란 실제로는 나약한 존재예요. 어제까지만 해도 건강하고 무서울 것 없는 사람이라고 생각했는데, 환자가 되자마자 기가 죽어서는 인생을 불안해하니까. 지금까지 우쭐거렸던 건 다 뭔가 싶다니까요."

게이코는 일반적인 이야기를 하려는 마음이었겠지만, 회사라는 뒷배를 잃자 본성을 드러낸 것은 도시오도 마찬가지였기 때문에 게이코는 무심결에 고개를 끄덕이고 말았다.

"결국 말이에요, 아이들을 낳은 책임이 있는 만큼, 여자들이 각오하게 되어 있죠. 이 아이는 무슨 일이 있어도 내가 키울 거라는 결심도 그렇고. 수입이 끊겼다고 좌절하지도 못하는 걸요. 그날 중으로 당장 직장을 구해야겠다는 생각뿐이니까요."

게이코의 한마디 한마디에 동의하고 싶은 심정이었다. 왜 남편이라는 생물들은 조직을 벗어나자마자 나약해질까. 경제적으로 여유 있던 모습도 남자로서 자신감 있던 모습도 회사가 있었기 때문일까. 그렇다면 예전부터 보여 줬던 여유와 자신감 모두 그저 허세에 불과했던 것일까.

"하지만 여유가 필요하긴 하죠. 여유가 있으면 돈 외의 불안이나 불만은 어디로 숨어서 나오지 않으니까. 그런데 돈이 떨어지자마자 한꺼번에 튀어나오죠. 거봐요, 아이돌이나 여배우들 보면 주로 청년 사업가와 결혼하는데, 남편의 사업이 기우는 순간 이혼하잖아요. 그게 바로 돈의 마법이 사라진 남편의 정체를 알게 되는 전형적인 예겠죠, 분명."

그 집안의 사정을 알지도 못하면서 제멋대로 논평하는 와이드 쇼 같은 내용이었지만, 지금의 요시에는 찔리는 부분이 많았다. 요시에 역시 도시오의 본성을 알지 못한 채 그저 대기업 직원이라는 사실만으로 눈에 콩깍지가 씌었던 시절이 있었다.

게이코도 와병 중인 남편의 나약함에 투덜거리지만, 천성이 쾌활해서 그런지 그늘을 느낄 수 없었다. 요시에 앞에서는 남편 흉을 봐도 역시 남들은 알 수 없는 부부 간의 유대가 있겠지.

"가메타니 씨는 항상 기운이 넘치네요."

무심코 속마음이 흘러나왔다. 게이코는 타박하듯 입을 삐죽였다.

"뭐예요, 내가 속도 없이 긍정적이라는 뜻이에요?"

"그런 게 아니라."

"하지만 별로 틀린 말은 아니네요. 남편이 와병 중이라 휴업수당이 나오기는 해도 만약 죽으면 어쩌지 솔직히 걱정하기도 했어요. 여자 혼자서 아이 둘을 키우는 것은 힘드니까요. 하지만 그런 불안도 어떻게든 해결됐죠."

"어떻게요?"

"의지할 수 있는 사람이 나타났어요."

게이코는 손을 모으고 기쁜 듯이 말했다.

"지인에게 소개받은 생활 컨설턴트가 정말 좋은 사람이더라고요. 그 사람에게 조언을 구했더니 불안 요소들이 사라졌어요."

조언을 얻는 것만으로 불안 요소가 사라진다면 더 이상 바랄 것이 없겠다. 요시에는 갑자기 흥미가 생겼다.

표정을 알아차렸는지, 게이코가 얼굴을 들이밀었다.

"후루마키 씨, 혹시 관심 있어요?"

고개를 끄덕였더니 게이코가 만면에 미소를 띠었다. 자신의 추천이 타인에게 좋은 반응을 얻었을 때의 얼굴이었다.

"그럼 소개받아 볼래요?"

"그래도 괜찮아요? 하지만 상담료가 비싸지 않아요?"

"그게 말이에요, 첫 상담료는 무료예요. 테스트 같은 거죠. 고객이 신뢰할 수 있으면 그다음부터는 유료. 뭐, 그래도 우리 용돈 수준이에요."

첫 상담이 무료라면 한번 속는 셈 치고 해볼 만하다. 만약 유용한 조언이라면 땡큐고. 어느 쪽이든 손해 보는 장사는 아니다.

요시에는 갑자기 구미가 당겨 소개를 부탁했다.

어떻게든 휴일에 시간을 내 약속 장소인 카페로 가니, 카페테라스에 있는 게이코의 모습이 보였다. 게이코의 맞은편에는 여자 한 명이 앉아 있었다. 아마도 그녀가 소개받기로 한 어드바이저일 것이다.

게이코가 곧바로 일어나서 두 사람을 소개했다.

"이쪽은 직장 동료인 후루마키 요시에 씨. 그리고 이쪽은 제가 도움을 받고 있는 어드바이저 가모우 미치루 씨."

"만나서 반가워요, 가모우 씨."

후루마키 요시에

279

건네받은 명함에는 '생활 플래너 가모우 미치루'라고 적혀 있었다.

그러나 명함에 눈길을 준 것은 한순간뿐이고, 곧바로 미치루의 외모에 시선을 빼앗겼다.

나이가 30대 중반인 것 같은데, 피부가 놀라울 정도로 매끄럽고 티 하나 없다. 그리고 빼어난 미인이다. 입 꼬리를 살짝 올린 미소는 어떻게 꾸며야 가장 아름다워 보이는지 잘 알고 있는 자의 것이었다. 우아하면서 고혹적이다. 여자인 자신이 이렇게 매료될 정도인데, 분명 세상 남자들 모두 이 여성을 보는 순간 눈빛이 변할 것이다. 실제로 카페테라스 곳곳에 있는 남자 손님들은 미치루를 조심스럽게 훔쳐보고 있었다.

"그럼, 개인적인 이야기 나누시라고 전 이만 일어날게요. 아, 제 커피 값도 부탁해요."

게이코는 일어나 가 버렸다. 약삭빠르게 커피를 얻어먹은 모양새였지만, 소개비라고 생각하면 싼 편이었다.

"다시 한번 인사드리겠습니다. 생활 플래너 가모우입니다. 가메타니 씨 말로는 수입과 지출의 균형 개선에 고민이 많으시다고 들었습니다."

목소리는 다소 낮지만, 거슬리지 않고 또렷했다. 게다가 생활고라는 말 대신 수입과 지출의 균형 개선이라는 단어를 선택한 점도 사려 깊다는 생각에 마음에 들었다. 업무상, 수많은 사람을 만나기 때문에 사람 보는 눈에는 조금 자신이 있었다.

이 가모우 미치루라는 여성은 신뢰할 만한 인물처럼 느껴졌다.

"실은 남편이 2년 전에 실직해서……."

가계에 대한 상담이라면 이 이야기는 피할 수 없는 부분이다. 그리고 도시오가 백수라는 사실을 말하자, 그 밖의 것들도 술술 흘러나왔다.

이 정도는 괜찮다. 자신과 딸들이 도시오를 어떻게 생각하고 있는지까지 말할 생각은 없고, 그 부분은 잘 숨길 수 있을 터였다.

마음의 문에 빗장을 걸고 요시에는 사정을 설명하기 시작했다. 집에 대출은 없지만 현재 수입원이 자신의 파트타임 급여뿐인 사실. 앞으로 두 딸의 학비가 오를 것이 분명한 점. 지금 단계에서도 식비를 상당히 줄이고 있다는 것. 저축한 돈을 야금야금 까먹으면서 어떻게든 생활을 유지하고 있지만 최근 그 잔액이 50만 엔 이하로 줄어든 사실.

기이한 느낌이었다. 묻지도 재촉하지도 않았는데 말이 줄

줄 흘러나왔다. 미치루의 부드러운 미소를 보고 있으니 의존하고 싶은 기분이 들어, 묻지 않은 것까지 말하게 되었다.

분명 다른 사람의 말을 잘 들어주는 사람이란 이런 사람을 가리키는 말일 것이다. 태양과 바람의 이야기에 나오는 태양처럼 햇빛을 내리쬐는 것만으로 나그네의 옷을 벗겼다.

요시에가 얼추 이야기를 끝냈을 때, 미치루는 요시에를 지그시 바라보고 있었다.

자애로 충만한 깊은 눈빛이었다.

그리고 천천히 입을 열었다.

"요시에 씨는 훌륭한 엄마네요."

순간, 귀를 의심했다.

"남편분에게 불만이 많지만 그것을 드러내지 않고 혼자서 집안을 지탱하고 있으니까요. 어머니라는 이유 하나만으로 그렇게까지 할 수 있는 사람은 얼마 없죠."

"아니, 무슨. 나는 조금도."

"겸손하실 필요 없어요. 이런 일을 하다보면 상담자가 직접 말하지 않은 부분도 어렴풋이 보이니까요. 실직한 지 2년이 넘었는데 아직도 재취업하지 않은 걸로 봐서 남편분은 생활 재건에 그다지 적극적이지 않으신 것 같네요. 그만큼 요시에 씨 혼자서 부담을 짊어지고 있죠. 하지만 당신은 딸들

앞에서 그런 남편을 헐뜯지 않고 매일 온몸이 부서져라 일하고 있어요. 저는 감동했습니다. 가족을 향한 깊은 애정과 인내심이에요. 요시에 씨는 정말로 대단한 사람입니다."

그 말을 듣는 순간, 요시에의 안에서 둑이 무너졌다. 순식간에 감정이 북받쳐 올라, 눈에서 굵은 눈물이 쏟아졌다.

요시에는 남의 시선도 신경 쓰지 않고 오열했다. 이렇게까지 추태를 보인 이상 이제 부끄러움도 체면도 없었다. 차라리 시원하게 울어 버리자고 눈물을 참지 않았다.

한동안 울었더니 가슴속에 쌓여 있던 것들이 전부 씻겨 내려간 듯 가벼워졌다. 울화도 사라지고 매우 후련해졌다.

그래. 자신은 이런 말을 기다렸던 것이다. 자신의 노고를 인정하고 어루만져 주는 말을.

말라붙었던 가슴에 따뜻한 물이 스며들었다. 윤기를 되찾은 마음에 평온이 되살아났다.

"어떠세요. 조금 편해지셨나요?"

미치루의 질문에 요시에는 고개를 끄덕였다.

"요시에 씨처럼 책임감이 강한 사람은 무의식중에 문제를 속으로 끌어안게 돼요. 그래서 실상 간단히 해결할 수 있는 문제를 오래 끌어 버리고 말죠. 그러니까 일단 감정을 전부 토해낸 다음 편안해지면 문제점을 냉정하게 직시할 수 있게

후루마키 요시에

283

된답니다."

"문제점……. 그게 뭔가요?"

"요시에 씨가 아직도 남편에게 의존한다는 점입니다."

무방비 상태였던 가슴을 찔러 들어오는 말이었다.

"재취업 생각도 없고, 집안일을 돕지도 않는, 다른 사람이 보면 무위도식하는 남편인데, 아직도 당신의 마음속 어딘가는 남편을 의지하고 있어요. 그런 우유부단한 태도가 사태를 악화시키고 있다……. 이렇게 생각하지 않으세요?"

"저, 그건 남편과 헤어지라는 말인가요?"

요시에는 불안해져서 되물었다.

"가모우 씨가 말한 대로예요. 정리해고를 당한 뒤 남편은 일하려고 하지 않아요. 작가가 돼서 한방을 터뜨리겠다는 허황된 소리만 하죠. 하지만 그래도 20년을 함께한 사이입니다. 회사에서 잘렸다고 헤어지라는 건……."

"문제의 본질은 회사에서 해고당한 것이 아니라, 다음 직장을 구하려고 하지 않는다는 점인데요. 그래요, 남편분이 작가를 지망하시나 보군요."

미치루의 입으로 다시 듣자 자신의 남편이지만 몹시 부끄러워졌다. 정리해고를 당하고 자신에게 맞는 직장을 구하지 못해서 작가를 목표로 한다. 곰곰이 생각해 보면 기가 막히게 단순한 이야기다. 정리해고 당해서 밥줄이 끊긴 사람도 간단히 될 수 있다고, 작가라는 직업을 너무나 얕보고 있다.

"오해하지 마세요. 저는 이혼을 권유하는 게 아닙니다. 다만 요시에 씨 자신의 우유부단함을 없애지 않는 이상 사태는 호전되지 않을 거라는 말씀을 드리는 겁니다."

"우유부단, 하다고요."

"지금부터는 씁쓸한 이야기일지 모르지만 꼭 귀 기울여 들어주세요. 요시에 씨는 남편을 화나게 하는 것을 두려워하고 있어요. 20년을 함께한 사이니 남편이 소중하겠죠. 그래서 자칫 거슬리는 말을 해서 남편의 심기를 거스를까 봐 겁내는 것처럼 보입니다. 틀렸나요?"

미치루는 핵심을 파고들었다. 심한 직구에 요시에는 도망갈 구멍도 없었다.

잠시 침묵을 지키자 그것을 부정의 뜻으로 받아들였는지 미치루는 거듭 추궁했다.

"남편을 배려하는 태도도 훌륭하다고 생각하지만, 이것은 요시에 씨 혼자서 분투한다고 해결될 문제가 아닙니다. 가장 확실하고 건전한 해결책은 역시 남편이 재취업하는 거예요."

"하지만."

"그럼, 남편이 신인상을 타고 유명 작가가 될 가능성은 있습니까?"

요시에는 이번에도 대답하지 못했다.

도시오에게 들은 스토리만으로도 웃음거리지만, 실제로 본인이 쓴 글을 아직 본 적도 없다. 남편이 작가가 될 가능성은 없다고 생각은 해 왔지만, 미치루가 단박에 문제를 정리하자 그 건도 확인해야겠다는 생각이 들기 시작했다.

요시에의 마음을 꿰뚫어 본 것처럼 미치루가 다정하게 그리고 아이를 타이르는 듯한 말투로 말을 이었다.

"여러 가지로 생각하신 바는 있겠지만, 우선은 남편분을 마주해야 합니다. 남편이 현실도피 수단이 아닌 진심으로 작가를 목표로 하는지. 그 가능성은 어느 정도인지. 가능성이 없다면 그야말로 담판이라도 지어서 재취업을 하도록 해야죠. 주제넘은 이야기지만 가계 개선은 그 후의 문제입니다. 그때는 명함에 적힌 번호로 연락주세요. 꼭 해결할 수 있도록 저도 힘을 보태겠습니다."

요시에는 자신도 모르게 고개를 푹 숙였다.

다행이다.

이 사람을 만나서 정말 다행이다. 지옥에서 부처를 만난 기분이었다.

요시에는 몇 번이고 인사를 한 뒤 미치루와 헤어졌다.

이곳에 오기 전과는 전혀 달랐다. 용기와 사명감이 내면에 용솟음쳤다.

반드시 문제를 해결할 수 있다. 도시오에게서 도망치지 말고 정면에서 마주보기만 하면 살길을 찾을 수 있을 것이다.

2

집필한 원고를 보여 달라고 해 봤자 거절당할 것이 뻔했다. 어쨌든 최근 2년 동안, 한 번도 원고를 읽어 보라고 한 적이 없다. 아직 완성도 되지 않은 원고라면 더더욱 보여 주기 싫을 것이다.

신인상을 수상할 가능성이 있냐고 본인에게 직접 물어도 답은 뻔했다. 속으로는 어떻게 생각할지 몰라도 '자신이 없다면 처음부터 시작하지도 않았다'며 일축해 버리고 말 것이다. 그렇다면 역시 스스로 확인하는 수밖에 없다.

요시에는 소설의 시옷도 모른다. 소설의 작품성을 논할 만한 능력도 없다고 스스로 생각한다. 도시오의 원고를 읽는다고 해서 그 작품이 신인상을 받을 가치가 있는지 따위 판단할 수 없을 것이 분명했다.

그래도 미치루에게 조언을 받은 지금, 실물을 확인하지 않을 수 없었다. 2년 동안의 집필 기간을 거쳐 원고가 어느 정도 완성에 가까워졌는지, 그것을 확인하는 것만으로도 미래를 생각할 실마리가 될 것이다.

방에 틀어박혀 지낸다고 해도 도시오는 종종 외출하고는 했다. 본인의 말에 따르면 기분 전환의 일종으로 산책을 하거나 서점에서 눈에 띄는 책을 골라 서서 읽으면서 창작 욕구를 자극한다고 했다.

요시에가 비번인 그날, 도시오는 느긋하게 점심을 먹은 뒤 외출했다. 지금까지는 백수인 남편이 어슬렁거리는 모습을 이웃에게 보이고 싶지 않았지만 오늘만큼은 사정이 달랐다. 초조한 마음을 누르고 요시에는 "다녀와요"라며 도시오를 배웅했다.

집 앞 길에서 도시오의 모습이 사라지는 것을 확인한 뒤 요시에는 남편의 방으로 다가갔다.

청소할 때 외에는 누구도 들어오지 말라고 명령한 금단의 방. 그러나 잠겨 있지는 않아서, 마음만 먹으면 누구든 들어갈 수 있었다. 요시에와 딸들이 들어가지 않았던 이유는 오로지 귀찮은 다툼을 피하고 싶었을 뿐이었다.

문을 연 순간, 쉰내가 코를 찔렀다. 도시오의 눈치를 보느라 청소는 일주일에 한 번밖에 하지 않는다. 그 사이에 노인

냄새를 발산하는 중년 남자가 틀어박혀 있으니 오죽할까. 방은 온통 이상한 냄새로 가득 차 있었다.

작가가 되겠다고 선언한 날, 도시오는 컴퓨터와 책상을 새로 장만했다. 2단 책상이었는데 위에 있는 책꽂이에는 프린터가 설치되어 있었다.

방에 아무도 들어오지 않으리라 안심한 모양이었다. 컴퓨터를 부팅하자 비밀번호 화면도 뜨지 않았다. 처음 실행시킨 화면은 인터넷이었다. 왼쪽에는 자주 방문하는 사이트가 '즐겨찾기'로 표시되어 있었다.

분명 소설의 자료로 쓸 만한 사이트겠지……. 그렇게 생각하며 위에서부터 클릭했더니 갑자기 여자의 나체가 떴다.

뭐야, 이거. 성인사이트잖아.

요시에는 차례대로 사이트를 열어보았다.

에도가와 란포상 응모 방법.

'이 미스터리가 대단해!' 대상 모집 중.

요코미조 세이시 미스터리 대상 작품 모집 시작.

아유카와 데쓰야상 응모 규정.

소설 스바루 신인상 모집.

메피스토상.

각 신인상 모집 내용이 나열되어 있는 바로 아래, '창작문

예@2ch 게시판'이라는 사이트가 있었다. 이것이 그 게시판인가. 요시에도 뉴스에서 그 이름을 들은 적은 있지만 실제로 보는 것은 처음이었다.

게시글을 몇 개 읽어 보고는 깜짝 놀랐다.

이게 뭐야.

게시글이 익명으로 줄줄이 올라와 있었는데, 그 내용은 작가지망생이지만 아직 빛을 보지 못한 자들의 원망과 욕설로 넘쳐났다. 수상자에 대한 질투, 기존 작가를 향한 욕설, 자신이 수상하지 못하는 이유는 누군가의 음모일 것이라는 트집, 하다못해 다른 게시글 작성자에게 저급한 시비를 걸고 있었다. 생산성 따위 눈을 씻고 찾아봐도 찾을 수 없었고, 이 게시판을 읽고 창작 욕구가 샘솟을 것이라고는 도저히 생각할 수 없었다.

도시오는 이런 쓰레기 같은 것들을 엿보고 있었다는 말인가.

요시에는 마음을 다잡고 작업표시줄에서 탐색기를 불러왔다.

파트타임 업무로 상품 관리를 하고 있다 보니 컴퓨터를 다루는 데 익숙했다. 다행히도 도시오가 사용하는 OS는 파트타임 직장과 같은 윈도우였다.

소설인 이상 4백 자 원고지가 몇백 장이나 되는 분량일 터였다. 요시에는 탐색기에서 내 문서를 선택해서 파일 목록을 살폈다.

파일은 한 개뿐이었다.

'아라마키 도시오처럼 싸워라. doc'라는 파일명이었다.

깜짝 놀랐다.

아라마키 도시오가 주인공이라면, 역시 도시오가 자기 자신을 투영해서 쓴 걸까. 그러면 안 봐도 비디오 아닌가.

아니, 제목만으로 판단하기에는 아직 이르다. 우선 내용을 읽어 보고 판단하자.

파일을 열자 글씨가 나타났다. 제목은 파일명과 같았다. 두 번째 줄부터 느닷없이 본문이 시작됐다.

그러나 본문을 읽기 전에 요시에의 눈은 화면 왼쪽 하단의 '페이지: 1/62'라는 표시로 향했다.

눈을 의심했다.

고작 62쪽?

본문으로 눈을 돌렸다.

'하야타자동차는 설립 80년, 종업원 33만 명을 자랑하는 우리나라 최고의 자동차 기업이다. 하야타자동직기의 자동차 부문이 독립해서 탄생한 뒤 현재까지 이어져 매출 20조

엔을 기록하고 있으며, 일본에서 최고로 일본 경제를 혼자서 이끌고 있다. 지금의 사장 하야타 야스오는 창업주의 혈육이지만 창업주에 비해 경영 능력이 뛰어나지 않고, 부하 직원들 대부분도 평범하다고 평가하는 목소리가 많다. 최고책임자가 평범한 사람이면 그 밑에 있는 임원들도 모두 평범 이하다. 한 가지 예를 들면 2008년에 발생한 리먼 쇼크는 하야타자동차에도 막대한 영향을 끼쳐 영업이익 4천 6백억 엔의 적자를 기록했다. 이 적자의 책임은 전부 임원들의 시야가 좁고 경영 능력이 부족하다는 사실을 증명했다. 이 전대미문의 위기에…….'

몇 줄 읽었을 뿐인데 계속 읽기가 괴로워졌다. 이것은 소설이라기보다는 회사 소개였다. 게다가 문법에 맞지 않는 문장 때문에 어디가 어떻다고 딱 집어 말하기는 어렵지만 위화감이 느껴졌다.

일단 꾹 참고 세 번째 페이지까지 넘겼다. 여전히 '하야타자동차'의 역사를 서술하고 있었고, 주인공은커녕 등장인물 한 명 등장하지 않았다. 설마 이 문체가 계속 이어지는 것은 아니겠지 생각할 때, 갑자기 뒤에서 인기척이 느껴졌다.

"지금 뭐하는 짓이야!"

어깨를 난폭하게 잡아끌려서 엉덩방아를 찧었다.

올려다보니 도시오가 야차 같은 모습으로 서 있었다.

"내가 언제 원고를 봐도 된댔어!"

넘어지면서 어딘가에 부딪혔는지 오른쪽 어깨가 욱신욱신 아팠다. 그러나 그보다 도시오의 성난 목소리에 온몸이 욱신거렸다.

"도둑고양이처럼 뭐하는 짓거리야! 아무리 부부라도 프라이버시라는 게 있는데."

도둑고양이라는 말을 듣고는 인내심이 줄어들었다.

화가 부글부글 끓은 요시에는 천천히 일어섰다.

어깨의 고통을 참으며 도시오를 향해 휙 고개를 돌렸다. 남편의 얼굴을 이런 식으로 노려봤던 적은 거의 없었다.

"몰래 훔쳐본 건 미안해. 그런데 내가 좀 묻고 싶네. 이 원고는 뭐야?"

"뭐야, 라니 뭐가?"

"62쪽이라고 표시되어 있던데. 이거 아직 원고지 62장밖에 안 썼다는 뜻이지?"

"그게 어때서."

"당신이 회사를 그만둔 지 벌써 2년이나 지났어. 그런데 겨우 62쪽밖에 안 썼다니 도대체 그동안 뭘 한 거야. 아무것도 안 했다는 거나 마찬가지잖아!"

후루마키 요시에

293

"속도가 다가 아니야!"

도시오는 몹시 상처 받은 얼굴로 항변했다.

"소설에 필요한 건 치밀함과 구성력이야. 어디 별 볼 일 없는 아무개 작가처럼 술술 써재끼는 게 소설이라고 생각하면 오산이라고. 내 소설은 말이야, 고심하고 또 고심해서 인간의 내면을 반영해내는 사회파소설이야. 그러니까 당연히 시간을 들여야지. 한 줄 한 줄 혼을 불어넣어서 그야말로 조각하듯이 조금씩 이야기를 깎아내는 거라고."

인간의 내면을 반영한다고?

도대체 어디 사는 예술가의 말인가.

"2년 동안 62쪽. 그러면 몇 년 후에야 원고가 완성되는 거야? 10년 뒤? 아니면 20년 뒤? 말해 두는데 그런 먼 미래까지 태평하게 있을 정도로 돈이 넉넉하지 않아. 지금 남은 돈이라면 반년 유지할 수 있을까 말까라고. 저축한 돈을 다 쓰면 그다음부터 우리는 어떻게 먹고살 건지 생각이나 해 봤어? 내 파트타임 급여로는 식구들 식비도 커버 못 해."

"시끄러워. 나는 작가야. 네 파트타임 급여니 식비니, 그런 사소한 일에 머리를 쓸 만큼 한가하지 않다고."

사소한 일. 이 한마디에 그나마 남아 있던 요시에의 인내심에 금이 갔다.

"사소한 일이라니, 말 다했어? 네 식구의 생계가 보잘것없는 일이라는 거야 지금? 가즈미와 사토미의 진로가 하찮은 일이라는 거냐고. 정신 좀 차려!"

"문학이라는 건 일상생활과 거리를 두고 초연해야 하는 거야."

"오호, 그러셔. 초연이라는 게 가족들 뒤에 숨어서 성인사이트랑 쓸데없는 게시판이나 들여다보는 걸 말하는 줄은 몰랐네."

말이 끝나자마자 도시오의 손이 왼쪽 뺨으로 날아왔다.

순간, 고통에 시야가 흐려졌다.

"이런 미친 것이!"

몹시 격노한 듯 얼굴이 새빨개졌다. 결혼을 하고 오랜 시간을 함께했지만 도시오의 그런 얼굴은 처음 봤다.

얻어맞은 뺨이 욱신욱신 쑤셨다. 그러나 가슴속에서 솟구치는 분노가 더 컸다. 균열이 간 인내심이 둑이 무너지듯 붕괴됐다.

도시오와 정면으로 맞서서 작가가 되려는 결심이 진심인지 확인하라. 미치루에게 조언을 받았지만, 새삼스럽게 본인에게 물을 것도 없었다.

"미친 건 당신이지. 당신, 진짜 작가가 되려는 마음 없지?"

후루마키 요시에

"뭐라고?"

"진심이라면 2년 동안 62쪽 쓰는 속도일 리 없지. 당신은 그냥 도망치는 것뿐이야. 회사에서 능력을 인정받지 못했다는 사실에서. 다른 회사가 당신을 필요로 하지 않는다는 사실에서."

면전에 대고 말하자 도시오의 말문이 막혔다.

속이 다 시원했다. 자신의 한마디가 남편을 제압했다고 생각하니 후련했다.

"대기업에서 잘렸으니까 여봐란듯이 위상 높은 직업을 갖아야겠다. 이 나이 먹고 운동선수가 된다고 하면 농담으로만 들릴 테고, 연예인이나 정치가는 아예 논외. 하지만 작가라면 가능성이 있다. 적어도 제로는 아니야…… 이렇게 생각했겠지? 웃기지 마, 그게 바로 현실도피라고. 빚 때문에 돈이 없는데 복권 한 장 사 놓고 안심하는 꼴이나 마찬가지야. 참, 작가는 운만 있다고 되는 게 아니니까 가능성은 그것보다 더 낮겠다."

스스로도 찰떡같은 비유라고 생각했다. 뭐야, 이러면 도시오보다 내가 더 작가에 소질이 있는 거 아니야?

"이것 봐요, 이제 그만 정신 차려요. 성실하게 일자리를 찾으라고. 정리해고를 당했으니까 예전과 같은 급여는 기대도 안 해. 전에는 이랬다며 웃기지도 않은 자존심은 버리고, 지금은 어쨌든 가즈미와 사토미를 위해 돈을 벌어오라고. 이제 와서 헬로워크에 가기 민망하면 같이 가 줄 테니까."

말은 끝을 맺지 못했다.

말하는 중에, 이번에는 주먹이 날아왔기 때문이다.

충격과 함께 요시에는 벽 쪽으로 비틀거리다가 바닥에 엉덩방아를 찧었다.

믿기지 않았다. 여자에게 주먹을 휘두르다니.

"다시 한번 말해 봐."

도시오는 분노로 씩씩거리며 어깨를 들썩였다. 요시에를 내려다보는 눈은 더 이상 남편의 눈이 아닌 사나운 짐승의 그것이었다.

"가만히 듣고 있으니까 자기 혼자 잘난 것처럼 떠들어대기나 하고. 내가 회사에서 버림받았다고? 작가가 될 가능성이 복권에 당첨될 확률보다 낮다고!?"

쓰러진 요시에에게 발길질을 했다. 피하지도 못한 채, 옆구리를 걷어차였다. 순간 숨이 턱 막힌 요시에는 헛기침을 했다.

"남편이 새로운 인생 좀 살아 보겠다는데 그게 무슨 말투야. 이런 시기일수록 내조에 힘쓰는 게 아내의 역할이지. 문외한 주제에, 네가 문학을 알아? 그런 주제에 다 아는 척. 나는 말이야, 반드시 작가가 될 거야. 단지 지금은 스퍼트가 안 걸린 것뿐이라고. 그런데, 이 년이!"

　도시오는 한마디 한마디 할 때마다 발길질을 했다. 요시에는 몸을 둥글게 말고 보호하는 것이 고작이었다. 거듭되는 통증과 분함으로 눈물이 나왔다.

　"결국 헬로워크에 따라가 준다고나 하고. 아, 아이 취급이나 하고. 당장 눈앞에 놓인 돈 때문에 나보고 하찮은 일을 하라고? 누구에게도 존경받지 못하고, 아무나 할 수 있는, 그저 노동력을 팔 뿐인 하찮은 일을? 닥쳐, 나는 그런 삼류 인간이 아니야! 나는 훨씬 더 존경받아 마땅한 사람이라고. 위에 있어야 할 사람이야. 그걸 너라는 여자는 자기와 같은 삼류로 끌어내리고 싶은 거잖아. 멍청한 여자 같으니라고. 부끄러운 줄 알아, 부끄러운 줄!"

　도시오의 목소리는 더 이상 들리지 않았다.

　그저, 이 폭풍 같은 폭력이 한시라도 빨리 끝나기를 바랄 뿐이었다.

　그리고 한편으로는, 어렴풋이 남아 있던 도시오에 대한 동정과 애정이 완전히 사라졌다.

　"왜 내가 너 같은 여자한테 무시당해야 해. 제기랄, 나보다 머리도 나쁜 주제에. 애들을 위해서라고 말하면 내가 순순히 따를 줄 알았어? 바, 바보 취급이나 하고, 젠장! 내 소설은 네 생각보다 훨씬 심오하고 문학적인 가치가 있는 작품이야. 너 같이 집구석에나 처박혀 있던 무지렁이 같은 여자는 평생 가도 이해 못할 소설이라고. 몇 년이 걸리든 반드시 써 보이겠어. 그때까지 재취업이니 생활비니 그런 저급한 소리 내 앞에서 지껄이지 마!"

다음 날, 요시에는 받았던 명함으로 연락해서 미치루와 만날 약속을 잡았다. 근무를 마치고 나서 면담을 할 예정이기 때문에 그만큼 귀가가 늦어지겠지만 단 하루도 지체할 수 없었다.

"멍이 심하네요."

역시 속일 수 없었다.

파운데이션을 두껍게 발랐지만 도시오에게 맞은 멍이 선명한 푸른색으로 남았다. 오늘은 직장에서도 왼뺨에 꽂히는 조심스러운 시선을 번번이 느꼈을 정도다.

눈앞에 있는 미치루가 알아차리지 못할 리가 없다.

미치루는 이유를 묻지는 않았지만, 말투로 상처의 원인을 어렴풋이 눈치챘음을 내비쳤다.

"남편을 설득하는 데 실패했어요."

그 한마디로 사정 설명은 충분했다.

"남편이 쓰던 원고를 몰래 읽어 봤어요. 퇴직 후 2년을 열심히 보냈다고는 도무지 생각할 수 없더군요. 작가를 지망하는 것도 진심이 아니라 현실도피라는 생각이 들었습니다. 그래서 다시 재취업에 힘써 보자고 설득했지만 도리어 화를 냈어요."

"남자들이 꾸는 꿈이란 출세하고 싶다거나 이름을 알리고 싶다거나, 의외로 현실에서 이루고 싶어 하는 것들이 많은 것 같아요. 그러니까 이룰 수 없다는 사실을 알면 더욱 분노하게 되는 거죠. 그게 여자와 큰 차이점입니다."

언제나처럼 미치루의 설명은 공감 가는 부분이 많다. 요시에도 현재와는 다른 자신, 이곳이 아닌 어딘가를 꿈꾸었던 적이 있지만 그래도 자신의 능력과 가정의 수입을 고려해서 포기했다. 현실과의 격차에 한숨은 나와도 운명의 여신에게 저항할 엄두도 내본 적 없다.

"나약한 인간일수록 내면에 울분을 쌓아 놓는 경향이 있어요. 그리고 그 울분을 터뜨리기 위해서 자신보다 약한 사람을 학대하게 되죠. 대부분 그런 구도에서 가정폭력이 발생합니다."

나약한 인간.

도시오는 확실히 나약한 인간이다. 보잘것없는 자존심에 매달리고, 주변 사람들에게 보여 주고 싶다는 생각으로 온통 가득차서 허세를 부리는 인간은 나약한 인간이라고밖에 말할 수 없을 것이다.

"요시에 씨, 남편의 작품을 읽어 보셨다고 했죠?"

"아, 네."

"내용에 대해 비판했나요?"

"분명하게 말하지는 않았어요……. 하지만 작가가 될 확률은 복권에 당첨될 확률보다 낮다고 말했어요."

"그랬다면 남편이 흥분한 것도 당연하네요."

"그런가요?"

"요시에 씨는 벌거숭이 임금님 이야기를 아시나요?"

"네."

"그 이야기에 등장하는 임금님은 자신이 알몸이라는 사실을 알고 있습니다. 하지만 매우 호화로운 옷을 입고 있다고 주위 사람들이 생각하도록 하고 자신 또한 그렇게 말하죠. 그렇지 않으면 왕의 권위 그 자체가 무너지니까 진실을 외면할 수밖에 없는 겁니다. 만약 권위 유지에 조금 더 목숨을 건 임금님이었다면 임금님이 벌거벗었다고 소리친 소년은 그

즉시 목이 잘렸겠지요."

그렇다면 요시에는 왕의 체면을 유지하기 위해 목이 베인 소년이란 말인가.

진실을 말해 줬더니 벌을 받은 정직한 사람이라고 생각하니 자기 자신이 더욱더 비참해졌다.

"도대체, 저는 어쩌면 좋을까요."

궁지에 몰린 기분이었다. 지푸라기라도 잡는 심정이었다.

"가모우 씨의 조언을 따라도 정작 남편이 그런 태도라면 가계 개선은 아무래도 불가능하겠죠. 더 이상 어떻게 해야 할지……."

요시에는 약한 소리를 하자마자 또다시 가슴속에 실망감이 차올랐다.

갑자기 터진 눈물에 어제의 폭행이 떠올랐다. 그때의 기억이 눈물샘을 더욱 자극했다.

언제부터 자신이 이렇게 나약한 인간이 되었는지. 그러나 소박한 의문은 미치루의 말에 사라졌다.

"냉정한 말이지만 요시에 씨가 아무리 울어도 해결되지 않습니다."

"하지만, 하지만……."

"그보다 확인하고 싶은 점이 있습니다. 요시에 씨, 솔직히 대답해 주세요. 그렇지 않으면 다음 조언을 해드릴 수 없습니다."

요시에게는 달가운 이야기였다.

다시 한번 도와주려는 것이다.

"우선 요시에 씨는 남편과 두 딸 중에서 누구를 더 중요하게 여기나요? 거짓 없이, 숨김없이 바로 대답해 주세요."

"따, 딸들이요."

"그럼 다음 질문은 직접 대답하지 않고 고개를 흔들거나 젓기만 해도 됩니다. 아시겠지요?"

"네."

"당신은 지금의 남편이 가족에게 필요한 존재가 아니라고 생각하나요?"

망설였지만, 미치루는 즉시 답하라고 했다.

요시에는 고개를 끄덕였다.

3

가슴 속에 도사리고 있던 감정을 말이나 행동으로 나타내자마자 현실로 와 닿는 것이 있다. 요시에가 미치루에게 보였던 긍정도 그중 하나였다.

지금의 남편은 가족에게 필요한 존재가 아니다. 그 사실을 확인하자 현실이 더욱 또렷해졌다. 그리고 현실을 직시하는 것에 대한 망설임이 사라졌다.

그렇다. 우리 가족에게 도시오라는 인간은 필요 없다.

"잘하셨습니다. 솔직하게 말씀해 주셔서 감사합니다."

미치루는 요시에를 지그시 바라보았다.

이런 것을 분명 자애롭다고 하는 것일 테다. 미치루의 눈을 보고 있으면 마음속 앙금이 녹아내리고, 자신의 모든 인격이 미치루에게 받아들여지는 기분이 든다.

이 사람은 나의 선한 부분도 악한 부분도 남김없이 인정해 준다. 그런 생각이 들면서 그녀에게 점점 모든 것을 맡기고 싶어진다.

"본심을 드러내는 것은 누구나 어렵습니다. 그러나 그렇게 함으로써 목적이 명확해지는 이점이 있죠. 가장 중요한 것을 밝혀내는 것이야말로 해결책을 마련할 수 있는 지름길이랍니다."

"가장 중요한 것?"

"설명할 것도 없이, 요시에 씨의 경우에는 자신을 포함한 가족 세 명이죠. 이렇게 말하면, 사회 활동을 활발하게 하는 여성들에게 비난을 받을지 모르겠지만, 감히 말씀드리겠습니다."

미치루는 일단 말을 끊었다. 그 몇 초 동안의 침묵으로 요시에는 그 말을 전적으로 받아들일 준비를 했다.

"여성에게는, 아니, 인간에게는 아이를 낳고 기르는 것 이상으로 중요한 것은 존재하지 않습니다. 요시에 씨, 당신에게는 두 딸을 훌륭하게 키워낼 책임이 있습니다."

또다시 가슴이 떨렸다.

평소에 몰래 생각하던 사실을 미치루가 전부 긍정해 줬다.

봇물 터지듯, 눈물이 미처 멈출 새도 없이 흘러내렸다. 그러나 결코 불쾌해서 흘리는 눈물이 아니라, 흘리면 흘릴수록 몸속에서 불순물이 빠져나가는 기분이 드는 눈물이었다.

"요시에 씨. 이것으로 당신이 지켜야만 하는 것을 알았습니다. 앞으로는 날마다 일상생활에서 그 방법을 찾아내면 됩니다."

지켜야 할 것을 지킨다.

그것을 위해 장애물을 제거한다.

이 얼마나 간단하면서 마음 든든한 말인가.

요시에는 마음속으로 몇 번이나 그 말을 반복했다.

집으로 돌아오니 마치 손바닥 뒤집듯 모든 풍경이 완전히 바뀌었다.

미치루가 가르쳐 준 사실은 단순했다. 집 안의 것들을 가족에게 필요한 것과 그렇지 않은 것으로 구분하기. 따지고 보면 '단사리*' 이론과 비슷한데, 미치루의 조언은 목적이 하나뿐인 만큼 판단하기도 쉬웠다.

학용품, 딸들의 책과 전자기기, 개인 방, 엄마와 딸들의 소통 시간, 그리고 생활비는 필요한 것.

도시오의 컴퓨터, 도시오의 책, 개인 방, 소통 시간, 그리고 도시오 본인은 필요 없는 것.

그렇게 구분한 것만으로도 고민이 절반은 해소되다니 대단했다. 핵심은 딸들의 현재와 미래와 관련된 것들은 유지하고, 도시오와 관련된 것들은 최대한 포기하거나 무시하면 된다.

그리고 필요와 불필요로 구분하면서 지금까지 도시에게 의존했던 것에 대한 허무함과 어리석음을 새삼 깨달았다.

도대체 자신은 뭘 믿고 이런 남자에게 의지하며 살아왔을까? 직업이 있었을 때는 나름대로 일하고 그 나름의 급여를 받았지만 그것은 어디까지나 이 남자의 노동력을 평가한 결과물이었다. 직업이 없어지고 집 안에서 무위도식하는 나날

---

* '끊고(斷), 버리고(捨), 떠난다(離)'는 의미로, 불필요한 집착과 마음의 고민을 버리는 생활방식을 뜻한다. 일본에서 유행했던 이론으로 '미니멀 라이프'와 일맥상통한다.

을 보내는 도시오를 이제 노동력으로 평가하는 사람은 아무도 없다. 그렇다면 남은 것은 도시오를 남편으로서, 또는 아버지로서 존경할 수 있느냐에 달렸다.

요시에의 결론은 아니오, 였다.

자신을 버리고 인정해 주지 않는 조직과 세상에게 보여 주려고, 고작 그 목적만을 위해 작가가 되려고 한다. 소설이 쓰고 싶어서가 아니라 작가라는 지위에 올라서서 사람들을 내려다보려고 그저 원고지 칸을 채우고 있을 뿐이다. 그러나 그런 보여 주기식 각오와 열의만 가득하니까 실적도 없고 계속 망상과 자기변명만 늘어나는 것이다. 본인은 창작활동을 하고 있다고 주장하지만, 옆에서 보면 작가놀이를 하는 것으로만 보일 뿐이다.

생산성도 없고, 전망도 없고, 진지하지도 않다. 그런 남편 혹은 아버지 따위를 과연 존경할 수 있겠는가.

애정하고 존경할 가치가 사라지고, 제대로 일하지 않고, 그저 밥만 축내는, 배설만 하는 남자. 그것은 키우는 동물보다 못한 존재이자 요시에에게는 음식물쓰레기와 동급인 존재였다. 아니, 음식물쓰레기라면 매주 금요일마다 버릴 수라도 있지만 남편은 그러지도 못하기 때문에 음식물쓰레기보다도 못한 존재였다.

도시오는 원래부터 가족과 활발히 소통하는 부류는 아니기 때문에 다행이라고 생각했다. 만약 일상에서 수시로 얼굴을 맞대고 대화를 나눴다면 사사건건 경멸하는 마음이 폭발했을 것이다.

요시에의 태도를 따르듯 가즈미도 도시오를 향한 혐오감을 드러내기 시작한 듯했다. 유일하게 그의 편이라고 생각됐던 사토미도 도시오와 문학에 대해 대화를 나눈 그날 이후로는 나서서 말을 걸지 않았다. 즉 나머지 가족 모두가 도시오를 골칫거리로 인식한 것이다.

도시오에 의존하는 마음이 연기처럼 사라지자마자 요시에의 마음고생이 눈에 띄게 줄어들었다. 당연한 일이었다. 지금까지는 의존할 가치가 없는 존재에게 의존하면서 혼자서 초조해하고 불안해했기 때문이다. 그렇지 않게 된 것만으로도 에너지 소모 상태가 상당히 달라졌다.

이러한 변화를 본인도 알아차렸을까. 어느 날은 방에서 나온 도시오가 쭈뼛쭈뼛 요시에에게 말을 걸었다.

"지금, 좀 한가한데, 뭐 좀 도와줄 수도 있어."

도와줄 수도 있어, 라는 말투가 웃겼다. 역시 소외감을 느꼈는지 친밀해지고 싶은 듯했지만 다가오는 방법이 치졸한데다 자기중심적이기까지 했다. 어째서 상대방의 입장에서 생각하지 못하는 것일까. 아니면 가족에게는 그런 배려를 할 필요가 없다고 생각하는 것일까.

"고마워. 하지만 손은 부족하지 않으니까 됐어. 당신은 원고나 써."

"그래?"

반쯤 삐친 말투도, 지금은 귀에 거슬릴 뿐이었다. 그러다 도시오는 마치 면죄부를 얻은 얼굴로 자기 방으로 들어갔다.

뭐가 '그래?'야.

이제는 도움조차 기대하지 않는다는 사실을 왜 깨닫지 못할까.

말하면 말할수록, 상대하면 상대할수록, 이 남자가 얼마나 어리석은지, 얼마나 가치가 없는 인간인지 여실히 느꼈다. 생각해 보면 처음부터 도시오를 몹시 싫어했던 가즈미는, 일찍이 아버지의 본질을 눈치챘던 것이 아닐까 싶다. 지금에 와서야 마침내 깨달은 자신도 퍽 한심하다.

하지만 이제 됐다. 비록 실망스러운 사실이라도 분명히 밝히는 편이 좋다. 그러면 문제를 해결하기 쉬워진다고 미치루도 말하지 않았던가.

그러나 한편으로는, 명확해진 문제가 절실함을 더욱 불러일으켰다. 설명할 것도 없이 당연히 가계 균형 개선이었다.

후루마키 요시에

도시오의 수입, 더구나 작가로서의 수입은 전혀 기대할 수 없다. 후루마키 집안의 살림과 두 딸의 장래는 요시에 한 사람의 손에 달려 있다. 내가 무언가 조취를 취해야만 한다. 내 실수입을 어떻게든 큰 폭으로 늘려야 한다.

당장 생각이 미친 것은 유흥업 아르바이트였다. 요즘은 그런 류의 구인광고는 어디에든 굴러다닌다. 주부 성매매라고 말하면 어감은 불편하지만, '경력이 없는 사람이라도 할 수 있는 고수입 아르바이트'라고 합리화하면 죄책감도 줄어든다. 밤에 하는 일이라면 의류매장 파트타임이 끝난 뒤에도 할 수 있어 지장이 없어…….

하지만, 요시에는 주저했다.

도덕관념 때문이 아니다. 생면부지의 남자들이 신체를 마음대로 주물럭거리는 것에 대한 혐오감 때문도 아니다. 그런 감정은 두 딸에 대한 의무 앞에서는 보잘것없는 것이다. 주저한 이유는 오로지 요시에의 외모 때문이었다. 이미 마흔줄을 넘어 피부가 팽팽하지도 윤기가 흐르지도 않는다. 애초에 남자들이 침을 흘리며 달려들 몸매도 아닌데다, 실제 나이를 속일 수 있을 법한 얼굴도 아니다. 그런 자신에게 상품가치가 있다고는 도저히 생각할 수 없었다.

그래도 사람의 취향이란 다양하다. 뱃살 있는 평범한 외모의 40대 주부를 원하는 고객층이 있을지도 모른다.

요시에는 편의점에서 성인만화 잡지에 게재된 광고 페이지를 휴대 전화로 몰래 찍었다. 가게 밖으로 나와서 촬영한 광고를 꼼꼼하게 살펴보고, 수입이 가장 높다고 명시된 곳에 전화를 걸자 편한 시간에 사무실을 방문해 달라는 대답을 받았다. 전화 응대를 한 사람은 여자 목소리에 매우 정중했다.

야근 때문에 조금 늦는다고 집에 연락한 뒤, 요시에는 안내받은 사무실로 발걸음을 옮겼다.

장소는 나카무라구에 있는 상가였다. 어떤 담당자에게 어떤 대우를 받을 것인가. 요시에의 심장은 금방이라도 불안감에 짓눌릴 것 같았다.

예상을 깨고 깔끔한 사무실에서 응대를 하러 나온 사람은 30대 초반의 상냥한 남자였다. 그런데 그 담당자는 요시에를 머리부터 발끝까지 순식간에 훑어본 뒤 금세 미간을 찌푸렸다.

"으음, 저기……. 특기나 자랑할 만한 점이 있으신가요?"

"아뇨. 자격증 같은 건 없어서."

"그런 말이 아니라. 그, 남녀 관계에 뭔가 어필할 수 있는 점이 있냐는 말씀이에요."

아아, 그런 뜻이구나 하고 곧바로 이해했다.

그러나 대답이 궁했다.

이미 10년 가까이 도시오와의 사이에 그런 관계는 없다. 딸들이 태어나기 전에도 자신의 그런 면이 도시오를 매료시켰던 기억은 전혀 없다.

어쩔 수 없이 고개를 저었더니 남자도 기다렸다는 듯 고개를 저었다.

"으음. 저희 쪽에서 모집하는 조건과는 살짝 맞지 않는 것 같네요. 죄송하지만 다른 일을 찾아보시는 게 좋을 것 같습니다."

그 말을 듣자마자 낯이 뜨거워졌다. 상대에게 들릴까 말까 한 소리로 "죄송합니다"라고 말한 뒤 도망치듯 사무실을 뛰쳐나왔다.

요시에는 밤거리에 눈길 한 번 주지 않고 뛰어갔다.

용기를 쥐어짜내 자신에 대한 품평을 받은 일은 몹시 수치스러웠다.

그 품평으로 상품가치가 없다고 판정받은 사실은 심한 굴욕이었다.

하지만 그보다 더 가슴을 찔러온 사실은, 자신 같은 여자라도 무언가 매력이 있을 것이라고 과신한 것이었다. 자신의 오만함이 못 견디게 부끄럽다.

자신의 경솔함이 못 견디게 원망스럽다.

할 수만 있다면 이대로 어디론가 사라져 버리고 싶다.

갑자기 비가 내리기 시작했지만 요시에는 흠뻑 젖는 것도 무시하고 집으로 돌아갔다.

다음 날, 요시에는 매달리는 심정으로 미치루에게 만남을 요청했다. 아직 금전적인 사례를 하지는 않았지만 미치루 외에 의지할 만한 사람이 없었다.

"제발 도와주세요."

요시에는 테이블이 머리가 닿을 정도로 고개를 숙였다. 미치루라면 무릎을 꿇어도 상관없다고 생각할 지경이었다.

"딸들을 지킬 방법을 찾을 수 없어요."

요시에는 남편에게 의존하던 마음을 버린 일, 그리고 수입을 늘리는데 마음이 급했던 나머지 유흥업 아르바이트까지 생각했던 일도 전부 털어놨다.

이 여성이 생활 플래너라는 직함만으로 자립할 수 있었던 이유를 마침내 이해할 수 있었다. 미치루는 어떤 상담을 요청하든 싫은 기색 하나 없이 가족처럼 귀를 기울여 준다. 미치루의 온화한 표정을 보고 있는 것만으로도 불안이 가라앉는다. 만난 적은 없지만, 신부나 목사도 분명 미치루 같은 특성을 지니고 있을 것이라고 생각했다.

　반드시 주목해야 할 점은 그 조언의 적확성이었다. 강요하지는 않지만 정곡을 찌른다. 실제로 일전의 조언을 충실히 실행한 덕분에 자신에게 많은 도움이 되지 않았는가.

　모든 이야기를 다 듣고 난 미치루는, 역시 보살 같은 미소를 지은 채 말했다.

　"요시에 씨, 정말 힘드셨겠어요. 그 노력만으로도 두 딸은 행운이라고 생각합니다."

　눈가가 다시 촉촉해졌다.

　그러나 미치루를 만날 때마다 울어도 도리가 없다. 요시에는 정신을 차리고 미치루를 똑바로 바라봤다.

　"가모우 씨는 지금까지 저와 같은 고민을 안고 있는 사람들에게 많은 조언을 하셨겠죠. 제발 저에게도 지혜를 빌려주세요."

　미치루는 다소 곤란하다는 듯 고개를 갸웃했다.

　"요시에 씨. 당신은 저를 너무 과대평가하시는군요. 저는 전지전능한 신이 아니랍니다."

　"앗, 상담료 말씀이시죠? 죄송합니다, 여러 가지 도움을 받았는데 아직 한 푼도 지불하지 않았네요. 분명 가모우 씨의 조언이라면 비싸겠죠. 지금은 드릴 수 없지만 가까운 시일

내에 반드시……."

"그런 말씀이 아닙니다."

미치루는 부드럽게 말을 끊었다.

"드리고 싶은 말씀은 지금 당장 뚝딱 하고 가계 균형을 호전시킬 방법은 존재하지 않는다는 겁니다. 그런 건 요시에 씨의 남편이 일확천금을 꿈꾸면서 신인상을 노리는 것과 마찬가지라고 할 수 있겠죠. 안정적인 생활이라는 건 요행이 아닙니다. 날마다 성실하게 쌓아올린 것 위에 맺어지는 결실이지요."

차분한 말투에 심장이 쿵 떨어졌다.

맞다. 당연한 이야기 아닌가. 선택지를 잃어버려 안절부절못하는 어리석은 사람은 대개 한방을 노리다가 자멸의 길로 빠진다. 마치 도시오처럼. 그 모습을 곁에서 보고 있으면서도 똑같은 행동을 하려고 한 것은 도시오에게 나쁜 영향을 받아서일지도 모른다.

"꾸준히 쌓아가라고요?"

"급하게 먹는 밥은 체합니다. 우선 씨를 뿌려 기르고 수확 시기를 기다려야죠. 미련해 보이겠지만 결국은 결실을 맺습니다. 요시에 씨가 말씀하신 대로, 저는 많은 분들에게 생활 개선 상담을 해드렸습니다. 모두들, 똑같았습니다. 누구나 한시라도 빨리 어려운 상황에서 벗어나고 싶어 했으니까요."

"가모우 씨는 그런 사람들에게 어떤 조언을 해 줬나요?"

"음, 그러니까……. 불필요한 지출을 줄일 것. 그리고 현재 모은 자산의 가치를 높일 것이었습니다."

지출을 줄이는 건 이미 하고 있다. 지출의 가장 큰 비중을 차지하는 것은 학비지만, 이것은 줄일 수 없다. 남은 건 생활비, 그중에서도 식비를 줄이는 것이지만 이 또한 전단지에서 가장 저렴한 가게를 찾거나 타임 세일을 이용하는 것으로 최대한 절약하고 있다. 더 이상의 노력은 어렵다고 체감하고 있다.

"저기……. 두 번째로 말씀하신 자산 가치를 높이는 것이란 어떤 뜻인가요?"

"예컨대 인적 가치입니다. 알기 쉬운 예로 말씀드리면 생명보험인 거죠."

미치루는 눈썹 하나 까딱하지 않고 말했다.

"재수 없다며 화내는 분들도 계시지만, 수입과 지출의 균형이라는 것은 어떤 면에서 매우 냉정한 문제라서 이것을 무시할 수는 없습니다. 사람의 수명을 정하는 것은 신, 이것만은 본인도 어쩔 수 없죠. 하지만 가입자 본인의 상태를 보고 그에 맞춰 리모델링할 수는 있습니다. 무배당보험으로 할지,

저축형보험으로 할지. 월 납입금은 얼마로 할지. 실제로 납입금이라는 것은 일 년 내내, 그리고 만기일까지의 기간을 고려하면 상당히 큰 지출이기 때문에 이 부분에 칼을 대는 편이 매우 효과적입니다."

생명보험. 후루마키 집안에는 도시오를 계약자로 가입한 무배당보험이 하나 있다. 한 달에 7천 엔씩 납입해, 사망 시 보험금은 3천만 엔이었던 것으로 기억한다.

"무배당을 저축형으로 변경하라는 뜻인가요?"

"하나의 방법은 될 수 있겠지요. 하지만 매달 납입금을 그대로 두고 저축형으로 변경하는 것보다 더 극적인 효과를 노릴 수 있는 방법은 지급액을 변경하는 겁니다. 이건 실제로 있었던 일인데, 어떤 분은 남편분의 건강 문제로 고민이 몹시 많았습니다."

"병이 있으셨나요?"

"아니요. 지병이라고 할 만한 것은 아무것도 없는 분이었습니다. 하지만 부인이 보기에는 어딘가 허약해 보였고, 오래 못 살지 않을까 의심도 들었습니다. 마음고생은 스트레스로 바로 연결되죠. 그래서 저는 사망보험금이 커지도록 보험 리모델링을 제안했고, 부인도 그에 따랐습니다. 그런데 몇 년 후, 부인이 걱정했던 대로 남편은 연세에 비해 일찍 사망했습니다. 보험 리모델링을 하기 전이었다면 고작 2천만 엔이었을 사망보험금은, 1억 엔이 되어서 부인에게 지급되었습니다. 그 1억 엔으로, 집안의 기둥을 잃고 막막했던 부인의 마음이 얼마나 든든했을까요."

사망보험금 증액.

요시에는 자신도 모르게 침을 삼켰다.

확실히 사람이 죽고 사는 문제는 마음대로 정할 수 없다. 보험금 증액, 그것이야말로 안정적으로 생활해 가는 사람에게는 도박 같은 이야기다.

그러나 보험가입자의 수명이 얼마 남지 않았다는 사실을 사전에 알고 있다면 어떻게 될까?

확률이 현저하게 높아지면 도박은 예측이라는 이름으로 바뀐다.

머릿속에서 슬그머니 '보험금 살인'이라는 단어가 떠올랐다. 요시에는 당황해서 그 단어를 머릿속에서 지웠지만 무서운 그 단어는 강렬한 구심력으로 요시에를 붙잡고 놔주지 않았다.

계획하려는 것은 아니다. 어디까지나 가능성의 문제다. 지금 도시오는 건강하지 않은 생활을 하기 때문에 동년배 사람에 비하면 성인병에 걸릴 확률이 높을 것이다. 이러다가 도시오가 사망하기라도 하면 한 푼이라도 더 많이 받는 편이 당연히 좋다. 이는 결코 도시오가 죽기를 바란다는 뜻이 아니다. 그저…… 그래, 유비무환이라지 않나.

다음 말이 반쯤 자동적으로 입에서 흘러나왔다.

"보험 리모델링은 구체적으로 어떻게 하면 되나요?"

생활 플래너에게는 보험계약 계획도 언제든 조언할 수 있는 분야인 듯, 미치루는 자세한 내용을 알기 쉽게 설명해 주었다.

"나중에 불필요한 의혹이 생기지 않도록 계약을 수정할 때 분명히 해두는 편이 좋습니다."

또한 새 보험회사에서 신규 계약을 하는 것보다 기존에 오랫동안 거래실적을 쌓은 보험 상품의 계약 내용을 수정하는 편이 절차도 간편하고 신속하게 처리된다고 했다.

신규 계약을 하든, 계약 수정을 하든, 계약서는 본인의 자필 서명이 필요했다. 그것이 유일하게 귀찮은 일이었지만, 이 부분은 요시에 나름대로 계획이 있었다.

어느 날 아침 식사 시간, 요시에는 아직 비몽사몽인 도시오에게 말을 걸었다.

"당신, 작가 될 거지?"

"응? 어어, 응. 당연하지."

"작가가 되면 1년에 도대체 얼마나 벌어? 나도 참, 김칫국부터 마시는 것 같네."

"아니야. 응, 아니고말고. 음, 아무리 적게 잡아도……."

말을 하다 말고 갑자기 도시오는 생각에 잠긴 것 같았다. 그 모습으로 짐작컨대 도시오는 작가라는 직업의 구체적인 수입도 파악하지 못한 것 같았다.

"수상작은 분명 베스트셀러가 돼서 몇 번이나 중쇄되지. 영상물로 제작되면 원작료도 들어오니까…… 그래, 적어도 회사에 다닐 때보다 열 배 정도는 더 벌 것 같아."

도시오가 퇴직하기 직전 그의 연수입은 6백만 엔이 채 안 되는 정도였다. 그런데 작가가 되면 5천만 엔이 된다고 말하고 있다.

작가도 작가 나름이지 않나. 그런데 아직 신인상도 받지 못한 주제에 자신을 톱으로 분류하고 있다. 그 맹신하는 작태에 요시에는 실소가 나왔지만 지금은 애써 평정한 척했다.

"그럼 생명보험 내용도 변경해야 하지 않을까?"

"생명보험? 이야기가 왜 그렇게 돼?"

"그 왜, 생명보험이라는 건 그 사람의 가치를 재는 척도잖아. 지위가 있는 사람, 수입이 높은 사람일수록 죽었을 때 손해배상금을 많이 받고, 수입이 낮은 사람은 그에 맞는 금액 밖에 보증받지 못하잖아. 그런데 당신이 인기 작가가 돼서 수입이 갑자기 늘어나면 소득세도 그만큼 내야 하잖아? 그런데 만에 하나 일이 너무 바빠서 갑자기 과로사라도 하면 세금은 어떻게 내?"

"그건……, 그것도 그러네."

"저기 말이야, 어떤 사람이 그러는데 월 납입금을 많이 바꾸지 않아도 보험금을 많이 받을 수 있도록 변경하는 방법이 있대."

"그래?"

"그럼 진행해 본다?"

은근히 떠봐도 도시오는 특별히 관심을 기울이는 기색도 없이 느릿느릿 밥만 먹었다. 모든 상황이 예상대로였기 때문에 요시에는 오히려 맥이 빠졌다. 얼마나 바보 같은 남자인지 새삼스레 느껴졌다. 이 남자는 자존심에 상처만 입지 않으면 다른 일은 어떻게 되든 상관하지 않는다.

이럴 때는 남편이 집에 있는 것이 좋다. 보험계약 변경을 신청하자 담당 직원이 서류를 들고 부리나케 찾아왔다.

시간은 도시오가 막 일어날 시간으로 지정해 두었다. 도시오는 요시에가 직원의 설명을 열심히 듣고 있는 것을 흘긋

보고는 자신의 소관이 아니라고 판단했는지 적당히 맞장구쳤다. 이제 됐다. 어차피 평소같이 비몽사몽이기 때문에 내용이 머리에 제대로 들어오지 않을 것이다.

퇴직하기 직전 해까지 받던 정기검진의 결과도 도움이 되었다. 계약 수정 조건으로 3년 이내 검진결과가 필요했기 때문이다.

"그러면 남편분, 여기에 사인해 주세요."

직원은 가지고 온 단말기를 도시오에게 내밀었다. 최근에는 계약할 때, 종이가 아니라 단말기에 표시된 곳에 터치 펜으로 사인한다. 펜이 터치화면 위에서 매끄럽게 움직이면서 진지하게 서명하지 않게 된다. 아니나 다를까 도시오가 괴발개발 서명해도 그다지 신경 쓰지 않는 모습이었다.

계약을 완료하자 직원은 잔뜩 신이 난 얼굴로 돌아갔다. 당연하다. 월 납입금이 순식간에 3배가 됐다. 실적 달성에 지대한 공헌을 했을 것이다.

요시에는 도시오가 계약에 동의한 것과 그 자리에 직원이 함께 있었다는 사실만이 중요했다. 이로써 나중에 계약의 신빙성을 의심받을 일은 사라졌다.

기묘한 느낌이었다.

기대와 함께 불안이 엄습했다.

성취와 함께 절망이 엄습했다.

첫 사냥. 그 직전에, 탄창에 총알을 넣을 때와 같은 긴장감이었다.

요시에는 그때까지만 해도 아직 자신이 하려는 일을 정확하게 파악하지 못했다. 그러나 입과 손이 다른 누군가가 지시하는 대로 준비를 갖추고 있었다.

그날, 도시오에게 새롭게 걸린 사망보험금은 3억 엔이 되었다.

4

기존 자산의 가치를 높인다는 계획은 예상한 것보다 더한 효과를 불러왔다. 요시에가 도시에를 바라보는 시선이 달라졌기 때문이다. 더 이상 어제까지 빈둥거리던 쓸모없는 인간이 아니다. 만약 무언가 예측불허의 사태가 발생한다면 도시오는 3억 엔이라는 현금이 되는 것이다.

그렇게 생각하자 이상하게도 도시오가 소중한 존재로 인식됐다. 당연히 대하는 말도 정중해지고, 스스로도 얼굴이 풀어지는 것을 느꼈다. 그러니까 이전까지 집 안에 감돌던 불온한 분위기도 일단은 사라진 것 같았다.

그러나 그것도 오래 가지 않았다.

도시오는 불규칙한 생활을 하면서도 여전히 건강했다. 평소에 느끼한 음식과 매운 음식을 좋아하고 운동다운 운동을 전혀 하지 않는데도 건강이 악화될 조짐은 전혀 보이지 않는다. 혈색이 좋고 식사량도 평소와 같다.

보험계약 내용을 변경하자마자 병약해질 리 없는데, 그렇다면 매월 들어가는 납입금이 오른 만큼 점점 손해 보는 기분이 들었다.

요시에는 점점 예전보다도 더 도시오를 혐오하게 되었다. 놀고먹는 주제에 매달 납입금 명목으로 큰 비용을 없애고 있다. 그러면서 납입금 때문에 가계는 한층 더 쪼들렸고 식생활은 점차 궁핍해졌다. 또 부족한 부분을 조금이라도 보태기 위해서 요시에는 파트타임 시간을 더욱 연장해야만 했다.

업무 피로가 하루에 해소되지 않고 다음 날 아침까지 이어지자 출근하는 것도 귀찮아졌다. 그러나 생계를 책임지는 사람은 자신뿐이라 억지로 출근했다. 그러자 피로가 더욱 쌓이는 악순환이 계속됐다.

곤궁한 생활과 피로가 요시에의 이성을 빼앗아 갔다. 남은 건 도시에를 향한 원망과 혐오감뿐이었다.

왜 우리 가족은 이런 남자를 위해 고생해야만 하는가? 그리고 이 남자는 왜 가족에게 도움이 되려고 하지 않는가? 지금 이 남자가 할 수 있는 최대의 공헌은 가족을 위해 죽어 주는 것뿐인데.

미치루에 대한 미안함도 요시에를 궁지에 몰아넣는 요인이었다. 이만큼이나 조언을 받고 몇 번이나 자신에게 용기를 북돋아 주었는데 미치루에게는 아직 아무런 사례를 하지 못했다. 만날 때마다 찻값도 미치루가 지불했다.

그래도 불안해지면 미치루를 만날 수밖에 없었다. 울화통이 터질 때는 미치루의 목소리를 듣지 않고는 견딜 수 없었다. 그리고 그럴 때마다 미치루를 향한 부채감이 늘어갔다.

하루라도 빨리 도시오의 자산 가치를 현금화해야지.

미치루가 손 떼기 전에, 한시라도 빨리.

그날도, 요시에는 미치루에게 고개를 숙이면서부터 시작했다.

"정말 죄송해요. 실은 지금 생각하는 일이 있는데…… 그것만 성공하면 상담료는 반드시 한꺼번에 지불할 테니."

"그런 건 언제 주셔도 괜찮아요."

"그래서 저…… 지금까지 묻지도 않았던 게 민망하지만, ……상담료라는 건 도대체 얼마인가요?"

"상담료는 의뢰인의 수입에 따라 달라지니까 특별히 정해져 있지는 않습니다. 생활 개선 상태에 따르기도 하니까요. 말하자면 성공보수의 색이 짙죠."

정해진 금액이 아니라 성공보수.

의미하는 바를 요시에도 어렴풋이 알아차렸다. 만약 이번 계획에 성공하면 수익자인 요시에에게 3억 엔이 지불된다. 성공보수라면 그 금액의 몇 퍼센트라는 의미겠지.

그렇다면 어느 정도 비율일까. 10퍼센트나 20퍼센트는 너무 적다. 게다가 일이 일이니 만큼 입막음 비용 격이기도 하다.

30퍼센트인 1억 엔이면 괜찮겠지.

2억 엔만 있어도 두 딸을 대학까지 보내고도 충분히 남는다. 요시에도 무리해서 일할 필요가 없어진다.

최대한의 금액을 제시했다.

"……1억 엔은 어떠세요?"

"그렇군요. 감사합니다."

미치루는 지극히 당연한 금액이라는 식으로 끄덕였다.

다행이다, 이것으로 협상 완료다. 가슴을 쓸어내리자 갑자기 미치루가 이런 식으로 이야기를 꺼냈다.

"생활이 곤궁하면 사람은 범죄에 손을 뻗기 쉬워집니다."

범죄, 라는 단어에 요시에는 즉시 반응했다.

"범죄는 돈을 가장 쉽게 벌 수 있는 방법이니까요. 하지만 대부분 실패하죠."

"왜 그렇죠?"

"작위적인 정황이 경찰의 눈에 뻔히 보이기 때문입니다. 이건 보험금을 노린 살인이라는 정황이 드러나는 케이스죠."

요시에는 움찔했지만 미치루는 세상 돌아가는 이야기를 하는 듯 담담하게 말했다.

"지금까지 건강했던 사람이 갑자기 병약해진다. 3대 질병의 전조도 없었던 사람이 계약하자마자 뇌경색에 걸린다. 누가 봐도 몹시 부자연스러운 상황이지요."

요시에는 미치루의 말을 가만히 곱씹었다. 몇 번의 대화를 통해서 눈치챘는데 미치루가 이렇게 말할 때는 예외가 있다는 것을 암시하는 경우가 많았다.

"부자연스러워 보이지 않는 방법도 있다는 말씀이시죠?"

"그렇습니다. 지극히 자연스러워 보이기 때문에 사건으로 드러나지 않는다. 그런 경우도 분명 매우 많습니다. 예를 들어 보험금 수익자와 가입자가 함께 사고를 당하는 경우, 조작이라는 사실을 찾아내기란 쉽지 않죠."

"함께 사고를 당한다고요."

"우리나라는 세계에서 매우 안전한 나라 중 하나라고들

합니다. 그래도 인명을 빼앗아가는 사고는 언제 어디서든 발생하지요. 네, 도저히 경찰의 손길이 다 미치지 않을 정도로 말입니다."

대낮에 방에서 나온 도시오에게 요시에가 물었다.

"당신, 오늘이 무슨 날인지 기억해?"

그러나 도시오는 못마땅한 기색으로 고개를 갸웃할 뿐, 전혀 대답하지 못했다.

역시 잊고 있군.

"스무 번째 결혼기념일이잖아."

도시오는 더욱 못마땅한 표정을 지었다.

"둘이서 어디라도 갈까?"

"이제 이만큼 살았으면 기념일은 아무 의미도 없지 않나……."

"어디로 여행가자고까지는 안 할게. 우리 집 사정, 내가 제일 잘 아니까."

"그런데 왜."

"선술집이라도 좋아. 둘이서만 갈 수 있다면."

갑자기 레벨을 낮추자 도시오는 두말없이 승낙했다. 평소 요시에에게 아무것도 잘해 주지 않은 것에 대한 죄책감이 들었는지도 모른다.

가즈미와 사토미에게는 저녁을 지어 놓고 간다고 메모를 남기고, 두 사람은 거리로 나갔다. 도시오는 경차를 운전하면서 이내 불평하기 시작했다.

"알겠어? 특별히 오늘만이야. 원래는 지금 원고를 써야 한다고."

집필은커녕 날이면 날마다 인터넷이나 훔쳐보는 주제에…… 라고 생각했지만, 지금은 도시오의 심기를 거스를 수 없었다.

"알겠어, 알겠다고요. 하지만 모처럼 기념일이니까 좀 더 즐거운 표정 좀 지어."

"하지만 술집에 가는데 차를 끌고 가면 결국 나는 한 방울도 못 마시잖아."

"괜찮아, 운전은 내가 할게. 당신은 마음껏 마시세요."

어차피 자신은 지갑을 열지 않으리라 생각했는지 도시오가 향한 곳은 깔끔한 선술집이었다. 메뉴 가짓수는 적지만, 그만큼 체인점보다는 비싸 보였다.

오랜만에 마시는 술인 탓에 도시오의 속도는 처음부터 빨랐다. 우선 맥주로 시작해서 츄하이, 하이볼, 니혼슈를 차례로 비어 갔다. 그 동안 나눈 이야기는 역시 예전에 근무하던 직장에 대한 험담과 위대한 작가가 된 이후의 장대한 계획이었다.

"저명한 작가가 되면 사건이 일어났을 때 반드시 코멘트 요청이 들어온다고. 그래, 당연하지. 어쨌든 작가라는 존재는 보통 사회문제나 사건에 일가견이 있고, 대중들은 그 의견을 듣고 싶어 죽으려고 하거든. 하야타자동차는 언젠간 문제를 일으킬 거야. 일으킬 게 분명해, 그딴 회사! 그때야말로 나는 누구보다도 하야타자동차의 내부 사정을 잘 아는 작가로서 그 망할 추악한 회사를 규탄할 거라고. 크으, 그렇게 됐을 때 당황할 임원들의 얼굴이 벌써부터 눈에 선하구만."

평소라면 참고 듣기 힘든 망언이지만, 지금만은 열심히 경청해야 했다. 혀가 풀리는지, 정신을 잃어 가는지 똑똑히 지켜보고 만취 상태인지를 확인해야 하기 때문이다.

그래.

마음껏 퍼마셔.

마음껏 지껄여.

어차피 최후의 만찬이 될 테니까.

"임원 패거리들은 내 영향력에 겁을 먹고 사과를 하러 올 거라고. 그놈들은 회사를 위해서라면 자존심이고 나발이고 없으니까 나한테 무릎을 꿇을지도 모르지. 흥, 그런다고 누가 용서해 줄줄 알아!?"

약속한 대로 요시에는 술은 한 방울도 입에 대지 않고 도시오의 모습을 꼼짝 않고 살폈다. 부인이 자신의 이야기를 경청하고 있다는 사실에 기분이 좋아졌는지 도시오는 더욱 떠들어댔다.

"사태를 덮기에만 급급한 놈들이야. 결국 사죄의 의미로 몇 푼 싸들고 오겠지. 하지만 나는 이렇게 말하면서 그놈들 면상에 돈을 던져 줄 거야. 돈으로 사람의 마음을 살 수 있을 거라고 생각하나, 이런 멍청한 놈들아. 너희들과 동급으로 취급하지 마! 으하하하하."

이 인간이 마지막까지 정신을 못 차려서 정말로 다행이다. 덕분에 동정도 연민도 느끼지 못하고 끝낼 수 있겠다.

어느새 옆 자리 손님들이 얼굴을 찌푸릴 정도로 목소리가 커졌고, 행동이 괴상해졌다. 얼굴은 이미 새빨갛다.

이제 됐다.

도시오의 술버릇은 잘 알고 있다. 고함을 지를 때가 절정이고, 그 이후는 깊은 잠에 빠져 버린다.

도시오의 고개가 점점 떨어지는 것을 가늠하던 요시에는 말을 걸어봤다.

"이제, 슬슬 갈까?"

후루마키 요시에

이미 눈을 끔벅거리고 있는 도시오는 군말 없이 "어, 으응"이라고 끄덕이고 일어섰다.

"차에 먼저 가 타 있어. 계산하고 갈게."

도시오는 갈지자걸음으로 반쯤 비틀거리며 밖으로 나갔다. 그 모습을 점원 중 한 명이 쳐다보는 것을 요시에는 놓치지 않았다.

다가가지 말라고 빌었다.

다행히 점원은 도시오를 불러 세우지 않고 자신의 일로 돌아갔다. 잘 되어가고 있다. 이것으로 도시오가 만취 상태로 차로 향했다고 증언해 줄 사람이 생겼다.

가게 주차장으로 갔더니 도시오가 이제 막 자동차에 타려고 했다. 요시에는 주변을 살피고 목격자가 없다는 사실을 확인했다.

요시에는 도시오를 조수석에 태우고 안전벨트를 채운 뒤 조용히 차를 출발시켰다. 도시오는 이미 꾸벅꾸벅 졸기 시작했다.

긴조후토선을 타고 서쪽으로 계속 달렸다. 오후 10시를 조금 넘긴 시각. 미나토구의 이 근방은 늦게까지 문을 여는 가게가 적었고, 중심도로 양 옆에 늘어선 가로등에 불이 들어와 있을 뿐이었다.

이나에이역을 지나 나고야항으로 들어섰다.

이 시각 나고야항은 밤낚시를 하러 오는 사람도 있어, 게이트 몇 개는 개방해 놓는다. 요시에는 그중 하나를 지나 창고들 사이를 지나갔다.

마침내 20미터 앞 안벽에서 낚시 줄을 드리우는 사람 몇 명을 확인하고 요시에는 조심스럽게 차를 세웠다.

조수석을 확인하자 도시오는 자고 있었다.

조수석의 안전벨트를 풀고 자동차 조명등을 껐다. 주변을 둘러봤지만 두 사람을 보는 사람은 아무도 없었다.

차에서 내린 요시에는 도시오를 조수석에서 운전석으로 옮겼다. 완전히 잠들어 버린 몸을 옮기는 것은 몹시 힘들었지만, 그래도 차 안에서 옮기기 때문에 눈에 띄지 않을 것 같았다.

요시에는 마침내 운전석으로 옮긴 도시오에게 안전벨트를 채우고 자신은 조수석에 탔다. 사이드 브레이크 너머로 오른다리를 뻗자 간신히 액셀에 발이 닿았다.

좋았어. 요시에는 숨을 깊게 들이마셨다.

안벽 너머로는 불빛 하나 없는 캄캄한 바다가 널리 펼쳐져 있었다.

지금부터가 중요한 고비다. 머릿속으로 줄곧 시뮬레이션 했던 작업 순서를 다시 한번 되새겼다. 운전석 쪽만 안전벨트를 하고 문을 잠그기. 자신은 언제라도 차에서 탈출할 수 있도록 준비할 것. 액셀을 밟은 채 결코 힘을 빼지 말 것. 이 차가 자동변속 자동차라 다행이었다. 클러치를 작동시켜야 하는 수동변속 자동차라면 몹시 어려웠을 것이다.

요시에는 폐 속에 모아둔 공기를 모두 토해내고 다시 깊게 들이마셨다.

가즈미, 사토미. 이로써 우리의 미래를 개척할 수 있어. 그러니까 부디 지켜봐 주렴.

심호흡을 몇 번 더 한 뒤, 더욱 깊게 숨을 들이마신 순간, 요시에는 운전석에 몸을 기대고 운전대를 고정한 채 힘껏 뻗은 오른다리로 온힘을 다해 액셀을 밟았다.

두 사람을 태운 자동차가 안벽을 향해 급발진했다. 갑작스러운 조명과 엔진소리에 깜짝 놀란 낚시꾼들이 이쪽을 돌아봤다.

비켜!

요시에는 요란하게 경적을 울리며 일직선으로 내달렸다.

엔진이 짐승같이 울부짖으며 어둠을 가르고 달려 나갔다.

15미터.

10미터.

낚시꾼들은 낚시대를 내팽개치고 제각각 도망쳤다. 이제 요시에가 향하는 방향에 방해자는 아무도 없었다.

5미터.

3미터.

헤드라이트 불빛이 갑자기 허공으로 감쪽같이 자취를 감췄다.

제로.

자동차는 밤바다로 빨려 들어갔다.

지금이다.

수면에 닿기 직전, 요시에는 조수석 문을 열었다.

꽝음과 함께 자동차가 해수면과 충돌했다. 그 충격으로 요시에의 몸은 좌석에서 떠올랐다. 머리를 천장에 세게 부딪쳤고 무릎은 콘솔박스를 걷어찼다.

순간, 앞 유리에 캄캄한 바다 속이 비쳤다. 열린 문으로 수압과 함께 대량의 바닷물이 밀려들어왔다.

좌석을 박차며 문에 몸을 맡긴 그때였다.

갑자기 무언가가 오른발을 잡았다.

돌아보니 경악에 차 눈을 뜬 도시오가 요시에의 발목을 움켜잡았다. 소리를 치려고 입을 크게 벌리지만 소리가 나오지 않는 것 같았다.

요시에도 경악했다. 나머지 한 발로 죽을힘을 다해 도시오의 얼굴을 마구 차면서 도망치려고 했다.

밀려들어오는 바닷물로 무게를 더한 차체는 급속도로 가라앉았다. 빛도 제대로 들어오지 않는 곳으로 도시오의 몸이 빨려 들어가는 것을 알 수 있었다.

갑자기 도시오의 손힘이 느슨해졌다.

요시에는 문을 밀어 열고 차를 빠져나왔다.

바닷물이 순식간에 몸을 집어삼켰다. 물은 따뜻했지만 머리는 패닉에 빠졌다.

도대체 얼마나 가라앉은 거지?

얼마나 올라가야 수면이 나오지?

주위를 둘러싼 어둠이 방향감각을 앗아갔다.

몸이 뜨는 방향으로 필사적으로 헤엄쳤다. 폐에 모아둔 공기로 얼마나 버틸 수 있을지 공포와 불안이 덮쳤다.

완전히 계산 착오였다.

밤바다가 이렇게 어두울 줄이야.

바다 속이 이렇게 무서울 줄이야.

갑자기 몸 전체가 쭉쭉 밑으로 끌려갔다.

도시오가 다시 손을 뻗은 것일까 공포가 최고에 달했다.

그러는 사이 물을 먹어 더욱 당황했다.

그러나 차체가 침몰할 때 발생한 소용돌이에 휘말린 것 같았다. 요시에는 몸부림치며 위로 올라가려고 했다. 팔을 힘껏 뻗어도 손은 전혀 수면을 감지하지 못했다.

빨리.

빨리.

이대로 본인도 물귀신이 되어 버리는 것은 아닐까.

가즈미와 사토미가 부모를 한꺼번에 잃어버리는 것은 아닐까.

희망이 무너져 내리기 시작했을 때 머리 위로 반딧불 같은 희미한 불빛이 보였다.

수면이다!

마지막 힘을 쥐어짜내 쉬지 않고 허우적거리자 마침내 머리가 물 밖으로 나왔다.

살았다!

안도와 신선한 공기가 가슴속을 가득 채웠다.

쌕쌕 숨을 몰아쉬고 있는데 안벽 쪽에서 목소리가 들렸다.

"괜찮아요!?"

"조금만 기다려요, 지금 튜브를 던져 줄게요!"

문득 주위를 둘러보니 아래에서 큰 거품이 올라와 터지고 있었다. 자동차 안에 남아 있던 공기가 계속 새어나오는 것 같았다.

불현듯 공포가 되살아났다.

지금이라도 도시오의 손이 눈앞에 튀어나오지는 않을까.

"사, 살려 줘! 살려 줘어!!"

5분 후, 요시에는 낚시꾼들의 손에 무사히 구조됐지만, 그 5분이 가장 공포스러운 순간이었다.

5

"난감한 표정이시네요, 계장님."

형사부실로 돌아오자마자 다카마쓰가 농담을 던졌다. 미나토 경찰서 강력범죄계 미즈모토는 그를 무시하고 막 넘겨받은 사체검안서를 다시 확인했다.

"항구의 그 사건입니까?"

"응, 이것만 읽으면 아내의 증언대로야. 피해자의 혈액에서 다량의 알코올이 검출됐다. 혈중알코올농도가 0.4퍼센트니까, 사건 발생 당시는 상당한 만취 상태였을 거야."

어젯밤, 나고야항에서 수습한 후루마키 도시오에 대한 소견이었다. 경차가 안벽에서 바다로 추락했고, 조수석에 타고 있던 부인은 도망쳤지만 남편은 차내에 남겨졌다.

부두에서 밤낚시를 즐기던 사람들의 신고를 받고 경찰과 구급차가 현장으로 출동했지만, 경차는 이미 침몰. 한밤중에 일어난 사고였기 때문에 다이버의 활동 범위도 좁아서 크레인으로 사고차량을 견인했을 때는 이미 너무 늦었다. 운전자 도시오는 익사체로 발견된 것이다.

"피해자가 선술집에서 폭음하던 것을 점원이 목격했다."

"그런데도 본인이 운전대를 잡고 바다로 풍덩, 했습니까? 완벽하게 술김에 벌어진 사고잖아요. 아내가 구조된 것만으로도 다행이네요."

"과연 그럴까?"

미즈모토는 의미심장하게 말했다.

"부인의 증언에 따르면 취했으니까 대신 운전하겠다고 말렸지만 본인이 운전하겠다며 듣지 않았다는군. 게다가 운전을 시작하자 집이 있는 방향과는 전혀 다른 나고야항으로 향했다고 해."

"그럼……."

"남편은 2년 전에 하야타자동차에서 정리해고당하고 그 이후 재취업도 하지 않고 히키코모리 같은 생활을 했다는 것 같아. 일단 소설가가 되겠다고 했지만 그쪽도 별다른 성과는 없었나 보더라고."

"동반 자살, 일까요?"

"그런데 두 사람은 딸을 집에 남겨 뒀지. 사건이 일어난 날은 결혼 20주년이었어. 사치는 못 부려도 부부끼리 오붓한 데이트라도 하지 않을래……. 남편은 그렇게 말하며 아내를 데리고 외출했다는 것 같아. 바다에 빠진 직후에도 아내는 곧바로 안전벨트를 풀고 탈출할 수 있었지만 남편은 안전벨트를 꽁꽁 맨 채였지."

"분명 아이들까지 말려들게 하고 싶지 않았던 거겠죠."

다카마쓰의 목소리가 은근해졌다.

"하지만 동반 자살설에 정면으로 이의를 제기한 자가 나왔어."

"그게 누구입니까?"

"살아남은 그 아내 말이야. 남편에게 자살할 기색은 전혀 없었다고. 투고 활동도 순조로웠고 집필 중이었던 신작은 본인도 상당히 자신 있어 했다더군. 그러니까 이것은 분명한 사고라고 주장하고 있어."

"제 식구 감싸기 느낌이 다분한데요. 남편이 자살했다고 하면 본인에게도 책임이 있는 것처럼 느끼는 부인도 있으니까……. 어쨌든 슬픈 이야기네요."

"그래, 오늘까지는 나도 그렇게 생각했다."

미즈모토는 입꼬리를 씩 올렸다.

"조사해 보니 묘한 사실이 나왔어. 남편은 생명보험 가입자였는데, 사고 두 달 전에 보험 내용을 변경했더라고. 그에 의하면 변경 전 사망보험금은 3천만 엔이었는데, 변경 후에는 3억 엔으로 증가했어."

"3억 엔이요? 그건 또 무슨……."

"약관을 변경하는 경우, 대부분 보험회사는 신규 취급하니까 면책기간은 갱신계약으로부터 3년이야. 설명을 들은 본인이 그것을 그 사실을 염두에 두지 않았을 리가 없어."

"그럼, 역시 사고인가요?"

"그래, 방금 전까지는 나도 그렇게 생각했지."

미즈모토는 사체검안서를 손가락으로 튕겼다.

"검안서에 흥미로운 부분이 기재되어 있어. 피해자의 사인은 익사, 사망추정시각도 사고발생과 일치한다. 그런데 말이야, 부검의가 피해자의 왼손 집게손가락 손톱에 조직이 끼어 있는 것을 발견했다. 발견된 조직은 아무래도 사람의 피부 같다더군. 즉 다툴 때 상대방을 할퀴지 않았겠느냐, 라는 의견이야."

다카마쓰의 안색이 변했다.

"그리고 흥미로운 사실이 하나 더 있어. 그때 구조된 아내는 요시에인데, 그녀의 오른쪽 발목에 할퀸 상처가 남아 있었다는군."

"계장님, 설마."

"안전벨트도 풀지 못한 남편이 어째서 아내의 한쪽 발을 잡았을까. 동반 자살을 꾀했다고 해도 사망보험금 수익자는 요시에로 되어 있어. 어때, 정말 흥미롭지?"

가모우
미치루

I

임의동행에 의한 진술 청취라고 해도 장소는 취조실이라는 이름의 밀실이다. 숨을 곳이 없는데다 노련한 형사들이 상대한다. 정말 간이 큰 범죄자나 청렴결백한 사람이 아닌 이상 대부분의 인간은 동요한다.

미즈모토가 후루마키 요시에에게 느낀 첫인상은 지극히 평범한 주부이자, 도저히 보험금을 노리고 남편을 계획 살인할 여자로는 보이지 않는다는 것이었다.

사망보험금을 극단적으로 변경하고 계약서에 서명하게 하고 그 남편이 음주운전을 한 것으로 가장해 차를 바다에 곤두박질치게 만든 뒤 자신만 살아남는다. 도저히 이러한 냉철한 계획을 아무렇지 않게 실행할 수 있는 여자로는 보이지 않았다.

그렇기 때문에 미즈모토를 앞에 두고 시종 당혹과 불안을 감추지 못하는 요시에에게 위화감을 느꼈다.

"사망보험금을 3천만 엔에서 3억 엔으로 변경한 이유는 무엇입니까?"

"남편이 작가가 되면 수입이 5천만 엔 정도 될 거라고 말해서 거기에 맞춰서 보험을……."

"소설을 쓰기 시작한 지 2년, 게다가 아직 한 번도 상에 응모하지 않았는데도 말입니까? 다 조사해 봤습니다. 게다가 당신의 수입만으로는 매달 납입금을 내는 것도 부담스러웠을 텐데요."

"남편은 작가로서 재능이 있어서……."

"이런 비유 죄송합니다만 한 장에 10만 엔짜리 복권을 사는 것과 같은 꼴 아닙니까? 확률이 전혀 없지는 않지만 회수 가능성이 있는 도박은 아니죠."

"그러니까 그게."

"게다가 보험 내용을 변경한 시일이 사고가 나기 불과 두 달 전이더군요. 아무리 생각해도 부자연스럽지 않습니까?"

"남편 본인이 수긍하고 서명했습니다."

"그래요? 보험회사 담당 직원의 말로는, 계약할 때 남편은 반쯤 졸고 있었다는 것 같던데요."

요시에는 여전히 당황한 상태였다. 마치 의심해 달라고 스스로 외치는 꼴이었다.

"선술집에서 남편이 상당히 취한 상태였는데 왜 운전을 시켰습니까? 음주운전 차량에 동승한 것만으로도 처벌받을 수 있다는 건 알고 계시죠?"

"아, 아뇨. 남편은 운전을 잘했었고 집도 가까웠기 때문에……."

"거의 집에 틀어박혀 있는 히키코모리 성향의 장롱면허 소지자였죠. 그리고 야고토에서 나고야항까지가 가깝다고요? 말도 안 되는 소리 적당히 하시죠!"

미즈모토는 책상을 세게 두드렸다. 어이없을 정도로 유치한 협박이었지만 요시에는 어깨를 크게 들썩이며 더욱 불안한 얼굴을 했다.

진술을 들으면 들을수록 위화감이 짙어졌다. 요시에의 얼굴을 보고 있으면 보는 사람까지 불안해질 지경이었다. 피해자로 지목된 도시오와 마지막까지 함께 있었던 사람은 요시에뿐이기 때문에 그녀가 틀림없이 실행범이다. 그런데 이 어설픈 증언이 오히려 확신을 뒤흔들었다.

"당신은 취한 남편이 집 방향이 아니라 나고야항 쪽으로 향해도 아무런 의심도 안 했다는 말입니까?"

"그거야 술에서 깨려고 바닷바람이라도 쐬려는 건가 싶어서……."

미즈모토는 마음속으로 머리를 싸맸다. 이런 용의자도 드물다. 이왕 거짓말을 할 작정이라면 조금 더 그럴싸하게 이야기를 꾸미든가.

"게이트 하나를 지나 항구로 진입해서 남편이 갑자기 안벽을 향해 차를 몰았다."

"네."

"그 사이에 당신은 그냥 입 다물고 보고만 있었습니까?"

"네."

"차가 안벽에서 떨어졌다. 물에 잠겼다. 당신은 안전벨트를 풀고 문을 열었다."

"그렇습니다."

"그때, 남편은요?"

"저는 필사적으로 차에서 빠져나오려고 해서 도무지 남편의 상태를 살펴 볼 여유가 없었습니다."

"그대로 남편을 남겨 두고? 남편과 아무런 접촉도 하지 않았다고요?"

"네."

"만지지도 않았다?"

요시에가 고개를 끄덕였다.

미즈모토는 약이 바싹 오르는 기분이었다.

"그런데 요시에 씨, 오른쪽 발목에 상처가 있더군요. 그건 도대체 어떻게 생긴 상처입니까?"

요시에의 안색이 더욱 곤혹스러워졌다.

"어제, 마당 벽돌에 긁히는 바람에……."

"마당 벽돌에? 그것 참 안됐네요. 감염이라도 되면 큰일이 죠. 치료해 드리라고 여경에게 지시하겠습니다."

"아니 그러실 필요는……."

"임의동행으로 경찰서에 갔다가 폭행을 당했다. 그런 식으로 말을 퍼뜨리면 곤란하니까요. 부탁이니 약이라도 바르고 오시죠."

말은 치료라고 했지만 물론 DNA를 확보하기 위한 조치다. 도시오의 손톱에 남아 있던 피부조직과 DNA가 일치한다면 그것을 새로운 근거로 요시에를 공격할 수 있다.

일단 잠깐 휴식한 뒤 여경이 불렀더니 요시에는 아무런 의심 없이 뒤따라갔다. 그런 무방비한 모습도 납득이 되지 않는다.

이쯤에서 미즈모토는 어떤 가설을 세웠다.

배후에서 요시에를 조종하는 다른 누군가가 있는 것은 아닐까……?

미즈모토의 경험으로는 보험금 살인사건은 치밀한 계획 아래 실행된 경우가 많다. 게다가 실행 단계도 치밀해서, 범인이 경찰의 한마디 한마디에 저렇게 동요하는 경우는 드물다. 즉 계획도 실행도 너무나 아마추어 냄새가 난다.

그런데 처음에 보험금 살인을 제안한 사람이 따로 있다고 한다면 이 앞뒤 안 맞던 이야기도 딱 들어맞는다.

미즈모토는 머리 한 구석에 가설을 하나 세워 놓고 다시 진술 청취를 시작했다.

"거듭 묻겠습니다. 나고야항까지는 남편이 계속 운전했던 거죠?"

"네, 그렇습니다."

"그런데 요시에 씨, 운전은 잘 합니까?"

"……쇼핑하러 갈 때나 파트타임 출근 때 운전합니다."

"N시스템이라고 아십니까?"

"N…… 아뇨."

정말 모르는 듯, 요시에는 자연스럽게 고개를 저었다.

"자동차 번호 자동 판독기라는 장치인데요. 주행 중인 자동차의 번호판을 판독해서 도난차량 같은 걸 찾아내는 측정기입니다. CCD카메라로 촬영된 영상은 데이터화되어 경찰에게 전송되죠. 긴조후토선에도 설치되어 있습니다."

미즈모토는 사진 한 장을 요시에의 앞에 내밀었다.

N시스템으로 촬영한 사진이었다. 날짜는 사건 당일 오후 10시, 요시에와 도시오가 나고야항에 도착하기 직전의 모습이었다. 사진에는 운전석에 앉아 있는 요시에의 모습이 선명하게 찍혀 있었다.

요시에의 표정이 순식간에 경악으로 물들었다.

"사진 상으로는 아무리 봐도 당신이 운전하고 있군요."

"이, 이건 아니에요."

"뭐가 아니라는 말이죠? 말이 나온 김에 알려 드리면, 안벽에서 차가 뛰어드는 순간에 낚시인 중 한 명이 차 내부의 모습을 목격했습니다. 그는 여자가 운전석까지 몸을 뺐고 있었다고 증언했습니다."

이거다.

미즈모토는 얼굴을 바싹 들이밀며 말했다.

"당신이 남편을 죽였습니다."

공포에 질린 요시에가 눈을 부릅떴다.

그러나 미즈모토는 여지를 주지 않고 밀어붙이듯 말을 이었다.

"주변을 탐문했죠. 회사에서 정리해고당한 뒤 남편은 재취업하려고 하지 않았다고요. 두 딸에게는 아직 한참이나 돈이 들어가는데 수입이라고는 파트타임 급여뿐이고. 식충이 같은 남편을 제거하고 3억 엔을 받는다. 일석이조로군요."

"아니에요, 아니라고요!"

"마지막 순간, 남편은 당신의 의도를 눈치채고 저항했겠죠. 당신과 몸싸움을 했을 겁니다."

"아니야!"

"그러면 그 발목의 상처는 뭐야!"

미즈모토는 책상을 치며 노성을 질렀다.

"남편이 할퀸 자국이겠지! 아까 그 상처에서 채취한 DNA와 남편의 손톱에 남아 있던 피부조직이 일치했다고."

물론 이 말은 거짓말이다. DNA 감정 기술이 아무리 발달했다고 해도 이렇게까지 빨리 결과가 나오지는 않는다.

그러나 요시에를 추궁할 도구로는 더없이 유효했다. 그 증거에 요시에는 궁지에 몰린 작은 동물처럼 떨면서 가쁘게 숨을 내쉬었다.

이제 남은 건 쐐기를 박는 것뿐이다. 미즈모토는 일부러 목소리를 낮췄다. 마치 땅을 기어가는 듯, 그리고 그 말은 들는 사람의 귀에 확실하게 꽂혔다.

"지금은 임의동행 진술 청취라는 명목으로 왔지. 전부 사실대로 말하면 자수로 처리해 줄 수도 있어. 그러면 처벌도 가벼워진다고."

요시에의 눈빛이 두려움과 망설임으로 흔들렸다. 두려움은 처벌에 대한 것, 그리고 망설임은 득실 계산에 대한 것이었다.

"처벌이 가벼워진다는 것은 그만큼 딸들의 곁으로 빨리 돌아갈 수 있다는 뜻이야."

결정타였다.

요시에는 갑자기 양손으로 얼굴을 감싸더니 조용히 오열하기 시작했다. 힘겹게 유지하던 자제력이 무너지는 순간이었다.

마침내 실컷 울고 난 뒤 요시에는 범행의 전말을 띄엄띄엄 진술하기 시작했다.

진술조서 작성은 어이없을 정도로 시시했다. 요시에는 물으면 묻는 대로 전부 말해서 조서 분량이 늘어갔다.

그러나 미즈모토는 그 진술 속에 자꾸 거슬리는 부분이 있었다. 요시에가 '가모우 씨'라는 여성에 대해 진술한 부분이었다.

"가모우 씨는 정말로 아름다운 사람으로……."

"가모우 씨가 하는 말은 하나도 틀리지 않아서……."

"제가 생각하는 것을 척척 알아맞히고……."

"어째서, 좀 더 빨리 이 사람과 만나지 못했을까 안타까웠습니다."

아무튼 요시에는 그 가모우 미치루라는 인물의 이름을 거론할 때마다 동경과 경외심을 드러냈다. 마치 교주를 찬양하는 신자와 같은 눈빛이었다.

자신이 세운 가설에 진술이 점점 가까워지자 미즈모토의 가슴이 두근거렸다. 이만큼이나 숭배하는 사람이 부추기면, 요시에 같은 사람은 순순히 따르게 된다. 아마도 틀림없이 미치루가 그 배후일 것이다.

"그래서 저는 성공보수로 1억 엔을 가모우 씨에게 지불하겠다고 말했습니다."

"1억 엔. 가모우 씨는 그 금액을 듣고 어떤 반응을 보였습니까?"

"그렇군요, 라고 당연하다는 듯 말했습니다."

컨설턴트 비용으로는 이상한 금액이었다. 그러나 요시에도 미치루도 지극히 당연한 금액으로 받아들였다. 그 사실이 더욱 이상했다.

미즈모토는 요시에가 어떤 식으로 이용당했는지 자세한 내용을 추궁하려고 시도했다. 그런데 아무리 취조해도 명확한 교사 방법은 좀처럼 알아낼 수 없었다.

후루마키 집안의 궁핍한 가계 상태를 묻고 요시에에게 관심을 기울여 줬다. 컨설턴트가 아니더라도 사람으로서 당연히 보일 법한 반응이었다.

지출을 자제하고 자산 가치를 높이라는 말도 조언해 주는 입장에서 너무나 당연한 지적이다. 사례를 들며 만약을 위해 사망보험금을 올려 놓으라는 조언도 상식 범위의 제안이다.

요시에의 진술만 들으면 미치루의 말에서 살인교사를 의심할 만한 정황은 아무것도 없다. 의심스러운 점은 1억 엔이라는 상식 밖의 보수지만, 정식으로 계약서를 주고받은 것도 아니고 미치루가 제시한 금액도 아니다. 요시에가 제멋대로 꺼낸 말에 미치루가 적당히 대꾸했다. 그렇게 받아들일 수도 있었다.

만약을 위해 미즈모토는 물었다.

"이번 일, 그 가모우라는 여자는 어디까지 알고 있다고 생각합니까?"

요시에는 망설이는 기색도 없이 입을 열었다.

"가모우 씨는 아무것도 모를 거라고 생각합니다. 전부, 저 혼자서 계획하고 저 혼자서 실행한 거니까요."

그러나 요시에의 이야기로 미루어 짐작하건대, 이번 사건은 미치루가 없었다면 결코 발생하지 않았을 것이다. 남편을 싫어하고 돈에 쪼들리는 주부는 얼마든지 있다. 그들과 요시에의 차이는 단 하나, 가모우 미치루와 만났다는 점이다.

주목해야 할 점은 이용당한 쪽인 요시에가 그 사실을 전혀 자각하지 못한다는 사실이다. 미치루가 늘어놓은 별다른 의도가 없어 보이는 말들이 독이 되어 스며들었지만, 오히려 건강해졌다고 믿고 있다. 실행범이 자각하지 못하는 교사를, 과연 범죄라고 부를 수 있을까.

완전범죄. 미즈모토는 그 네 글자를 떠올리고는 소름이 돋았다. 그런 것은 상상 속에서나 존재하는 말이라고 지금까지 믿어 왔지만, 가모우 미치루의 존재야말로 그것을 대변할지도 모른다는 생각이 들었다.

요시에는 미치루의 명함을 오래도록 소중하게 간직하고 있었다. 압수한 물건에 포함되어 있었기 때문에 미즈모토는 서둘러 미치루에게 연락했다. 표면상으로는 물론 후루마키 도시오 살인 사건의 참고인이라는 명목이었지만, 진정한 목적은 주모자로 확정하는 것이었다. 지금 시점에서 살인교사

용의로 끌고 가기는 어렵지만, 본인을 직접 털면 다른 먼지라도 나올지 누가 알겠는가.

그러나 미즈모토의 계획은 완전히 어긋났다. 명함에 적힌 번호로 전화를 걸었더니 이미 없는 번호라는 안내가 나왔다.

꺼림칙하다고 생각한 미즈모토는 명함에 적힌 주소로 찾아갔다. 사무실 소재지는 나고야시 나카가와구 다카바타 욘초메.

그런데 그곳은 위클리맨션이었다. 당황해서 관리회사에 확인해 봤더니 해당 방은 이미 훨씬 전에 퇴거했다고 했다.

도망쳤다. 직감했다. 후루마키 도시오 사건이 보도된 것이 3일 전. 아마추어라면 보통, 요시에가 사망보험금을 지급받고 나서 자신도 1억 엔의 보수를 챙긴 뒤 사라질 텐데, 미치루는 사건이 보도되자마자 행방을 감췄다. 아마 보도 내용을 통해 요시에가 의심 받을 것이라는 사실을 짐작했을 것이다.

요시에에게 미치루를 소개했다는 파트타임 직장의 동료에게도 물었다. 가메타니 게이코라는 주부였는데, 그녀도 입소문으로 미치루의 휴대 전화 번호를 알았을 뿐, 언제나 상대방이 정한 장소에서 만남이 이루어졌다고 했다. 게이코에게 미치루를 소개해 준 다른 직원도 똑같이 말했다. 그리고 미치루의 정보는 거기서 사라져 버렸다.

가모우 미치루

가모우 미치루를 추적하면서 신출귀몰한 그림자라는 이미지가 떠올랐다. 관계자의 이야기를 들어보면 압도적인 존재감을 뿜어내는데 실체를 직접 확인할 수는 없다.

오랫동안 범죄 수사 현장에서 길러온 감이 경보를 울렸다.

가모우 미치루는 위험하다.

그림자 같은 악惡. 그 정체를 직접 확인하지 못하면 체포해서 처벌할 수도 없다.

그러면 악행은 계속될 것이다.

지금도, 어딘가에서, 누군가에게.

영장을 청구하고, 범죄자를 체포하고, 송치한다. 그것이 미즈모토를 비롯한 경찰관의 업무다. 그러나 지금은 양상이 다르다. 가모우 미치루를 체포할 수 있는 용의도 죄도 가해져야 할 처벌도 보이지 않는다. 그런데도 그녀를 한시라도 빨리 체포해야 한다는 위기감이 점점 심해졌다.

이것이 가모우 미치루의 첫 번째 범죄일 리 없다. 반드시 과거에 그녀가 관여한 사건이 있을 것이다. 그렇게 확신한 미즈모토는 전력자 데이터베이스에서 '가모우 미치루'를 검색했다.

그러나 경찰청 데이터베이스상에 가모우 미치루라는 이름은 한 건도 검색되지 않았다.

역시 미치루는 상당한 주의를 기울여서 범죄 무대의 배후에 숨어 있는 것일까. 그렇게 생각하면서 데이터베이스를 조회한 지 3시간이 지났을 때, 미즈모토에게 외선 전화가 걸려 왔다.

데이터베이스에 접속하면 개인 ID가 남는다. 분명 본청에서 미치루를 조회한 이유를 추궁하는 전화일 것이라고 생각했는데, 상대가 달랐다.

"경시청 형사부?"

의아해하면서 전화를 받았더니 상대는 자신을 수사1과의 아소라고 소개했다.

"안녕하십니까. 수사1과 미즈모토입니다."

"방금 가모우 미치루 건으로 데이터베이스에 접속한 사람이 당신이죠?"

"네, 제가 조회했습니다만, 무슨 문제가 있습니까?"

"현재 저는 가모우 미치루를 쫓고 있습니다. 만약 괜찮으시다면 그쪽 사건에 대해 듣고 싶습니다."

이야기를 들어보니 아소는 수사1과 반장이라고 했다. 경시청 수사1과는 반 하나에서도 수많은 사건을 떠맡고 있다. 그런 부서의 반장이라면 한가할 틈이 없을 텐데, 아소는 멀리 떨어진 나고야까지 직접 찾아오겠다고 했다.

미즈모토는 송구스러웠지만, 한편으로 아소에게 동지 의식을 느꼈다.

이 남자도 가모우 미치루를 위험하다고 느끼고 있다. 그렇기 때문에 바쁜 몸인데도 나고야까지 직접 걸음하는 것일 테다.

미나토 경찰서를 방문한 아소는 보통 키에 보통 몸집인 자신과 동년배 인간으로, 외모가 비슷했기 때문에 친근감이 샘솟았다. 미즈모토는 잡담은 거르고, 후루마키 도시오 살인 사건에 관계된 미치루의 위치와 역할을 설명했다.

요시에를 조종한 화술, 교묘한 유도, 그리고 사건 발각과 동시에 자취를 감추고 달아난 속도…….

그러자 아소는 떫은 표정을 지었다.

"점점, 수법이 뚜렷해지고 있군."

"점점, 이라고 하면?"

"미즈모토 계장도 예상했으리라 생각하는데, 가모우 미치루는 판명된 것만 해도 과거 두 건의 사건에 관여했습니다."

아소는 과거의 사건에 대해 이야기하기 시작했다.

2006년 2월, 도쿄 오모테산도역에서 철로로 뛰어들어 자살한 은행원 사기누마 사요. 그녀가 죽은 뒤, 그동안 은행에서 3억 엔의 돈을 횡령한 사실이 밝혀졌지만 조사해 보니 돈의 대부분이 사라졌다. 남겨진 그녀의 가방에서는 미치루의 명함이 나왔다.

2007년 8월, 다카이도에서 발생한 산업폐기물처리업자 부녀 살해 사건. 범인은 그 집의 장남으로, 두 사람의 사체를 공장에 있던 대형소각로에 태워 없애고 현행범으로 체포했다. 그리고 사건 당일, 집에 없었던 덕분에 운 좋게 목숨을 구한 사람이 바로 같은 집에 신세를 지고 있던 사촌 미치루였다. 사정청취를 한 직후, 미치루는 역시 모습을 감췄다.

"그 산업폐기물처리업자 일가 사건을 바로 저희 반에서 담당했습니다. 범인은 노노미야 히로키라는 남자지만, 그 놈의 진술조서를 다시 읽어 보니 납득이 가지 않는 부분이 여럿 눈에 띄었습니다."

"예를 들면요?"

"범인 히로키는 취직에 실패하고 가업을 돕고 있었는데, 부모와 누나가 자신을 무시하고 본인의 독립을 방해하고 있다. 가족이 있으면 자신은 영원히 어른이 될 수 없다. 그러니까 아버지인 다카유키와 누나인 쿄코를 죽였…… 고 진술했습니다. 그런데 말입니다, 히로키가 가업을 돕기 시작한 지 대략 1년 반이 지난 상태였습니다. 원망이나 질투로 괴로웠다고 해도, 왜 하필 그 타이밍에 폭발했을까요."

"……미치루의 개입, 입니까?"

"미치루가 노노미야네 집에서 지내기 시작한 시점이 사건 발생 몇 주 전입니다. 그리고 히로키는 진술 중에 자신의 가족에게는 분명한 복수심을 드러내면서도 미치루에 대해서는 존경과, 아마도 연애감정 같은 것을 품고 있었습니다."

존경과 연애감정 같은 것……. 그것은 그대로 후루마키 요시에에게도 대입할 수 있는 말이었다.

"노노미야 일가 사건에서 금품 류가 분실된 사실은 없습니다. 하지만 이번 나고야 사건도 그렇지만, 실행범의 곁에는 언제나 미치루가 존재합니다. 실행범의 그늘에 숨어 결코 밖으로 나오지 않죠."

미즈모토는 무심코 고개를 끄덕였다. 먼 곳에 떨어져 있는 부서의 동료가 자신과 같은 생각을 품고 있다는 사실이 신기했다.

그러나 잠시 생각에 잠긴 뒤 그 감상을 취소했다.

신기한 일이 아니다. 비슷하게 범죄 수사의 길을 걸어온 두 형사가 공통된 판단 기준으로 미치루라는 여자를 희대의 범죄자라고 인정한 것이다.

"하지만 아소 반장님, 그렇다면 미치루를 어떤 죄목으로 쫓으면 좋을까요. 미치루는 세 건의 사건 모두 자신이 관여한 흔적을 남기지 않았습니다. 말하자면 죄 없는 사람이죠. 아예 안 된다고 할 수는 없지만 지명수배를 내릴 수 있는 케이스가 아닙니다."

"확실히 그 세 건은 교사에 해당하지 않죠. 하지만 말입니다, 실은 그보다도 더 전에 그녀가 직접 손을 쓴 것 아닌가 의심되는 사건이 있습니다."

"직접 손을 썼다고요?"

"1992년 3월. 아버지 가모우 노리오가 아키루노시 히오데마치에 있는 자택에서 자살했습니다. 발견자는 당시 열세 살이었던 미치루. 그녀가 목욕하던 사이에 란마에 끈을 걸고 목을 맸다고 이쓰카이치 경찰서는 판단했습니다."

"……즉 열세 살 딸이 친아버지를 죽였다는 말입니까?"

"당시 수사 자료를 검토해 봤는데, 노리오의 혈액에서 다량의 알코올이 검출되었습니다. 부인이 집을 나가고 살림도 어려웠던 사정 때문에 술김에 자살을 결심했다, 뭐 이렇게 판단했을 테죠."

술김에 자살……. 전혀 생각 못할 이야기는 아니다. 그러나 그러면 자살은 충동적이었다는 이야기가 된다.

"자살을 결심한 그때, 때마침, 우연히도, 집에 적당한 끈이

가모우 미치루

있었다는 말입니까?"

"게다가 유서 같은 건 남기지 않았습니다."

"확실히 위화감이 드는군요. 하지만 겨우 열세 살짜리 소녀가 다 큰 성인을 목 졸라 죽이는 게 정말로 가능할까요? 그리고 죽인 뒤 란마에 매다는 작업도 여간 어려운 일이 아닐 텐데요."

"그렇죠. 열세 살짜리 미치루 혼자라면 어려울 겁니다. 그렇기 때문에 다소 부자연스러운 정황이 있어도 당시 수사원들은 자살이라고 결론 낼 수밖에 없었던 거죠."

아소가 말하는 바를 곧바로 이해할 수 있었다.

"공범이 있었군요."

"한 명은 노리오의 몸을 누르고, 다른 한 명은 끈으로 목을 조른다. 죽은 뒤에는 둘이서 시체를 매단다."

그래, 그렇다면 중학생 소녀도 할 수 있을 것이다.

"저는 그 공범이 노노미야 쿄코가 아닐까 생각합니다."

"친동생에게 살해당한, 미치루의 사촌 말입니까?"

"히로키의 진술로는, 두 사람은 중학생 시절부터 줄곧 함께 행동했다는 것 같더군요. 그리고 쿄코를 공범이라고 가정하면 2007년 사건에서 쿄코를 죽여야만 했던 이유도 이해할 수 있습니다."

"입막음."

"주범과 종범은 문자 그대로 주종관계인 경우가 많습니다. 종범인 쿄코는 어땠는지 몰라도, 주범인 미치루는 어느 순간부터 쿄코가 거슬렸던 게 아닐까 싶습니다."

"이번 사건에서도 미치루는 혼자였으니까요. 후루마키 요시에가 조금 더 깔끔하게 처리했다면 1억 엔의 보수도 미치루 혼자 차지했을 테고……. 그런데 20년 전 사건으로 미치루를 쫓는다는 말입니까?"

"1992년 사건은 2007년에 공소시효가 만료됐습니다. 그 혐의로 쫓는 건 어렵겠지요."

"당시 이쓰카이치 경찰서는 자살로 처리했다고 하셨죠. 그렇다면 유류품도 처분했겠군요."

"그런데 죽으라는 법은 없나 봅니다. 당시 가모우 부녀가 살던 곳은 낡은 고용촉진주택이었는데, 현재 그 주택은 반쯤 유령 아파트로 변했습니다. 마침 그들이 살던 집은 거주자도 없이 비어 있었습니다. 목을 매달았던 란마도 그대로 남아 있었고요."

"그러면."

"조사해 봤죠. 란마 모서리에는 밧줄에 긁힌 흔적이 선명하게 남아 있었습니다. 분명 무거운 것을 끌어올린 자국이었습니다. 맞습니다, 결코 자살로는 볼 수 없는 흔적입니다."

"하지만, 그래도 그게 미치루가 직접 손을 썼다는 물증은 아니지 않습니까."

"이것 참. 실은 히든카드가 하나 더 있습니다."

2

나고야에서 도쿄에 있는 경시청으로 곧장 돌아온 아소는, 자신의 책상에서 사진 한 장을 들여다보고 있었다.

이목구비가 뚜렷한 미인. 어딘지 모르게 인위적인 느낌을 풍기는 인기 모델에게도 뒤지지 않는 외모다. 앞머리를 내려 이마를 가렸는데, 히로키의 증언에 따르면 얼굴을 바라본 방향에서 왼쪽, 이마 선과 가까운 부분에 5센티미터 가량의 상처가 있다고 한다.

이것이 가모우 미치루의 얼굴이었다.

미치루가 파이낸셜 플래너 자격을 취득한 것은 틀림없는 사실이었다. 밑져야 본전이라는 심정으로 일본 FP협회에 조회를 요청했는데 자격시험을 치를 때 제출한 서류가 보관되어 있었다. 그래서 서류에 붙어 있던 사진을 받았다.

이름과 그림자뿐이었던 존재에 마침내 실체가 부여된 것

이다. 이것이 의미하는 바는 컸다.

그때 다카도노가 찾아왔다.

"고생 많으십니다, 아소 반장님. 나고야 건은 어떻게 되셨습니까?"

"예상대로였어. 3억 엔 보험금 살인, 역시 뒤에서 줄을 당기던 사람은 미치루였어. 실행범은 역시나 미치루를 숭배할 뿐 자신의 단독범행이라고 주장하고 있지만 말이야."

"생각할수록 무서운 여자네요. 아아, 맞다. 드디어 과학수사연구소에서 이게 왔습니다."

다카도노가 꺼낸 것은 디스크 한 장이었다.

"이리 줘 봐."

아소는 디스크를 받자마자 서둘러 자신의 컴퓨터에 넣었다. 얼마 후 화면에 표시된 아이콘에는 '2006. 2. 25. 오모테산도역'이라는 제목이 붙어 있었다. 클릭하자 역 플랫폼을 위에서 사선으로 찍은 비디오 영상이 나타났다.

사기누마 사요가 오모테산도역에서 몸을 던지는 장면이 담긴 영상이었다.

영상이 남아 있다는 사실을 알았을 때, 아소는 도쿄메트로에게 매달리고 싶은 심정이었다. 수도권에서는 매일같이 인신사고가 발생한다. 자살, 휴대 전화에 정신이 팔려서 벌어지는 사고 등 다양하지만, 아직 이거다 싶은 효과적인 예방책은 없다. 난보쿠선처럼 플랫폼에 스크린도어를 설치하면 문제가 없겠지만 수도권의 모든 역에 설치할 예산이 없다.

그래서 도쿄메트로 총무부에서는 사고방지책 자료로서 몇 년 전부터 사고발생 시의 영상을 데이터로 보존하고 있다. 플랫폼에 설치된 감시카메라가 찍은 사고 장면을 분석하고 분류해 놓으려는 시도였다.

감시카메라는 나름대로 고해상도였지만, 그래도 멀면 멀수록 전철을 기다리는 승객의 얼굴이 흐릿해졌다. 사고원인 규명에는 어떨지 몰라도 이것으로 인물을 특정하기에는 문제가 있었다.

이 문제를 해결해 준 것이 바로 현재의 디지털 기술이었다. 오래된 영상이라도 디지털 분석으로 해상도를 높이거나 줌업 같은 가공 또는 수정을 자유자재로 할 수 있었다.

이리하여 2006년에 찍은 흐릿한 영상이 과학수사연구소의 손을 거쳐 지극히 미세한 부분까지 선명하게 복원됐다. 아소는 영상을 재생했다.

저녁 러시아워, 플랫폼은 귀가하는 직장인들과 학생들로 넘쳐났다.

"아, 사기누마 사요는 여기 있습니다."

다카도노는 플랫폼 가장 앞줄을 가리켰다. 그곳에는 멍한 눈에 반쯤 넋이 나간 여자의 얼굴이 있었다.

머지않아 화면 안으로 전철이 들어왔다.

아소는 숨을 멈추고 사요의 모습을 주시했다.

마침내 선두차량이 접근해 왔다.

그리고 차량이 화면 중앙까지 진입했을 때, 사요의 몸이 앞으로 고꾸라졌다.

이 장면까지는 과학수사연구소에 보내기 전까지 수없이 봤다. 2006년에 찍은 영상으로는 인파의 가장 앞에 있는 사요의 몸이 기울어지는 것밖에 보이지 않았다.

그러나 해상도를 높인 영상은 달랐다. 슬로우 모드로 재생하자 사요가 스스로 몸을 던지는 것이 아니라 등 뒤에서 강한 힘에 떠밀린 것을 확인할 수 있었다. 아소는 사요를 중심으로 영상을 확대했다.

숨이 멎었다.

사요의 바로 뒤에 미치루가 서 있었다. 옆모습뿐이었지만 분명 수험서류에 붙어 있던 사진과 똑같은 얼굴이었다.

다른 사람의 그림자에 가려서 결정적인 순간까지는 아니지만 미치루의 부자연스러운 움직임과 동시에 사요의 몸이 고꾸라졌다.

가모우 미치루

369

"이거……."

말을 꺼내려고 했지만 입안이 바짝 말랐다. 다카도노가 그 말을 받았다.

"네, 아무리 봐도 이건 뒤에서 밀어 넘어뜨린 것 같네요."

사요의 몸이 플랫폼에서 떨어지는 장면에서 사라졌다. 주위에 있던 승객들 가운데 이상을 감지한 몇 명이 깜짝 놀란 모습으로 상체를 간신히 앞으로 내밀었다.

전철이 그 지점을 통과했다.

수많은 승객이 얼어붙은 가운데, 미치루의 머리가 뒤쪽으로 이동하다가 마침내 보이지 않았다.

"사기누마 사요 사건도 실행범은 미치루였네요."

"결코 기분 좋은 영상은 아니지만 이걸로 미치루를 끌어들일 수 있겠어."

영상만으로는 체포영장을 청구하기 어려울지 모르나 참고인으로서 진술을 청취할 수는 있다. 그리고 이번 후루마키 도시오 살해 사건과 엮으면 체포영장도 청구할 수 있다.

"잡자."

아소는 큰 소리로 선언했다.

"미치루의 얼굴을 전국 현경에 배포해. 전국에 그물을 쳐서 반드시 잡겠어."

자고로 미인이라는 존재는 눈에 띄기 마련이므로 전국에 수배하기에도 편하다. 거리를 걷다가 남자들이 반드시 뒤를 돌아볼 정도의 얼굴이라면 경찰들의 기억에도 확실하게 남을 것이다.

경찰청을 통해 미치루의 사진을 전국 현경에 배포한 뒤, 아소는 미치루와 관련된 사건을 재수사하는 데 몰두했다. 밝혀진 것만 네 건. 각 사건마다 사람이 죽어나갔는데, 관건은 미치루가 관여한 방법이었다.

마치 타인을 꼭두각시처럼 취급하고 자신은 그 뒤에서 사건이 흘러가는 양상을 지켜보며 비웃는다. 그리고 옆에서 전리품을 낚아챈 뒤 인형을 버리고 모습을 감춘다.

매우 위험한 여자라고 판단했다. 방치하면 앞으로 피해가 계속될 것이다.

무슨 일이 있어도 막아야 한다. 확실한 물증을 찾지 못하면 최소한 정황증거를 수집한 것이라도 상관없다. 한시라도 빨리 미치루를 체포해서 구속해야 한다.

미치루와 관련된 사람들을 찾다가 드디어 증인 한 명을 찾아냈다. 여든을 넘긴 곤도라는 노인인데, 지금은 무사시마스코에 있는 양로원에서 지내고 있지만, 1992년 당시에는 고용촉진주택 가모우 부녀의 옆집에 살았다고 한다.

가모우 미치루

아소는 서둘러 양로원을 방문해 곤도에게 미치루의 사진을 보여 줬다.

"아아…… 옛날 생각이 나네, 미치루로군."

"알아보시겠어요? 아키루노시에서 사셨던 시절로부터 벌써 20년이 지났습니다."

"그래도 이렇게 예쁜 여자아이는 한 번 보면 잊을 수 없지. 이목구비도 뚜렷하고. 허허, 미인이 됐겠죠."

"그 시절, 기억하십니까?"

갑자기 곤도의 표정이 어두워졌다.

"그 아이는 예뻐서 오히려 더 그렇게 느껴졌지. 박복하다는 인상이 강했다우."

과거를 회상하는 듯 곤도의 시선이 먼 곳을 향했다.

"집안이 유복했다면 그런 집에 살지 않았을 테니까. 단지로 이사 온 뒤로 아버지와 둘이 살았어. 뭐 사연이 있었겠지. 그 아이가 밝게 웃는 걸 본 적이 없어요."

"이웃과는 교류했습니까?"

"우리 집이랑은 조금. 기름 같은 걸 빌려준 적도 있지. 식사도 미치루가 준비하는 것 같았어요."

"아버지는 뭘 했습니까?"

"모르지."

곤도의 말투가 갑자기 시큰둥해졌다. 그것만으로 노인이 가모우 노리오에게 무관심했다는 사실을 엿볼 수 있었다.

"매일 저녁에 돌아왔으니까 무슨 일을 하긴 했겠지. 하지만 양복을 입지는 않았으니 사무실에서 근무하는 건 아니었을 거요. 가아끔 복도에서 마주친 적이 있는데, 세 번에 한 번은 술 냄새를 풍겼어. 저건 정상적인 부모가 아니겠구나 싶었지."

"왜 그렇게 생각하셨죠?"

"이 사진에서는 앞머리로 가리고 있지만, 이 아이의 이마에는 멍이 있어. 알고 있어요?"

"들었습니다."

"멍이 생긴 이유는?"

"모릅니다."

"아버지에게 맞았어요. 같은 층에 사는 집들 사정은 거의 알고 있었거든. 아무튼 한밤중에 큰소리로 고함을 치거나 물건을 부수는 것 같은 소리가 들렸다우."

처음 듣는 이야기였다.

"아동학대……."

"요즘은 그렇게 말하나 보지요? 아버지와 딸 둘이서 사는데 딸이 다쳤다면 얼추 추측할 수 있지. 술 처먹고 딸을 때리는 건 인간쓰레기나 할 짓이야."

"본인이나 주변 사람이 경찰에 신고하지는 않았습니까?"

"헤이세이*의 시대가 된 지 얼마 지나지 않았을 때니까. 그 시절에는 집 안에서 일어난 일은 집 안에서 해결한다는 게 세상 사람들 인식이었지. 당신네들 경찰도 분명 민사 불개입이니 뭐니 하면서 상대 안 해 줬잖습니까."

곤도는 정곡을 찔렀다. 아동학대에 대해서는 1990년이 되어서야 겨우 통계를 내기 시작했고, 후생노동성이 아동상담소를 '아동학대와 비행문제를 중심으로 대응하는 기관'으로 지정한 것은 2003년부터였다. 바꿔 말하면 그때까지는 가정 내 아동들은 폭력과 성적학대에 계속 노출되어 있었다는 이야기다.

가모우 미치루는 그 피해자 중 한 사람이었던 것이다.

"미치루는 분명히 아버지를 증오했겠군요."

"부모 자식 사이니까 타인은 모르는 일도 있겠지만. 어린 여자애 이마니 뭐니에 요란한 멍이 생겼는데, 아무렇지 않을 수도 없었겠지."

곤도는 눈살을 찌푸렸다.

---

* 1989년 1월부터 2019년 4월까지에 해당하는 일본의 연호.

"그 나이 대 여자애들은 대개 아무 이유 없이 아버지에게 혐오감을 느끼잖우. 그런데 매일같이 폭력을 휘두른다면 혐오감이 심해지고도 남지. 게다가…….."

곤도는 이야기를 하다가 도중에 입을 다물었다.

"게다가, 뭐죠?"

노인의 얼굴에 고뇌가 떠올랐다. 말할까, 말하지 말까 망설이는 모습이었다.

"알고 계시는 건 전부 말씀해 주세요."

"하지만……"

"어르신 앞에서 이런 말씀 드리는 것도 민망하지만, 이 세상의 재앙은 모두 은폐된 일에서 생겨나고 있습니다. 만약 가모우 미치루라는 여성이 범죄에 관여했다면 그 근본은 은폐된 일에 있을지 모릅니다."

잠시 망설인 끝에 노인은 마침내 입을 열었다.

"……아파트가 날림으로 지어져서 방음이 엉망이었기 때문에 옆집에서 나는 소리나 대화가 잘 들렸지. 그 짐승만도 못한 아버지는 사실 딸을 자신의 노리개로 삼았다우."

가난한 생활, 그리고 잦은 폭력과 성적학대.

아버지를 살해할 동기로는 충분했다.

"아버지가 죽은 뒤, 그녀는 어떻게 됐습니까?"

가모우 미치루

375

"중학교를 졸업할 때까지는 단지에 살았어요. 저축해 놓은 돈이 얼마 있어서 그걸로 집세를 냈다지, 아마? 졸업과 동시에 이사를 간 뒤로는 미치루를 보지 못했어."

"그렇습니까……"

"이번에는 내가 묻고 싶소만."

"대답할 수 있는 것이라면 답변해 드리겠습니다."

"이런 곳까지 경찰이 찾아오다니. 분명 미치루가 무슨 문제를 일으킨 거겠죠?"

"……죄송하지만, 그 질문에는……"

"뭐, 됐습니다. 하지만 말해 두는데, 당신은 분명 쓰라린 경험을 할 것이외다."

"무슨 뜻입니까?"

"이러쿵저러쿵해 봤자 소용없는 일이지. 이 늙은이의 기우라우."

곤도는 그렇게 말하고는 웃어 보였다.

그로부터 한 달이 더 지났지만 미치루의 행방은 오리무중이었다.

후루마키 도시오 살해 사건 발생 이후 아직 얼마 지나지 않았다. 세간의 관심이 식을 때까지 얼마간 쥐죽은 듯 납작 엎드려 있을 셈인가. 아니면 이것을 계기로 두 번 다시 범죄에 손을 대지 않을 작정인가…….

아소가 초조해하고 있을 때, 고지마치 경찰서에서 연락이 왔다.

어제 고지마치 경찰서 생활안전과에 가정폭력 상담으로 중년의 주부가 찾아왔다. 담당 직원이 상담해 줬는데 이야기 중에 가모우 미치루라는 이름이 거론됐다고 했다.

소식을 들은 아소는 자신도 모르게 벌떡 일어섰다. 뭐야, 도쿄로 돌아와 있었다니.

주부의 이야기로는 생활 플래너 입장에서 이것저것 조언을 해 줬다고 한다. 아소는 다급하게 고지마치 경찰서에 전화를 걸어 담당자를 찾았다.

"그 주부는 아직 고지마치 경찰서에 있나?"

─네. 집에 돌아가면 남편이 또 폭력을 휘두른다며 몹시 두려움에 떨어서요.

기회다. 아소는 속으로 쾌재를 불렀다. 미끼는 이미 그물에 걸려들었다. 이제 사냥감을 꾀어내기만 하면 된다.

"그녀에게 가모우 미치루를 불러내라고 해. 지금 단계에서는 아직 경찰이 개입할 수 없는데, 이대로 집으로 돌아가는 건 무서우니까 함께 가 달라고. 그런 식으로 말하라고 시켜."

고지마치 경찰서의 연락을 기다린 지 몇 분, 담당자에게

가모우 미치루

377

답변이 왔다.

　－가모우 미치루와 연락이 됐습니다. 오늘 오후 5시에 저희 경찰서로 오기로 했습니다. 저희 쪽에서 확보해 두면 될까요?

"내가 직접 간다."

아소는 수화기를 내려 놨다.

손목시계를 확인했다. 현재 오후 3시 10분, 5시까지 앞으로 두 시간이 채 안 남았다.

고요한 흥분이 가슴을 울렸다. 드디어 그림자와 대면할 시간이 다가온 것이다.

아소는 만사를 제쳐 놓고 고지마치 경찰서로 향한 뒤 1층 로비에서 꼼짝 않고 대기하고 있었다. 물론 경찰서 주변에도 수사원 여러 명을 배치하고 포위망을 쳤다. 만약 미치루가 도중에 돌아가려고 해도 즉시 추적할 수 있도록 손을 써 두었다.

약속 시간까지 앞으로 15분. 해는 서쪽으로 기울기 시작했고, 1층 로비로 들어오는 햇빛은 붉게 물들어 있었다.

친부 살해, 은행 예금 횡령과 사기누마 사요 살해, 공범자 제거, 그리고 보험금 사기.

무려 20년 동안 수많은 범죄를 저질러 오면서도 다른 사람의 그림자에 숨어, 한 번도 사건 표면으로 존재를 드러내지 않았던 여자. 그 미모와 화술로 많은 남자와 여자를 손아귀에 넣고 자신의 꼭두각시로 조종해 온 여자. 그 여자를 이제 곧 만난다.

기묘한 기분이었다. 기다리고 있는 상대는 분명 범죄자인데, 마치 애타게 그리워한 상대를 처음 만나는 것처럼 흥분됐다.

이유를 곰곰이 생각해 봤지만 해답에 이르지 못했다. 분명 미치루가 지금까지 만나지 못했던 유형의 범죄자이기 때문일 것이라고 짐작했지만 그래도 석연치 않은 구석이 있다.

뭐, 됐다. 취조실에서 며칠이고 대치하면서 대화를 해 보면 명백해지겠지.

오후 5시. 아소의 시선은 로비 입구에 고정되었다.

마침내…… 미치루가 모습을 드러냈다.

미치루는 챙이 넓은 모자를 쓰고 있었지만, 그 얼굴을 못 알아보는 일은 없었다. 사진대로, 아니, 그 이상으로 아름다운 여자였다.

약속 시간을 상당히 잘 지키지 않는가.

아소는 접수처에 선 미치루에게 다가갔다. 로비 입구는 이미 수사원 두 명이 막고 있었다.

"가모우 미치루 씨 맞으시죠?"

그러자 미치루가 고개를 돌렸다. 눈을 치뜨는 시선에 소름이 돋았다.

"네. 그런데요?"

"경시청의 아소라고 합니다. 잠깐 시간 괜찮으신지요?"

고지마치 경찰서의 취조실을 빌린 아소는 미치루와 대치했다. 가정폭력 피해를 신고하러 온 주부에게는 고지마치 경찰서에서 책임지고 조취를 취하겠다고 전하자 미치루는 안도의 표정을 내비쳤다.

"정말 다행이네요. 경찰에서 확실하게 처리해 주신다면 저 같은 사람이 나서지 않아도 충분하죠."

"분야를 가리지 않는 생활 플래너시라고요. 생활 플래너는 의뢰인의 부부관계까지 상담을 해 줍니까?"

"의뢰인으로서가 아니라 같은 여성으로서 상담해 드리는 겁니다. 폭력의 피해자는 항상 여자와 아이들이더군요."

"그건 당신의 이야기를 하는 건가요, 가모우 씨."

"무슨 뜻이죠?"

"당신이 옛날에 살던 아키루노시에 있는 고용촉진주택, C-608호였나요. 이웃에 살던 분께 흥미로운 이야기를 들었거든요. 아버지에게 상당히 심한 학대를 받으셨다던데?"

그러나 미치루의 표정에 변화는 없었다. 마치 다른 사람의 이야기를 듣는 듯한 얼굴이었다.

"잠깐, 실례."

아소가 손을 뻗어 손가락으로 재빨리 미치루의 앞머리를 걷었다.

이마 선 근처, 바라보는 방향으로 왼쪽 이마에 5센티미터 가량의 멍이 희미하게 보였다. 파운데이션을 바른 것 같았지만 그래도 완전히 숨길 수 없는 점을 보면, 색이 상당히 진하게 남아 있는 것 같았다.

"내출혈을 동반한 멍은 잘못하면 평생 남는다고 하지요. 그걸 볼 때마다 싫은 기억이 떠오릅니까?"

"도대체 무슨 이유로 지금 제가 당신에게 질문을 받고 있는 거죠?"

항의는 하지만 여전히 말끔한 얼굴이었기 때문에 감정은 드러나지 않았다.

"가모우 노리오 사건은 란마에 목을 매고 자살한 것으로 종결됐지만 저는 생각이 좀 다릅니다."

"자살한 아버지의 시체를 발견한 사람은 저예요."

"아뇨. 노리오는 당신에게 살해당했습니다."

가모우 미치루

"당시 저는 열세 살이었죠. 그렇게 어린 아이가 어떻게 다 큰 어른을 죽일 수 있었겠어요?"

"당신의 사촌, 노노미야 쿄코가 공범입니다."

"그러네요, 확실히 둘이라면 그것도 가능할지 모르겠네요. 하지만 그건 어디까지나 형사님의 상상이잖아요. 증거는 있습니까?"

"란마 모서리에 끈이 끌린 자국이 있습니다. 그건 목 졸라 죽인 시체를 위로 끌어올려 매단 흔적이죠. 보통 스스로 목을 매달면 그런 흔적을 생기지 않습니다."

"하지만 제가 했다는 증거는 아니죠."

"증거는 분명했습니다. 공범인 노노미야 쿄코. 하지만 당신은 그녀조차 제거했죠."

"쿄코를 죽인 사람은 히로키 아니었나요. 저 경찰에 진술도 했었는데요."

"히로키는 당신에게 조종당했습니다. 당신은 자신의 범행을 알고 있는 쿄코가 눈엣가시였겠죠. 그래서 동생에게 있는 말 없는 말로 꼬드겨서 죽이게끔 만든 겁니다."

"본인이 그렇게 말하던가요?"

미치루는 아소의 속셈을 전부 간파한 듯 요염하게 웃었다.

아소는 사건의 핵심내용을 직구로 공략할 작정이었지만,

미치루가 모조리 피해가는 것 같았다. 이것이야말로 실체 없는 그림자를 향해 공을 던지는 기분이다.

"노노미야 집안이 참변을 당했을 때, 당신만 직장 근처 호텔에서 묵었지. 그것도 우연이라고 말할 겁니까?"

"네. 우연입니다."

"당신, 요전까지 나고야에 있었다면서요."

"일종의 프리랜서니까 비교적 자유롭습니다. 나고야는 예전부터 경기에 쉽게 영향을 받지 않는 곳이라서요. 자산운용에 대한 수요를 전망할 수 있기 때문에 그곳에 자주 머물면서 일하죠."

"위클리맨션을 사무실로 이용하는 건 이상한데요."

"직업 특성상 거의 외근이라서요. 사무실이라고 해 봤자 자거나 서류를 놓을 때만 쓰는 공간입니다. 이동이 잦으니까 그 방법으로 경비를 절약할 수 있죠."

"나고야 고객 중 후루마키 요시에라는 여자가 있었죠."

"저도 신문을 보고 알았네요. 어쩌다가 남편과 사고를 당했다고요."

"시치미 떼지 마! 이것도 당신이 뒤에서 조종한 거잖아. 남편에게 3억 엔이나 하는 보험금을 걸어 놓고, 사고로 위장해서 죽였지. 그리고 당신은 그 보험금의 일부를 챙기는 계획이었잖아."

"요시에 씨가 그렇게 말하던가요?"

"요시에가 보수로 1억 엔이라는 금액을 제시했을 때, 당신은 당연하다는 듯 끄덕였다던데."

"반 농담이었죠. 경찰은 고작 그런 걸로 일반 시민에게 말도 안 되는 혐의를 씌우나요?"

"모아 놓은 돈은 어디에 숨겼어."

"모아 놓은 돈? 컨설턴트업으로 모은 자금은 있지만 사람들에게 자랑할 만한 액수는 아닌데요."

"사기누마 사요라는 은행원이 2억 3천만 엔이라는 돈을 횡령했다. 그 돈의 대부분을 당신이 빼앗았잖아. 그리고 사기누마 사요의 쓸모가 다했다고 판단하자 당신은 다른 사건들처럼 그녀를 제거했어."

"그것도 증거는 없지요?"

미치루는 우스운 듯 말했다.

히든카드를 꺼낼 차례다. 바로 지금.

"증거라면 여기 있지."

아소는 말과 함께 사진을 미치루의 앞에 꺼냈다.

사요의 몸이 플랫폼에서 떨어지고 있고, 그 바로 뒤에는 부자연스러운 자세의 미치루가 찍혀 있었다.

비디오 영상을 캡처한 사진이다.

미치루의 얼굴이 굳었다. 포커 게임 마지막 순간에 상대가 내민 스페이드 에이스를 보기라도 한 얼굴이었다.

"디지털 기술이라는 건 굉장하단 말이야. 2006년 당시에는 전혀 쓸모없던 사진이 지금은 이렇게 변신했지. 이 뒤에 서 있는 사람, 틀림없이 당신 맞지?"

미치루는 대답도 하지 못하고 그저 사진만 뚫어지게 응시했다.

이겼다고 생각했다. 이것으로 가면에 금이 갔다.

"자, 그럼 다시 이야기를 시작해 볼까?"

아소는 사냥감에게 덤벼들 기세로 몸을 내밀었다. 그러자 미치루가 서서히 고개를 들었다.

"잠깐만요."

"무슨 일이지?"

"이야기를 하기 전에 변호사를 불러 주세요."

흥, 변호사라고? 영악한 것 같으니라고.

그러나 그것은, 더 이상 혼자서는 스스로를 보호할 수 없다는 소리를 한 것과 다름없었다.

"좋고말고. 모처럼이니 좋은 변호사를 소개해 줄까."

"됐습니다. 좋은 변호사라면 저도 아니까요."

미치루는 스마트폰을 꺼내서 화면에 손가락을 미끄러뜨렸다.

이 희대의 악녀가 어떤 변호사를 알고 있을까……. 아소는 순간 불안해졌다. 검찰의 천적이라고 할 만한 변호사를 몇 명 알고 있다. 현재, 경찰이 확보한 물적 증거로 유리하다고 할 수 있는 것은 이 사진 한 장뿐이고, 나머지는 전부 정황 증거뿐이다. 만약 그 중 한 명을 지명한다면 낭패다.

잠시 후 미치루가 아소에게 스마트폰 화면을 보였다.

"이 변호사님께 변호를 부탁드리고 싶군요."

화면에는 이렇게 표시되어 있었다.

도쿄변호사회 소속 호라이 가네토

3

호라이가 고지마치 경찰서에 온 것은 이번이 두 번째였다.

변호사가 의뢰인을 만나러 경찰서를 방문하는 건 당연한 업무지만 호라이에게는 그렇지 않았다. 그는 최근 약 20년 동안 형사 사건을 담당한 적이 없고, 만약 의뢰인이 경찰 신세를 지게 되었을 때는 회사에 소속된 변호사가 담당하도록 했다.

처음 호라이를 사선변호사로 지명했다는 피의자는 기억에 전혀 없는 사람이었다. 물론 입소문으로 자신의 이름을 들었을 가능성도 있다. 호라이의 로펌은 전성기에는 TV 스폿광고를 내보냈던 적이 있으니까 나름대로 지명도는 있다. 그러나 입소문이든 광고든 호라이의 로펌은 채무정리전문 변호사라는 점을 전면에 내세우고 있다. 형사 사건 변호사로 의뢰 받은 것은 상당히 의외였다. 원래라면 손대지 않을 형사 사건 의뢰를 받아 볼까 생각한 이유는, 그 점에 흥미가 생겼기 때문이다. 의뢰받았다고 해도 아직 수임계를 제출하지 않았기 때문에 사건 내용이 수상하면 거절하면 된다는 생각이었다.

그러나 취조실에서 미치루를 본 순간 흥미는 계산으로 바뀌었다. 이 여자의 변호를 맡자, 재판에서 이기든 지든 자신에게는 반드시 이익이다. 계산은 그렇게 말했다. 아소라는 경찰관에게 들은 그녀의 용의는 살인과 살인교사. 게다가 본인은 대단한 미녀다. 이 사건이 재판으로 이어지면 반드시 세간의 이목이 집중될 것이다. 물론 변호인인 호라이 가네토에게도 눈부신 스포트라이트가 쏟아지겠지. 그것만으로도 수천만 엔 상당의 광고비에 필적한다. 혐의의 개요와 본인이 무고하다고 주장하는 것만 들었을 뿐인데도 호라이는 변호를 흔쾌히 수락했다.

기회를 재빠르게 낚아챈다. 바로 자신을 위해 존재하는 말일 것이라고 호라이는 생각했다. 이번 건도 예외는 아니다. 기사회생의 발판이 필요하던 참에 마침 알맞은 사건이 날아든 것이다. 바보가 아닌 이상 놓칠 리 없었다.

예전에는 전국에 지사를 두고, 소속 변호사 두 명과 사무원 140명을 거느렸던 'HOURAI 법률사무소'도 최근 규모를 축소할 수밖에 없었다. 이유는 말할 것도 없이 대금업법 개정에 따른 초과지불금 반환 안건의 급격한 감소였다. 그동안 법정금리와 대금업자 설정금리 사이의 차이가 변호사의 밥줄이었는데, 양쪽의 금리가 같아지면서 전국의 변호사와 법무사들이 시장을 모두 먹어 치운 다음에는 풀 한 포기 자라지 않는다. 시장 축소의 여파로 변호사업계 전체는 벌써 빙하기가 도래했다. 그 가운데 채무정리에 업무가 집중된 'HOURAI 법률사무소'는 어떻게든 다른 분야의 수임을 늘려야 했다. 그러기 위해서 익숙하지 않은 형사 사건도 받아들여야 했다.

자신의 판단이 옳았다고 깨달은 것은 그다음 날부터였다.

TV와 신문은 재빠르게 가모우 미치루의 얼굴을 공개했다. 살인과 살인교사 등의 입건 대상일 뿐 아니라 세 건에 대한 의혹도 받고 있는 피의자. 매스컴은 모처럼 등장한 범상치 않은 범죄자에게 화려한 수식어를 붙이며 환영했다.

이른바, 희대의 악녀.

이른바, 현대의 인형조종사.

이른바, 악마.

보도는 호라이가 예상한 것보다 더 과열되었고, 변호를 수임한 호라이의 이름 역시 크게 부각되었다. 이것만으로 목적은 대부분 이룬 것이나 다름없었다.

보도된 범행 수법도 그 교묘함과 잔인함으로 대중의 관심을 끌었다. 우선 생활 플래너로서 사냥감에게 접근해, 악마 같은 매력으로 사로잡아 버린 뒤, 스스로 손을 더럽히지 않고 범죄를 저지른 것이다.

사건을 맡은 아소라는 경부가 혐의 내용을 알렸을 때도 솔직히 그다지 이해되지 않았다. 인간을 그렇게 쉽게 조종할 수 있는지 의문이 들었고, 무엇보다 미치루가 도저히 그런 짓을 할 여자로는 보이지 않았다.

실제로 미치루는 아름다웠다. 지금까지 다양한 의뢰인을 만났지만 단연 그중 최고의 미모를 자랑한다고 장담할 수 있었다. 화법도 차분하고 논리적이다. 허스키한 목소리로 말을 걸어오면 의뢰인이라는 사실을 알면서도 두근거린다. 이

전에는 변호사 의뢰의 수락과 취조에 동석하는 것으로 제한 시간을 모두 써 버렸지만, 오늘은 앞으로의 방침을 포함해서 느긋하게 대화할 수 있을 것이다.

면회실에서 기다린 지 10분, 마침내 미치루가 모습을 드러냈다.

"안녕하세요. 가모우 씨, 매일 잠은 잘 자고 있습니까?"

"네, 덕분에요."

미치루를 앞에 두고 호라이는 마음속으로 감탄했다. 보통 전과가 없는 일반인이 며칠 동안 유치장에 구속되면 피로와 마음고생으로 얼굴이 수척해지기 마련인데 미치루는 예외인 듯하다. 피부는 여전히 매끄럽고 무슨 일이 일어나도 눈썹 하나 까딱하지 않는 침착함은 조금도 변하지 않았다.

"당신의 이야기로 세상이 떠들썩합니다."

호라이는 말을 꺼냈다. 악명도 이름을 알리는 행위 중 하나며, 세상이 떠들썩한 것은 그 자체만으로 가치가 있다고 호라이는 믿어 의심치 않았다.

"TV를 켜도 신문이나 잡지를 펼쳐도 미치루 씨의 이름이 나오지 않는 날이 없어요."

그러자 미치루는 다소 곤혹스러운 듯 고개를 갸웃했다.

"어차피 전부 호의적인 기사는 아니겠죠."

"친부 살해를 포함한 네 건의 사건에 관여한 의문의 미녀. 이런 매력적인 소재라니, 자주 있는 일은 아니니까요. 하지만 내가 아는 한, 인터넷에서는 남성을 중심으로 당신을 옹호하는 목소리도 꽤 있어요. 결코 적만 있는 건 아닙니다."

"하지만 인터넷 여론은 익명이 내뱉는 무책임한 목소리에 불과하죠. 그런 목소리가 몇천 명, 몇만 명 모인다고 해도 법정에서는 방청인들의 야유 수준밖에 안 된다고 생각해요."

미치루는 얼굴을 천천히 내밀었다.

"제 편은 호라이 변호사님. 당신뿐입니다. 변호사님만 믿습니다."

미치루가 지그시 바라보자 몸을 움직일 수 없었다. 심장박동이 빨라진다. 참을 수 없을 정도로 고혹적인 눈이다. 이렇게 매혹적인 여자가 어째서 아직까지 독신인지 이해하기 힘들었다.

"말할 것도 없죠. 세상 사람들이 적이 된다고 해도 변호인인 나만은 당신을 지킬 겁니다."

말을 하고 나니 얼굴이 빨개질 것 같았다.

평소라면 절대로 입에 담지 않을 말을 한 이유는, 역시 상대방이 미치루였기 때문일 것이다.

"검찰이 당신을 살인 및 살인교사 혐의로 기소했습니다.

따라서 미치루 씨의 신병이 조만간 도쿄구치소로 옮겨질 예정입니다."

도쿄구치소라는 말을 들었는데도 미치루는 눈썹 하나 까딱하지 않았다. 사태를 파악하지 못하는 것인가, 아니면 담이 상당히 큰 것인가. 어느 쪽이든 어쨌든 이 자리에서 호들갑을 떨지 않는다는 점에서 좋은 인상을 받았다.

"그런데, 미치루 씨. 앞으로의 방침을 협의하기 전에 한 가지 확인해 두고 싶은 것이 있습니다."

"뭔가요?"

"지난번에 당신은 의심받고 있는 모든 혐의에서 완전 결백하다고 주장했죠. 그건 지금도 변함없나요?"

"네. 저는 다른 사람을 죽인 적도 죽이라고 부추긴 적도 없습니다. 후루마키 요시에 씨 같은 경우에도, 그분께 물어 보셔도 상관없지만 그분이 남편의 보험금을 타내려고 한 것도 모두 스스로 결정한 일입니다."

"하지만 검찰은 납득하지 않겠죠. 설령 그 주장으로 살인 교사 혐의를 부인할 수 있다고 해도 사기누마 사요라는 여성의 살해 용의에 대해서는 검찰 측이 강력한 증거를 쥐고 있습니다."

호라이는 아소가 아주 잠깐 제시했던 사진을 떠올렸다. 폴랫폼 끝에서 상반신을 내밀고 쓰러지고 있는 사기누마 사요와, 그 바로 뒤에서 부자연스러운 자세로 있던 미치루. 아무리 봐도 미치루가 사요를 밀어 버리는 장면으로밖에 보이지 않는다. 이 증거가 단순한 사진이라고 해도 발뺌하기 어려운데, 플랫폼 감시카메라에 찍힌 영상이기 때문에 경찰 측은 사건의 전체 모습이 찍힌 동영상을 갖고 있을 것이다. 그것을 증거로 제출하면 더욱더 변호하기 어려워진다.

그러면 어떻게 할 것인가.

하나하나의 사건이라면 우연이 겹친 것이라고 밀어붙이며 변론할 수 있지만 그것도 세 건이나 되면 역시 억지 변론의 느낌을 지울 수 없다. '의심스러울 때는 피고인에게 유리하게*'는 재판의 기본 원칙이지만 최근에는 다수의 정황증거만으로도 실형을 선고하는 사건도 나오기 시작했다. 특히 세간의 이목을 끄는 재판에서는 그러한 경향이 두드러진다. 재판원 제도**로 일반 시민이 재판에 참여하게 되면서부터는 재판의 엄벌화에 더욱 박차를 가하고 있다. 정황증거 수집도

---

* 라틴어로 표현된 법적 개념 '인 두비오 프로 레오(in dubio pro reo)'. 피고인의 유죄를 입증하지 못할 경우 피고인에게 유리하게 무죄로 판결하라는 무죄추정의 원칙.
** 2009년부터 일본에서 시행된, 일반 시민이 재판에 참여하는 제도. 살인, 상해치사, 강도치사상, 현주건조물방화, 위험운전치사상, 유괴를 대상으로 한정한다. 재판원 제도는 시민이 유죄와 무죄를 결정하고 재판관이 양형을 결정하는 배심원 제도와 달리 시민과 재판원이 함께 유죄와 무죄, 형량을 결정한다는 점에서 차이가 있다.

그중 하나다.

이런 시기에 형사 사건에 능숙하지 않은 변호사는 어떤 전술을 쓸 것인가. 같은 도쿄변호사회에 터무니없는 수임료를 받는, 법정 전술에 탁월한 능력을 지닌 악랄한 변호사가 있다. 만약 그 녀석이라면 어떻게 변호를 할까?

생각에 잠겨 있자 미치루가 말을 꺼냈다.

"저기, 변호사님. 저, 사실 아직 경찰에 말하지 못한 것이 있는데요."

"말하지 못한 것? 그게 도대체 뭔가요?"

"사건과 직접적인 관계는 없어서 말할 기회를 그만 놓치고 말았는데."

미치루는 눈을 살짝 내리깔았다.

"정말 지극히 개인적인 일이라 부끄럽네요. 제 콤플렉스와 관련된 것이라 형사님께는 끝내 말하지 못했습니다."

그리고 미치루는 더듬더듬 말하기 시작했다.

도쿄지방법원 813호 법정, 첫 번째 공판.

호라이는 방청석을 보고 적잖이 놀랐다.

방청인이 만원을 이뤘다. 틈 하나 보이지 않을 만큼 빼곡하게 들어 차 있었다. 개중에는 분명 보도관계자로 보이는 자도 섞여 있었는데, 태블릿PC를 무릎에 올려놓고 기록할 준비를 하고 있었다. 어쨌든 세상이 주목하는 공판 첫날이다. 아마 방청 경쟁률도 대단했을 것이다. 이곳에서 펼쳐질 변론은 하나하나 기록되어, 폐정과 동시에 매스컴과 인터넷에 대대적으로 보도될 것이다. 훌륭하다. 그야말로 자신을 위해 준비된 무대가 아닌가.

이 재판이 종결됐을 때, 호라이 가네토는 채무정리 전문가가 아닌, 세상의 편견에 고통 받는 피해자를 구하고 면죄를 부여한 히어로로서 주목을 한 몸에 받게 될 것이다. 이 법정의 주인공은 검사도 아니고 미치루도 아니다. 물론 재판장도 아니다.

주인공은 바로 자신이다.

재판관 세 명을 기다리는 사이, 호라이는 검찰 측 자리에 앉아 있는 남자를 관찰했다.

다테마쓰 야히로 검사. 짧은 머리에 무뚝뚝한 표정에서 아무것도 읽을 수 없지만 사전에 조사한 정보로는 오로지 논리적으로 이야기를 풀어가는 유형이라고 한다. 아무튼 자신은 오랜만에 형사사건으로 법정에 선다. 싸움이 길어질수록 불리해진다. 공판을 쓸데없이 지연시키지 않고 단기 승부로 끝내는 편이 현명한 방법일 것이다.

마침내 미치루가 경찰관들에게 이끌려 법정에 들어서자 방청인석에서 조용한 소동이 일어났다.

법정에서도 미치루의 요염함은 건재했다. 아니, 피고인으로 법정 안에서 주목을 한 몸에 받는 만큼, 그 아름다움은 더욱 빛났다. 포승줄에 묶인 모습조차 몹시 요염해 보였다. 방청인 중에는 목을 빼고 미치루의 전신을 보려는 사람까지 있었다.

대단하다고 호라이는 내심 혀를 내둘렀다. 악녀니 악독하니 이러쿵저러쿵해도 그것이 오히려 아름다움을 돋보이게 하는 악센트가 되었다. 설령 악녀라도 이런 여자가 상대해 준다면 인생을 조금 망쳐도 상관없겠다는 생각마저 들었다.

얼마 후 재판관 세 명과 재판원 여섯 명이 입정했다.

"모두 일어서 주십시오."

법정경위 중 한 사람이 쩌렁쩌렁한 목소리로 지시하자 법정에 있던 모든 사람이 의자에서 일어섰다.

"경례."

호라이는 예전부터 이 관습이 마음에 들지 않았다. 법관에 대해 각별히 예의를 갖추는 것은 그들의 입에서 피력되는 판결이 엄정하고 불가침한 영역이라는 사실을 알려 주기 위해서다. 그러나 당연하게도 재판관들은 신이 아니라 평범한 인간이다. 재판석에서 법정을 굽어보고 있지만 실제로는 호라이와 같은 법조계 인간에 불과하며, 차이점이라고는 그들의 사법시험 성적이 더 우수했다는 점뿐이라는 이야기다.

그러나 그런 이야기를 해 봤자 의미가 없다. 호라이는 마지못해 고개를 숙였다.

잘 봐둬라, 망할 재판관들. 지금부터 그 점잖 뺀 얼굴들을 당황하게 만들어 주지.

재판관들이 자리에 앉기를 기다린 법정경위가 구령했다.

"앉아 주십시오."

마치 초등학교 수업시간 시작 같군. 호라이는 속으로 욕을 했다.

시작은 재판장의 인정신문*이었다. 이름, 생년월일, 본적지, 주소, 직업을 낭독했다.

"이상, 틀림없습니까?"

재판장이 확인 차 물었지만 미치루는 잠자코 고개를 숙이고 있을 뿐이었다. 피고인석에 선 인간이 공포와 긴장으로 말을 못하는 경우가 종종 있다. 재판장은 그다지 개의치 않는 듯 마무리했다.

---

*   재판부가 피고인의 신원을 확인하는 절차.

가모우 미치루

다음으로 다테마쓰가 기소장을 낭독하기 시작했다.

다테마쓰는 일어나서 미치루를 똑바로 쳐다본 뒤, 공소장으로 시선을 옮겼다.

"피고인 가모우 미치루는 2006년 2월 25일 오후 6시 40분 경, 도쿄메트로 오모테산도역 플랫폼에서 당시 자신의 고객이었던 사기누마 사요를 선로로 떠밀어 진입하던 전동차에 치어 죽게 했습니다. 그리고 2007년 8월 20일, 당시 피고가 머물던 노노미야 집안의 장남 노노미야 히로키를 교묘한 언변으로 교사해, 누나 쿄코와 아버지 다카유키를 살해하게 했습니다. 또한 2012년 4월 10일, 역시 고객으로 만난 후루마키 요시에와 공모해 요시에의 남편인 도시오에게 거액의 보험금을 걸어 놓고, 같은 해 10월 5일 나고야항에서 요시에가 도시오와 함께 차에 탄 채로 뛰어들도록 한 뒤 도시오를 사망에 이르게 했습니다. 이에 피고인 가모우 미치루를 형법 제199조 및 제61조 규정에 따라 살인 및 살인 교사 혐의로 기소하는 바입니다."

기소 내용을 들으면서 호라이는 검찰의 전술을 읽었다. 기소장 안에 미치루의 친부 살해 건을 넣지 않는 이유는 아마도 물적 증거가 부족했기 때문이리라. 이미 공소시효가 지난 안건을 심리하기보다 실행범인 노노미야 히로키와 후루마키 요시에가 증언할 수 있는 안건으로 소송을 진행하는 편이 승률이 높을 것이라고 계산했음이 틀림없다.

"피고인은 이 법정에서 나오는 질문에 대답하고 싶지 않을 때는 대답하지 않아도 괜찮습니다. 계속 침묵해도 괜찮고, 대답을 거부해도 상관없습니다."

재판장이 묵비권을 알리면서 재차 미치루를 쳐다봤다.

"그럼 피고인. 지금 검찰이 제기한 공소사실 중 틀린 점, 혹은 할 말이 있습니까?"

발언 차례가 된 미치루는 당당하게 가슴을 펴고 대답했다.

"공소 내용은, 저는 전혀 모르는 일입니다. 저는 살인이나 살인교사를 한 적이 전혀 없습니다."

전면적인 소송 내용 부인. 이 순간, 사건은 공소장기재의 사실을 부인한 인부 사건이 되었다. 이렇게 되리라고 예상한 것인지 재판관들과 다테마쓰는 태연했지만 방청석 일부는 다소 시끄러워졌다.

"변호인, 공소 사실을 인정합니까?"

"피고인과 같이 무죄를 주장합니다."

말을 꺼낸 순간, 쾌감이 등줄기를 타고 흘렀다. 형사 사건에서 인부 사건으로 다투는 것은 첫 경험이기도 해서, 호라이는 영웅주의 감성에 잠시 취했다. 누명을 쓴 미모의 의뢰인을 자신이 변호해서 구한다. 이 얼마나 변호사로서 행복한 일인가.

이어서 다테마쓰는 모두진술*로 넘어갔다.

"아버지 노리오, 어머니 가오리 사이에서 태어난 피고인 가모우 미치루는, 부부 사이에 불화가 생기면서 어머니가 실종된 뒤 노리오와 함께 아키루노시로 이사했습니다. 피고인은 1992년에 노리오가 사망한 뒤 도내에 있는 고등학교로 진학해 대학을 졸업했습니다. 이후 도내 보험회사에 취직, 재직 중에 파이낸셜 플래너 자격을 취득해 독립해 현재에 이르렀습니다. 2005년, 피고인은 사촌 노노미야 쿄코의 중개로 사기누마 사요를 만납니다. 사기누마 사요가 데이토은행에서 근무한다는 사실에 주목한 피고인은 당시 부하 격이던 노노미야 쿄코와 공모해, 은행 예금 횡령을 계획했습니다. 그 방법은 다음과 같습니다. 우선 사기누마 사요에게 온라인으로 '이토 유코'라는 명의로 차명계좌를 개설하게 합니다. 계좌를 개설하면 본인을 확인할 겸 현금카드가 수취인 본인 한정으로 우편 발송되는데, 피고인을 필두로 한 범행 그룹은 가공의 인물인 '이토 유코'의 주소를 피고인의 사무실 주소

---

* 검사가 재판장의 인정신문에 이어 공소장의 기소요지를 낭독하는 것.

지인 미나미아오야마 산초메 1-0으로 하고, 노노미야 쿄코가 '이토 유코'를 연기하도록 꾸몄습니다. 사기누마 사요는 온라인 조작으로 차명계좌에 거듭 송금했고, 횡령을 일삼았습니다. 그러는 중에 예금증서를 위조하기도 했습니다. 그리고 횡령액이 2억 3천만 엔이 되었을 때, 피고인은 사기누마 사요의 입막음을 위해 2006년 2월 25일 오후 6시 40분 경, 오모테산도역 플랫폼에서 전철을 기다리고 있던 사기누마 사요를 등 뒤에서 떠밀어 선로로 떨어지게 만들었습니다."

다테마쓰의 목소리가 낭랑하게 울려 퍼졌다. 사기누마 사건의 물적 증거는 위조된 예금증서를 포함해 다수 남아 있는데다, 무엇보다도 미치루의 범행 순간이 담긴 비디오가 있다. 검찰 입장에서는 범행을 입증하는 데 가장 자신이 있는 사건이다. 다테마쓰의 낭랑한 목소리는 그 자신감에 기반한 것이었다.

"2007년, 피고인은 공범인 노노미야 쿄코를 살해할 계획을 세웁니다. 이것 또한 범죄가 발각될 것을 우려해 입막음하려는 것이었습니다. 피고인은 7월 중순부터 쿄코의 본가에서 지내게 되고, 쿄코의 남동생 노노미야 히로키를 시간을 들여 교묘한 말솜씨로 꾀어, 예전부터 가족에게 불만을 품고 있던 히로키가 가족을 살해하도록 부추겼습니다. 8월 20일

새벽, 히로키는 쿄코의 방에 침입해서 자택 근처에 있던 공장에서 가져온 장도리로 쿄코를 수차례 구타, 죽음에 이르게 했습니다. 그리고 사체를 처리하기 위해 공장으로 옮기는 장면을 아버지 다카유키가 목격하게 되고, 다카유키도 그 자리에서 같은 방법으로 살해했습니다. 히로키는 두 사람의 사체를 공장 내부에 설치되어 있던 소각로에 넣어 소각했습니다. 다음 날 히로키는 체포되어 송치됐고, 그다음 해인 2008년 11월에 징역 20년 실형을 선고받은 뒤 현재는 도쿄구치소에서 복역 중입니다."

법정에 정적이 흘렀다. 노노미야 히로키의 친누나와 친아버지 살해. 그 살해 장면을 상상하는 것만으로도 끔찍했지만, 그것을 전부 여자 한 사람이 계획했다고 하니 그 끔찍함이 배가 되었다. 게다가 전부 스스로의 손을 더럽히지 않았다는 점에서 매스컴이 붙여준 희대의 악녀라는 수식어가 결코 과장이 아니라는 생각이 들었다.

그러나 호라이는 득의양양한 미소를 지었다. 이렇게 미치루에 대한 심증이 가중되면 가중될수록 재판을 역전시켜 무죄 판결을 받아내는 순간의 감동이 더욱 커지기 때문이다.

"그리고 2012년, 나고야시로 간 피고인은 그 해 4월 10일 고객을 통해 후루마키 요시에와 만나게 됩니다. 회사를 조기

퇴직한 뒤 재취업하려 하지 않던 남편 도시오에게 혐오와 불만을 품고 있던 요시에를 이용해 요시에를 수익자로 지정한 3억 엔짜리 보험을 계약하게 합니다. 사망보험금 3억 엔을 수령하면, 그중 1억 엔을 피고인에게 사례금으로 지불하겠다는 약속이었습니다. 실행은 10월 5일 밤, 요시에는 만취한 도시오를 태우고 자가용을 운전해 나고야항 부두로 갑니다. 그리고 차에 탄 채로 바다로 뛰어들었습니다. 그때 요시에는 도시오를 운전석으로 옮기고 안전벨트로 고정한 뒤 조수석에서 몸을 내밀어 차를 출발시켰습니다. 차가 바다 속으로 가라앉자 도시오를 차에 방치한 채 혼자서 문을 열고 탈출했습니다. 후루마키 요시에는 현재 나고야지방법원에서 공판 중입니다."

다테마쓰가 진술을 끝마치자 재판원들 사이에서 예기치 않은 탄식이 흘러나왔다. 모두진술에서 밝혀진 미치루의 죄상은 살인 한 건과 살인교사 두 건이었지만, 매스컴은 이미 미치루의 친부 살해까지 파악하고 있었기 때문에 살인이 한 건 더 추가된 셈이었다. 건 수로도 내용으로도 피고인 한 사람에게 걸린 용의로는 최근 몇 년 동안 보기 드문 사건이었다.

재판관은 재판에 임할 때 기소장만 읽는다. 이는 피고인에 대한 선입견을 배제하기 위한 조치다. 다테마쓰는 모두진술에서 밝힌 내용을 증명하기 위해 각 관련 서류의 수사를 재판부에 청구했다. 재판관은 그 관련 서류를 숙고한 뒤 양측의 주장을 저울질하게 된다.

아무튼 공판 첫날은 검찰 측의 모두진술로 일단 이렇게 폐정되었다.

2주 후, 두 번째 공판.

오늘부터는 검찰 측이 제출한 증거에 대한 심리가 시작된다. 형사재판의 증거는 원칙적으로 변호인의 동의가 있어야 검찰이 제출할 수 있다. 예컨대 피고인이 주장하는 알리바이에 대해 검찰이 범행현장에서 피고인을 봤다는 증언을 진술조서로 제출하려고 하면, 변호인이 동의하지 않을 수 있다. 그러한 경우, 검찰 측은 진술조서로 대체해야 하고 목격자를 법정에 세울 수 없는 구조였다.

사전 협의에서 검찰 측이 준비한 증거는 호라이가 모두 동의할 수 있는 것들이었다.

사기누마 사요 사건에서는, 데이토은행 오테마치지점에서 '이토 유코' 명의의 계좌에서 2억 140만 엔을 출금할 때, 출금전표에 기재된 필적과 노노미야 쿄코의 그것이 일치한다는 것. 그리고 오모테산도역 플랫폼에 설치된 감시카메라

영상을 분석했더니 미치루가 등 뒤에서 사요를 떠미는 것으로 보이는 것. 이 영상의 파급력은 대단했다. 미치루의 손이 찍히지는 않았지만 그야말로 범행 순간을 포착한 것이었기 때문에 방청석에서는 경악의 소리마저 새어나왔다. 재판관석에 앉아 있는 재판관 여섯 명도 납득한 듯이 고개를 끄덕였다.

후루마키 도시오 사건에는 미치루가 사건에 관여했다는 사실을 증명하는 서류는 없었지만 검찰은 무려 공판 중인 요시에를 증인으로 세웠다.

요시에의 증언은 이번 공판의 첫 번째 하이라이트라고 할 수 있었다. 희대의 악녀에게 농락당한, 어찌 보면 피해자이기도 한 사람의 증언이다. 방청인들의 기대가 더욱 고조됐다. 잘 하면 법정에서 요시에와 미치루 사이에 욕설이 오가지 않을까 기대하는 분위기마저 풍겼다.

그러나 그러한 기대를 배신하고, 법정에 들어선 요시에는 피고인석의 미치루를 발견하자 가볍게 인사를 건넸다. 지금까지 기소장 낭독과 모두진술을 들은 사람들에게는 그 장면이 요시에가 아직도 미치루의 마술에 사로잡혀 있다는 증거로 보였다.

다테마쓰는 요시에를 증언대에 세우고 선서를 시킨 뒤, 이름과 나이, 현주소를 확인했다.

"저기…… 현주소라는 건 나고야시를 말하는 건가요? 아니면 나고야구치소의 소재지를 말하는 건가요?"

"나고야시 자택 주소를 뜻합니다."

방청석에서 키득거리는 웃음소리가 새어나왔다.

"증인에게 묻겠습니다. 증인이 친구에게 생활 플래너라고 소개받은 사람은 누구입니까? 이 법정 안에 있다면 그 인물을 손가락으로 가리켜 주십시오."

요시에는 피고인석의 미치루를 슬며시 가리켰다.

"저 사람입니다."

"당신의 남편, 도시오 씨의 생명보험은 당초 사망보험금이 3천만 엔이었습니다. 그것을 3억 엔으로 올리라고 피고인이 조언했습니까?"

"그렇습니다. 생활비 마련에 어려움을 겪던 제게, 가모우 씨는 가계 균형 개선을 제안했습니다. 정말로 친절하고 다정했습니다."

"개선안이라는 건 구체적으로 어떤 내용이었습니까?"

요시에는 잠시 생각에 잠긴 뒤 입을 열었다.

"제게 가장 중요한 것이 무엇인지 분명히 하고, 최소한 그것을 우선시 하라고 했습니다."

"가장 중요한 것은 무엇입니까?"

"물론 두 딸입니다. 딸들을 잘 키우고 보호하는 것. 매일 매일의 삶 속에서 그 방법을 찾아가라고……."

"요컨대 생활 지침이라고 할 수 있겠군요. 구체적인 개선책이라고 할 만한 조언은 없었습니까?"

"조언을 얻었습니다. 불필요한 지출을 줄이고, 현재 가진 자산의 가치를 높이라고 알려 줬습니다."

"현재 가진 재산의 가치를 높여라. 좀 더 구체적으로 뭐라고 했죠?"

"알기 쉽게 예를 들면 생명보험 같은 거라고……. 매월 저축형으로 납입하기보다 좀 더 극적인 효과를 줄 수 있도록 지급액을 변경하면 좋다고 말했습니다."

"그래서 사망보험금을 3천만 엔에서 3억 엔으로 변경한 거군요?"

"네, 맞습니다. 앗, 하지만 그건 제 독단적인 선택이었고……."

다테마쓰는 즉시 요시에의 말을 가로챘다.

"증인은 질문에 대해서만 답하세요."

당연하지만 다테마쓰는 검찰 측에 유리한 증언만 이끌어 내려고 했다. 그러나 요시에가 이 자리에서 미치루를 변호하려고 한 것만은 분명했다.

호라이는 소리죽여 웃었다. 검찰 측 증인이지만 다테마쓰와 요시에는 물 밑에서 싸우고 있다. 그것으로 됐다. 현재 미치루를 아는 자가 그녀를 변호해 준다면, 상황은 충분히 자신이 바라던 대로 흘러가는 것이다.

"다음 질문입니다. 증인은 도시오 씨의 사망보험금을 수령할 경우, 피고인에게 사례금을 지불할 계획이었습니까?"

"네, 당연하죠. 여러 가지로 조언을 얻었으니까요."

"피고인이 금액을 제시했습니까?"

"그건 의뢰인의 수입에 따라 다르기 때문에 특별히 정해져 있지 않다고 했습니다. 그러니까 성공보수의 성격이 강하다고. 그래서 제가 1억 엔이면 어떠하냐고 제안했습니다."

"1억 엔. 분명 생활비가 쪼들리는 당신에게는 터무니없는 금액이라고 생각하지 않았습니까?"

"그건 그…… 언젠가 3억 엔을 수령할 것이라고 생각했으니까요."

"1억 엔을 제시했을 때, 피고인의 반응은 어땠습니까? 깜짝 놀라거나 농담처럼 받아들였습니까?"

"그렇습니까, 라고만. 아, 그런데 그건."

"알겠습니다. 증인."

다테마쓰가 또다시 요시에의 말을 끊었다. 도중에 말이 끊긴 요시에는 불만스러운 표정을 내비쳤다.

"그런데 도시오 씨와 함께 차에 탄 채로 바다에 뛰어든다는 건 대담한 발상이군요. 그건 당신 혼자서 생각해낸 겁니까?"

"아뇨, 저기…… 보험금 수익자와 가입자가 함께 사고를 당하면 자연스러운 사고로 보이겠죠, 라고……."

다테마쓰는 요시에의 말이 끝나기가 무섭게 다그쳤다.

"그 말은 누가 했습니까?!"

"가, 가모우 씨입니다."

"이상입니다."

병찐 요시에를 남겨 두고 다테마쓰는 서둘러 자리로 돌아가 앉았다. 이것으로 미치루가 어떠한 수법으로 살인을 교사했는지, 재판원들에게 강한 인상을 심어 줬을 것이다.

재판장이 호라이에게 물었다.

"변호인. 반대신문 하시겠습니까?"

원래라면 이쯤에서 미치루의 말이 결코 구체적이지 않았고 요시에 혼자 속단했을 가능성을 피력해야만 한다.

그러나 호라이는 그렇지 않았다.

"하지 않겠습니다."

법정에 있는 사람들은 분명 무능한 변호인이라고 생각할 것이나, 여기에서 어설프게 반대신문을 하는 것보다 앞으로 진행될 증인신문까지 폭탄을 숨겨 두는 편이 좋다. 검찰 측은 논리적으로 하나씩 하나씩 미치루와 호라이의 주장을 봉쇄하려고 할 텐데, 이쪽의 패를 보이지 않을수록 폭탄의 파괴력은 높아진다.

"재판장님. 다음 증인을 부르겠습니다."

"그러십시오."

두 번째로 등장한 증인을 보고 방청석이 또다시 들썩였다. 경찰관이 이끌고 들어온 사람은 노노미야 히로키였다.

히로키도 똑같이 피고인석의 미치루에게 미련이 담긴 시선을 보내고 증언대에 섰다.

"증인. 당신의 사촌인 가모우 미치루는 이 법정에 있습니까? 있다면 그 인물을 손가락으로 가리키십시오."

히로키는 망설이는 기색도 없이 미치루를 가리켰다.

"당신은 2007년 8월 20일, 자택에서 누나인 쿄코와 아버지인 다카유키를 살해했습니다. 살해 동기는 도대체 무엇이었습니까?"

"누나와 아버지가 저를 방해했기 때문입니다."

"어떻게 방해했죠?"

"아버지는 걸핏하면 저를 속박하려고 했습니다. 그 놈이 있었으면 저는 아직까지 꼬맹이였을 겁니다. 어른이 되기 위해서는 아버지를 죽여야만 했습니다."

무슨 소리인지 참으로 이해할 수 없는 주장이었다. 아니, 너무나 유치한 핑계에, 듣고 있던 호라이는 실소가 튀어나올 뻔했다.

"그건 누가 가르쳐 준 건가요?"

"지금 같은 태도로는 안 된다, 자신을 방해하는 것을 뛰어넘어야 한다, 제거하는 힘이 필요하다고 말했습니다. 그것이 설령 가까운 사람이라도."

"그렇게 가르쳐 준 사람은 누구입니까?"

"미치루…… 저기 있는 가모우 씨요."

"그렇군요. 그럼 누나를 살해한 이유는 무엇입니까?"

"똑같이 저를 방해했기 때문입니다. 저는 그…… 어엿한 어른 남자가 되면 가모우 씨와 대등하게 사귈 수 있을 거라고 생각했는데, 쿄코가 너는 가모우 씨와 절대 어울리지 않는다고 하고, 심지어……."

히로키는 순간 말을 잇지 못하다가 재차 미치루의 안색을 살피듯 시선을 돌렸다.

"심지어?"

"쿄코는 가모우 씨를 협박하고, 그…… 강간 같은 걸 계속했습니다. 가모우 씨는 전혀 그럴 마음이 없었는데도. 걔가 살아 있었다면 가모우 씨는 평생 행복해질 수 없다고 생각하니 쿄코가 미워서 견딜 수 없었습니다."

이놈은 그저 어린애다. 호라이는 아주 기가 막혔다. 증언대에 선 히로키는 면도를 하지 않아 수염이 마구 자라 있었고, 30대는커녕 마흔으로 보이기까지 했지만 말하는 것은 중학생 수준이었다. 이런 바보라면 미치루가 세상이 말하는 악녀가 아니어도 그를 쉽게 조종할 수 있을 것 같았다.

"피고인이 가족을 죽이라고 의뢰했습니까?"

"아뇨, 그런 건……."

"피고인은 노노미야 쿄코에 대해 뭐라고 말하던가요?"

"이대로라면 쿄코에게 모조리 빼앗길 테니 도와달라고요. 그치만, 그건 제가 멋대로."

"알겠습니다, 이상입니다."

다테마쓰는 이번에도 질문을 도중에 중단했다. 여기서 자르면 히로키의 유치함보다 미치루가 히로키를 마음대로 조종했다는 인상이 강해진다.

"변호인, 반대신문 하시겠습니까?"

자, 지금이다.

"네."

호라이는 벌떡 일어섰다. 그 모습이 히어로처럼 보이도록 의식적으로 등을 꼿꼿하게 폈다. 지금까지 침묵을 지켜온 호라이의 변화에 방청석은 물론, 다테마쓰와 재판관들까지 의외라는 표정을 지었다.

잘들 봐두시게. 지금부터 이 호라이 가네토의 독무대다.

호라이는 변호인석을 나와, 히로키의 바로 코앞으로 다가가 섰다.

"증인. 당신은 방금 피고인이 가모우 미치루라고 지적했지요. 그건 왜입니까?"

"왜라니……. 그녀는 가모우 씨, 틀림없이 그 사람입니다. 당연하잖아요."

"그렇습니까? 혹시 비슷하게 생긴 다른 사람일 수도 있지 않습니까."

"무슨 헛소리를."

히로키는 비웃으면서 고개를 가로저었다.

"그런데 증인. 예컨대 당신의 누나인 쿄코 말입니다, 같은 사촌이니까 체격과 얼굴 생김새 등이 닮은 점도 있었죠?"

"그건, 죽이려고 했을 무렵에는 살이 많이 빠지긴 했지만, 얼굴은 전혀 안 닮았어요. 게다가 가모우 씨 얼굴에는 다른 사람에게는 없는 특징이 있다고요."

"특징이라고요. 그건 뭐죠?"

"얼굴을 바라보고 왼쪽 이마에 검푸른 멍이 남아 있어요."

"그렇습니까? 그럼 피고인, 이마를 보여 주시겠습니까?"

호라이의 요청을 들은 미치루는 일어서서 앞머리를 넘겼다. 그곳에는 히로키의 증언대로 검푸른 멍이 선명하게 남아 있었다.

"재판장님."

다테마쓰가 손을 들었다.

"변호인의 질문에는 요점이 없습니다. 단순한 시간끌기입니다."

"변호인. 저도 당신이 하는 질문의 취지를 모르겠군요. 설명해 주시죠."

"재판장님. 그럼 변호인 측 증인을 입정시키겠습니다."

"그러시죠."

다테마쓰의 표정에 경계의 빛이 서리며 미약하게 굳었다. 호라이는 재판부에 증인 한 명만 신청했을 뿐, 증인과 미치루의 관계에 대해서는 자세하게 설명하지 않았다. 당연히 신경이 쓰일 만도 하다.

그러면 마음껏 놀라시길.

잠시 후 법정에 들어온 사람은 호리호리하고 얼굴이 희고 갸름한 예쁘장한 남자였다. 호라이는 그 남자를 증언대에 세웠다.

"증인. 당신의 이름과 직업을 말씀해 주십시오."

"이시하라 데루히사, 아카사카에서 성형외과를 운영하고 있습니다."

"성형외과라고 하면 몸에 난 상처나 병을 치료하기도 한다고 생각하는데요, 증인의 병원에서는 주로 어떤 치료를 하시나요?"

"저희 병원은 미용성형 전문입니다."

"오호, 미용성형이군요. 공교롭게도 저는 그 분야는 잘 모르는데요, 미용성형을 하면 인상이 달라지기도 하나요?"

"음, 일반인들이 보면 전혀 다른 사람으로 보일 수도 있습니다."

"일반인이라는 조건이 붙는 이유는 뭐죠?"

"아무리 실력이 좋은 의사에게 수술을 받아도 우리 같은 전문가가 보면 대부분은 알 수 있습니다. 예를 들어 얼굴의 주름이라는 건 표정근을 따라 만들어지는데, 성형으로 주름을 없애면 어떻게 하든 부자연스러워집니다. 또 콧대는 골격과 관계된 것인데 이것도 골격과 어울리지 않는 콧대로 부자연스러워지는 거죠."

"증인은 수술 경험이 많으시겠군요?"

"뭐, 많을 때는 하루에도 열 명 정도 수술하니까요."

"그럼, 이 법정에 예전에 증인에게 수술 받은 환자가 있습니까?"

"네, 있습니다."

"그 환자를 손가락으로 가리켜 주십시오."

다음 순간, 법정은 갑자기 술렁거렸다.

이시하라가 지목한 인물은 미치루였다.

"증인, 그녀가 틀림없습니까? 좀 더 가까이에서 확인해 주시죠."

이시하라는 미치루에게 다가가 그 얼굴을 물끄러미 살펴본 뒤 말했다.

"틀림없습니다. 희미하게 수술 자국이 남아 있는데, 이건 제가 수술한 흔적입니다."

"그럼 증인, 이걸 봐주시죠."

호라이는 종이판 네 개를 꺼냈다. A4 정도 크기로 제각각 다른 여성의 얼굴이 확대되어 있었다.

"피고인의 성형 전 얼굴이 이 중에 있습니까?"

"네, 있습니다."

"그 얼굴을 손가락으로 가리켜 주십시오."

이시하라가 사진 한 장을 가리키자 법정이 크게 술렁거리기 시작했다.

그것은 신문 보도 등으로 모두들 알고 있는 노노미야 쿄코의 사진이었다.

히로키는 멍청하게 입을 쩍 벌렸다.

"증인. 그럼 피고인이 성형수술 전에는 이 얼굴이었다는 말이죠?"

"그렇습니다. 우리 병원에 왔을 때 이미 여기저기 손댄 흔적이 있었지만, 이 시기에 대부분의 부위를 성형했습니다. 저 얼굴로 만들어 달라고 요구했던 것을 기억합니다."

"수술은 언제쯤 했습니까?"

"음, 2008년 4월이었습니다. 근처에 아카사카 사카스*가 오픈한 직후였으니까 분명히 기억하고 있습니다."

"재판장님. 들으신 대로입니다. 여기 있는 피고인은 가모우 미치루가 아니라 바로 노노미야 쿄코입니다."

"말도 안돼!"

갑자기 히로키가 소리쳤다.

---

* 2008년 3월에 도쿄 아카사카에 문을 연 복합 문화 공간.

"당신이 쿄코라고? 거짓말이야! 아까, 분명 이마에 멍이 있었잖아."

재판장이 제지하기 전에 미치루가 몸을 피했다. 히로키를 정면으로 바라보며 이마의 멍에 손을 댔다.

여러 사람들이 지켜보는 가운데, 손가락으로 멍의 가장자리를 잡더니 슥 잡아당겼다.

법정 내부가 소란스러워졌다.

멍을 벗겨낸 자리에는 새하얀 피부가 있었다.

"재판장님. 지금 피고인이 증명한 것처럼 이마에 있던 가모우 미치루의 상징인 멍은 그저 러버로 만든 가짜입니다. 아무리 성형수술이라도 멍을 재현하는 것은 어려웠기 때문에 특수 분장으로 눈속임한 것입니다."

"변호인. 저는 뭐가 어떻게 된 일인지⋯⋯. 설명이 반드시 필요한 부분이군요."

"죄송합니다. 사실 피고인에게 이 사실을 전해 들은 것은 첫 번째 공판이 끝난 직후였기 때문에 증인을 찾는 데 시간이 걸려 재판부에 설명할 시간이 없었습니다."

거짓말이다. 사실은 공판이 시작되기 전부터 진실을 고백했다. 그러나 오늘까지 미룬 이유는 오로지 재판의 추세를 극적으로 역전시키고 싶었기 때문이다.

"피고인도 이 사실을 고백할지 말지 굉장히 고심했습니다. 공판 첫날 인정신문 때, 피고인이 명확하게 대답하지 않은 이유는 바로 이 때문이었습니다."

"도대체, 피고인이 다른 사람 행세를 한 이유가 뭡니까?"

"그것을 설명하려면 피고인 노노미야 쿄코의 중학교 시절 부터 이야기할 필요가 있습니다. 중학생 때 쿄코의 반으로 가모우 미치루가 전학을 왔습니다. 당초 미치루는 보기 드문 미모를 자랑했으며, 피고인은 그녀를 동경하게 되었습니다. 그녀와 줄곧 함께 있고 싶다고, 그녀처럼 되고 싶다고 간절히 바라게 되었습니다. 미치루의 이마에 있던 멍과 같은 모양의 가짜를 붙인 것도 이 무렵부터입니다. 그리고 피고인은 미치루가 회사를 그만두고 생활 플래너로 독립했을 때 그녀의 오른팔이 되었습니다."

법정은 찬물을 끼얹은 것처럼 조용해졌다. 이곳에 있는 모두가 자신의 변론에 귀를 기울이고 있다고 생각하니 갑자기 기분이 한껏 고양됐다.

"피고인은 미치루의 오른팔로 일하는 동안 점점 자신과 미치루가 동일화되기를 바라게 되었습니다. 그 바람은 언젠 가부터 헛된 집념이 되었고, 어떤 사건을 계기로 현실이 됐 습니다. 그렇습니다, 2007년 발생한 노노미야 일가 사건입니다. 이 사건으로 가모우 미치루를 잃은 피고인은 자신의 바람이 절정에 달해, 마침내 자기 자신이 미치루가 되기로 결심했습니다."

"잠깐만!"

히로키가 다급하게 소리쳤다.

"그, 그러면 내가 죽인 사람은."

"증인, 정숙하세요."

"맞습니다. 증인 노노미야 히로키가 살해한 사람은 누나 쿄코가 아니라 가모우 미치루였던 겁니다."

"무슨 개소리야!"

"증인. 조용하지 않으면 퇴정시키겠습니다."

얼이 빠진 히로키를 본체만체하고 호라이는 설명을 계속했다.

"노노미야 히로키의 진술조서에는 이렇게 적혀 있습니다. '1층으로 내려가면 부모님의 침실 옆방이 쿄코의 방입니다. 제가 방으로 들어가서 불을 켜자 침대 위에 쿄코가 자고 있었습니다. 처음에 쿄코를 봤을 때는 깜짝 놀랐습니다. 얼굴 전체가 새하얗게 칠해져 있었기 때문입니다. 저는 쿄코가 최근에 아침까지 젤 유형의 팩을 한다는 사실을 떠올렸습니다. 사실, 쿄코의 얼굴을 알아볼 수 없었던 것은 차라리 잘된 일이었습니다. 아무리 증오하는 상대라고 해도 20년 이상 남매로 자란 사이기 때문에 얼굴을 똑바로 봤으면 결심이 흔들렸을지 모른다고 생각했기 때문입니다.' 이제 아시겠습니까? 마스크 팩을 하고 있던 사람은 미치루였습니다. 피고인, 아니, 노노미야 쿄코 씨. 미치루는 이날, 왜 당신의 방에서 자고 있었나요?"

질문을 받은 피고인이 입을 열었다.

"예전부터 미치루가 머물던 방의 에어컨 상태가 좋지 않았는데, 마침 제가 외박할 예정이어서 그날만 방을 바꾼 겁니다. 제 침대에서 자고 있던 사람은 틀림없이 미치루였습니다."

"으아아아아아악!"

히로키가 머리를 감싸고 절규했다. 경찰관이 황급히 제압했다.

"으아악! 나는 그 사람에게 칭찬 받고 싶다는 일념 하나로 아버지와 쿄코를 죽였는데. 그, 그런데 내가 미치루를 죽였다니!"

히로키는 피고인석으로 달려들려고 했지만 포승줄로 묶여 있었기 때문에 더 이상 움직이지 못했다. 끈에 묶인 채 반쯤 미쳐서 몸부림치는 모습은 마치 행인에게 마구 짖어대는 개 같았다.

"증인의 퇴정을 명합니다!"

재판장의 지시에 경찰관들이 히로키의 양팔을 붙잡고 연행하듯 끌고 갔다. 히로키는 법정에서 사라질 때까지 헛된 저항을 계속했다.

"재판장님!"

손을 든 사람은 다테마쓰였다.

"검사 측, 발언하세요."

"이건 속임수입니다. 당시 조사 자료에 명기되어 있지만, 노노미야 쿄코 살해 현장에 남아 있던 혈흔의 DNA가 검진 센터에 보관되어 있던 혈액 DNA와 완전히 일치했습니다. 살해당한 사람은 틀림없이 쿄코입니다."

"아뇨, 검사님. 혈액 DNA가 일치해도 다른 사람입니다."

호라이는 당황하는 다테마쓰를 보면서 마음껏 우월감을 만끽했다. 자신의 추리를 풀어낼 때의 명탐정의 기분이 바로 이러할까.

"피고인은 중학교 1학년 때 재생불량성 빈혈이라는 병에 걸렸습니다. 이 병은 골수 안에 있는 조혈줄기세포가 감소해 피를 생산해내는 능력이 저하되는 병입니다. 피고인은 운이 좋아서 혈액형이 일치하는 가모우 미치루의 골수를 이식받고 병을 극복했습니다만, 그녀의 골수를 이식받았기 때문에 피고인의 골수에서 만들어지는 피는 가모우 미치루의 피와 같아졌습니다. 즉 두 사람의 혈액 DNA가 완전히 일치하는 이유는 이러한 이유 때문입니다."

이번에는 다테마쓰의 입이 반쯤 벌어졌다.

흥, 꼴좋다.

그러면 슬슬 마무리를 해볼까.

"존경하는 재판장님. 들으신 바와 같이, 피고인 노노미야 쿄코는 2008년 4월부터 가모우 미치루로 살아왔습니다. 따라서 피고인은 2006년 2월 25일, 사기누마 사요를 살해했다는 혐의를 받고 있는 가모우 미치루가 아닙니다. 진짜 가모우 미치루는 5년 전에 살해당해 소각로에서 재가 되었습니다. 노노미야 쿄코가 저지른 범죄라고는 고작 운전면허증을 위조한 것뿐, 은행에서 인출한 현금은 그 직후 가모우 미치루에게 전부 건네줬습니다. 사기 사건의 종범이라고는 해도 피고인은 가모우 미치루의 꼭두각시나 다름없었기 때문에 정상참작의 여지가 충분하다고 생각합니다. 또 피고인이 독단적으로 관여한 후루마키 도시오 살해 사건도, 피고인이 후루마키 요시에에게 행한 것은 생활 개선에 대한 조언의 범위를 벗어나지 않고, 가입자와 함께 사고를 당하면 등의 이야기를 운운한 것도 일반 상식 수준의 세상 이야기를 한 정도로, 분명한 교사라고 단정할 수 없습니다. 따라서 변호인은 다시 한번 피고인 노노미야 쿄코의 무죄를 주장하는 바입니다."

한 박자 늦게, 813호 법정은 환호성과 갈채, 그리고 노성에 휩싸여 재판장은 몇 번이나 정숙을 호소했다.

지방법원에서 판결을 내린 것은 그로부터 두 달 후의 일이었다. 세간을 떠들썩하게 했던 중대한 사건이었음에도 신속하게 판결이 난 이유는, 검찰 측의 논증이 전적으로 무효화되어 쟁점이 사라져 버렸기 때문이다.

판결이 내려진 직후, 도쿄지방법원에 설치된 법조기자실에서는 변호인 측의 기자회견이 진행되었다. 피고인이 출석을 거부했기 때문에 질문에 답하는 사람은 변호인인 호라이뿐이었다. 호라이에게는 원맨쇼 같은 자리로, 더할 나위 없이 만족스러웠다.

변호사가 된 이후, 이런 식으로 스포트라이트를 받은 적은 처음이었다. 호라이는 지금 가슴과 콧구멍을 극한까지 펴고서, 마치 온 세상이 자신을 칭찬하고 축하해 주는 것 같은 행복감에 푹 젖어 있었다.

"무죄 판결, 축하드립니다."

"감사합니다. 하지만 제삼자를 용의자로 착각해 체포한 것이므로, 제 변호보다는 경찰의 수사가 허술했을 뿐이라고 할 수 있지요."

짐짓 겸손한 발언은 정말 스마트했다. 호라이는 자신의 발언에 도취됐다.

"피고인은 왜 이 자리에 계시지 않는 거죠?"

"세세한 부분이긴 하지만 그녀는 더 이상 피고인이 아니랍니다."

"실례했습니다. 노노미야 씨는 어째서 회견에 참석하지 않으셨습니까?"

"유치장이나 구치소에 사흘이나 구속되어 있으면 누구라도 심신에 타격을 받습니다. 그녀에게는 회복할 시간이 필요하기에 참석하지 않도록 했습니다."

"검찰 측에서 항소할 것이라고 예상하시나요?"

"제가 그들 입장이라면 하지 않겠죠. 원래라면 공소취하할 상황입니다."

"즉 처음부터 승소할 자신이 있었다는 말씀이시군요."

"정확하게 말하면 승소냐 패소냐 수준의 문제가 아니라, 경찰과 검찰의 수사방법에 대해 법의 정의를 들이민 재판이라고 말할 수 있겠습니다."

지금이다.

지금부터 발언할 자신의 말은 일본변호사연합회 기관 잡지 〈자유와 정의〉의 권두에 실려야 마땅하다. 아마도 재판 사상 길이 남을 명언으로, 오랜 시간 법조인들의 기억에 새겨질 것이다.

"제가 해낸 것은 승소가 아니라 억울한 누명을 쓸 뻔한 것을 막은 것입니다. 처벌이 점점 엄중해지는 작금의 법조계에서 진정으로 우려되는 것은 검찰의 폭주와 신중하지 못한 재판원에 의해 누군가가 억울한 죄를 뒤집어쓴다는 사실입니다. DNA 감정을 비롯한 과학수사도 능사는 아니라는 사실을 이번 재판이 입증했습니다. 경찰과 검찰은 좀 더 겸허해야 합니다. 피고인 한 사람을 구한 것이 아닙니다. 법조계 전체를 구했다고 저는 생각합니다."

그 순간, 수많은 플래시 세례가 터지자 호라이는 자신도 모르게 눈을 가늘게 떴다.

호라이의 온몸이 황홀감에 휩싸였다.

이것이 바로 영광이다.

천상의 빛과 닮은 플래시를 한 몸에 받으며 호라이는 언제까지나 승리의 달콤함에 취했다.

4

지방법원 판결이 내려진 다음 날, 피고인이었던 여자는 혐의를 벗고 도쿄구치소를 출소했다. 정문에는 엄청나게 많은 보도진이 포진해 있어서 관사 10호동의 옆을 지나 헤이와바시 대로로 빠져나왔다.

눈앞에 있는 육교를 건너자 둑 너머로 아라카와강 하천 부지가 보였다. 방금 막 나온 요새 같은 구치소와는 상반되는, 탁 트인 풍경이 펼쳐졌다.

오랜만에 마시는 바깥 공기다. 여자는 강에서 불어오는 바람을 가슴 가득 들이마셨다. 그것만으로도 폐 속에 고여 있던 구치소의 역겨운 공기가 정화되는 기분이 들었다. 여자는 그대로 둑을 따라 걷기 시작했다.

지방법원 판결은 무죄였다. 물론 면허를 위조했기 때문에 위조공문서 등의 행사죄가 성립되지만, 이 건은 이미 공소시효가 지나서 검찰은 결국 공소를 포기할 수밖에 없었다.

변호인 측의 대역전승. 보도진은 기어이 무죄 판결을 받아낸 여자의 기자회견을 간절히 바랐지만 그 호라이인지 뭔지 하는 변호사의 배려로 자신은 회견장에 나가지 않았다. 분명 일생일대의 화려한 무대였을 것이다. 호라이는 얼굴을 붉게

가모우 미치루

427

물들이며 기자회견에 임했다.

"처벌이 점점 엄중해지는 작금의 법조계에서 진정으로 우려되는 것은 검찰의 폭주와 신중하지 못한 재판원에 의해 누군가가 억울한 죄를 뒤집어쓴다는 사실입니다."

여자는 콧구멍이 한껏 커진 호라이를 떠올리고는 무심결에 입가에 미소를 띠었다.

검찰의 폭주? 신중하지 못한 재판원?

어처구니없을 정도로 멍청한 남자다. 폭주했던 사람도 신중하지 못했던 사람도 모두 너였다고.

피고인이었던 여자, 가모우 미치루는 참지 못하고 키득키득 웃기 시작했다.

어째서 저 멍청이는 "이미 여기저기 손댄 흔적이 있었지만"이라는 이시하라의 증언을 눈치채지 못했던 것일까.

노노미야 집안의 참극이 일어난 직후, 미치루는 어느 성형외과의를 찾아갔다. 그 일대에서는 뒤가 구린 고객을 많이 상대하는, 비밀을 절대 보장해 주는 의사였다. 미치루는 그곳에서 첫 번째 성형 수술을 받았다. 가모우 미치루에서 노노미야 쿄코로 변신하는 수술이었다. 이마의 멍은 그때 제거했다.

그리고 쿄코의 얼굴에 익숙해졌을 무렵, 이번에는 이시하라의 병원을 방문해, 다시 한번 본래 자신의 얼굴로 되돌렸다. 쿄코의 침대에 남아 있던 혈흔 DNA가 쿄코의 그것과 일치한 이유는, 처음부터 본인의 것이었기 때문이다. 기묘한 일도 무엇도 아니다.

미치루는 새삼 쿄코를 떠올렸다. 못생기고 아무짝에도 쓸모없는 사촌. 그 여자의 용도라고는 자신을 대신하는 일 정도였다.

사기누마 사요 사건에서 자신의 모습을 플랫폼 감시카메라에 노출시킨 일이 발단이었다. 사요를 떠민 순간에는 역시 카메라까지는 생각하지 못했고 이후에 떠올랐지만, 인파로 혼잡한 순간이었으니까 괜찮을 것이라고 대수롭지 않게 생각했다. 그런데 얼마 후, 카메라의 존재와 최신 디지털 기술로 오래된 영상을 분석할 수 있다는 사실을 알고 나서 당황했다. 이대로 가모우 미치루로 산다면 경찰이 냄새를 맡을지도 모른다.

즉시 쿄코를 자신의 대용으로 삼을 계획을 생각해냈다. 생계에 여유가 없는 노노미야 집안에 얹혀살며 히로키를 농락한 것은 쿄코를 살해하기 위해서였다. 정신연령이 어리고, 세상 모든 것에 열등감을 품고 있는 히로키는 손쉽게 자신의 계략에 빠져 주었다. 가족에 대한 분노를 살살 부추기고 조금씩 추파를 던져 주면 맥이 빠질 정도로 쉽게 조종할 수 있었다. 그 다음에는 쿄코가 자기 전에 마스크 팩을 하도록 만들기만 하면 됐다.

후루마키 요시에에게 보험금 살인을 제안했을 때, 미치루는 자신이 관여한 사실을 숨기려고 하지 않았다. 한 번은 경찰에 체포되어 법정에 설 필요가 있었기 때문이다.

법정에서 자신은 가모우 미치루가 아니라는 사실을 입증한다. 그것만이 요시에를 끌어들인 목적이었다.

고마워요, 요시에 씨.

고마워요, 호라이 변호사님.

그리고 고마워요, 경찰과 검찰 여러분.

당신들 덕분에 나는 원래의 미모와 새 이름을 얻었다. 과거에 일으켰던 경찰이 아직 알아차리지 못한 사기 사건도 있다. 그러나 그것들은 전부 과거의 일이 되었다. 새 신분을 얻은 자신에게는 더 이상 영향을 미칠 수 없었다.

자신은 완전히 자유의 몸이다. 어디든 갈 수 있고, 무슨 일이든 꾸밀 수 있고, 무엇이든 빼앗을 수 있다.

아버지 노리오는 미치루에게 도시에서는 성공하지 못할 인간이라고 낙인찍었다. 촌구석 쓰레기가 되어 루저로 살아갈 인생이라고.

그 남자는 완전히 잘못 봤다. 자신에게는 미모와 지혜와 행동력, 그리고 자유까지 있다. 루저가 다 뭔가. 오히려 바보 같은 인간들에게 모든 것을 빼앗아 승자의 자리에서 계속 군림할 재주도 있다.

잠시 걷다 보니 고스게역이 보이기 시작했다. 각 역마다 정차하는 보통열차밖에 서지 않는, 이용객이 적은 역이다. 지금 있는 곳에서 바라봐도 플랫폼에 사람의 모습은 거의 보이지 않았다.

자, 이세사키선을 타고 어디까지 갈까.

이번에는 누구를 어떻게 낚을까.

치밀어 오르는 기쁨을 참지 못한 미치루는 광기에 차 비웃었다.

악녀인가, 성녀인가

이야미스를 좋아하시나요? '이야미스'는 인간의 어두운
심리를 주요 소재로 삼는 일본 추리소설 장르 중 하나로, 읽
으면 읽을수록 기분이 나빠지고 찝찝한 소설을 뜻합니다. 저
는 인간의 내면 저 깊은 곳 어딘가에 숨어 있는 음습한 심리
와 악을 정교하게 묘사하는 이야미스 장르를 참 좋아합니다.
매번 폭넓은 소재와 인상 깊은 이야기로 독자들을 설레게 하
는 작가 나카야마 시치리가 이번에는 이야미스 장르를 선보
였습니다.

『비웃는 숙녀』는 옴니버스 형식으로 구성된 미스터리로
각 장마다 주인공이 바뀌는데, 그 주인공들은 나중에 범죄
자가 됩니다. 그리고 그 배후에는 반드시 가모우 미치루라는
여자가 존재합니다. '악녀'가 주인공으로 등장하는 소설은
드물지 않습니다. 그러나 우리가 『비웃는 숙녀』에서 주목할

점은 미치루의 부추김으로 범죄자가 된 사람들 어느 누구도 미치루를 원망하거나 증오하지 않는다는 사실입니다. 이는 '사회에서 빈번하게 발생하는 사기 사건의 사기꾼들은 나쁜 인간이지만, 그들에게 속은 당사자의 입장에서는 의외로 그렇게 나쁜 존재가 아니지 않았을까. 속는 순간에는 행복하지 않았을까. 그렇다면 악녀란 무엇일까' 라는 작가의 생각에서 이 작품이 시작되었기 때문입니다. 작가는 악녀 같지 않은 악녀를 그리고 싶었다고 합니다. 각 장에 등장하는 사람들은 모두 '행복해지고 싶었던 사람들'입니다. 그들의 입장에서 바라보면 미치루는 그들의 바람을 이루도록 도와주는 천사거나 선생님이었던 셈이지요. 그러나 제삼자가 보기에는 분명 악녀입니다. 그래서 독자들이 시원한 기분을 느낄 수 있도록 쓰고 싶었다고 합니다. 보통 이야미스 소설을 읽고 나면 묵직하고 복잡한 감정에 휩싸이는데, 이왕이면 미치루를 응원하는 마음이 남았으면 하는 바람이었다고 합니다. 미치루가 저지르는 행위는 누가 봐도 범죄지만 악녀라는 느낌은 들지 않도록 가모우 미치루라는 캐릭터를 구상했습니다. 그래서 제목도 비웃는 '숙녀'인 겁니다.

왜 사람들은 저렇게 쉽게 미치루에게 속아 넘어갈까. 다 자란 성인이 타인을 저렇게나 맹신한다는 것이 과연 있을 수 있는 일인가. 제가 작품을 읽던 중 가장 의아했던 점입니다. 작가도 이러한 의문을 시작으로 가모우 미치루를 구상하게 되었다고 합니다. 현실에서 종종 발생하는, 여러 사람을 끌어 들여 자신의 꼭두각시로 만들어 조종하는 사건들. 작가는, 이러한 사건들의 피해자들은 왜 쉽게 속았을까, 과연 어떤 사람들이 속는 것일까 고민했다고 합니다. 그리고 그러한 사건들의 범인들을 섞어 매력적으로 탄생시킨 사람이 바로 가모우 미치루입니다. 그러나 매력적이기만 하면 재미가 없으니 상처를 만들자, 그러면 그 상처를 작품 속에서 이렇게 활용해야지라며 뚝딱뚝딱 작품을 만들었습니다.

한편 이 작품에 등장하는 에피소드들은 하나같이 인면수심에 자극적인 소재를 담고 있습니다. 학교폭력, 친족 성폭행, 사치와 횡령, 존속 살해, 보험금 살해 등. 작품을 읽는 내내 불편한 마음에 눈살이 찌푸려지지만, 곰곰이 생각해 보면 이 섬뜩한 단어들이 이제는 더 이상 생소하지 않은 시대가 되었다는 사실이 더욱 씁쓸합니다. 뉴스에서 저런 소식을 접할 때마다 자신도 모르는 사이에 비정한 사회에 익숙해져 가는 기분에 서글픈 마음마저 듭니다. 그래서 『비웃는 숙녀』에 등장하는 에피소드들을 마냥 비현실적인 막장 드라마로 치부할 수 없는지도 모릅니다. 이런 암울한 소재를 한 작품 안

에서 절묘하게 모두 녹여내면서 공감을 끌어냈다는 점에서
작가의 사회파적인 면모가 돋보였다고 생각합니다.

　나카야마 시치리는 작가만의 세계관을 구축한 '나카야마
시치리 월드'로도 유명합니다. 작가의 작품 속 등장인물들
은 서로 유기적으로 연결되어 있지요. 이러한 특유의 세계관
을 구축할 수 있는 이유는 작가가 프라모델 같은 작업 방식
을 추구하기 때문입니다. 나카야마 시치리는 한 작품을 집필
하기 전에 3일 동안 아무 일도 하지 않고 작품 구상만 합니
다. 그 3일 동안의 집중력이 작품의 80퍼센트를 차지한다고
합니다. 3일 구상이 끝나면 그다음은 작품이라는 성을 쌓기
만 하면 되는 거지요. 그의 집필 스타일은 마치 설계도를 토
대로 차근차근 조립해서 완성품을 만들어가는 프라모델과
같습니다. 설계도대로 만든 프라모델을 죽 늘어놓아 하나의
거대한 디오라마를 만들 듯, 자신이 설계한 경치를 구축하며
독자들을 기대하게 만드는 것이 바로 이 작가가 사랑받는 비
결 중 하나가 아닐까 생각합니다.

　이러한 작가의 강점이 이번에도 유감없이 발휘될 모양입
니다. 작가는 『비웃는 숙녀』를 집필할 때부터 이미 머릿속에
속편을 그렸다고 합니다. 국내에서도 출간되어 큰 관심을 받
았던 『연쇄 살인마 개구리 남자』에 등장하는 어떤 인물과 미

치루가 2인조 팀을 구성하는 스토리입니다. 그러나 『연쇄 살인마 개구리 남자』의 속편인 『연쇄 살인마 개구리 남자의 귀환』과 작품 속 시간대를 맞추기 위해 그 아이디어는 일단 간직해 두고, 미치루만의 속편을 먼저 집필했습니다. 그 속편인 『또다시 비웃는 숙녀』가 일본에서 출간되었고, 국내에서도 출간될 예정입니다. 미치루가 어떻게 또 세상을 농락하고 비웃을지 자못 기대됩니다.

2020년 봄
문지원